Le Joueur des ténèbres

Louis Owens

LE JOUEUR DES TÉNÈBRES

ROMAN

Traduit de l'américain
par Danièle et Pierre Bondil

TERRES D'AMERIQUE
Albin Michel

« Terres d'Amérique »
Collection dirigée par Francis Geffard

Titre original :
BONE GAME

22, rue Huyghens, 75014 Paris

ISBN 2-226-10487-9
ISSN 1272-1085

A la mémoire de Ida Brown,
qui connaissait les rêves

15 octobre 1812. Le médecin-chef Manuel Quijano, accompagné de six hommes armés, quitte la place militaire de Monterey avec l'ordre d'exhumer le corps du Padre Andrés Quintana à la mission de Santa Cruz, La Exaltacion de la Santa Cruz. Il découvre que le prêtre a été assassiné, torturé *in pudendis* puis pendu.

1er novembre 1993. La mer commence à rejeter le corps démembré d'une jeune femme sur les plages de Santa Cruz, en Californie.

Enfants. *Neófitos. Bestes.* Et toujours le même ciel immuable, la même voûte nocturne telle une hutte de roseaux, les étoiles de leur naissance.

1.

Les séquoias sont noyés dans l'obscurité, et quelque part dans les hautes branches une chouette lance son cri. Au fond du canyon dévale un torrent. Il imagine la courbe prononcée de la baie, la ligne oblique du ciel.

Noir et blanc se rencontrent au long d'une ligne qui sépare en deux le front, le nez large, les lèvres, le menton carré, recouvrent d'une épaisse couche la longue chevelure torsadée, le noir et le blanc séparant jusqu'aux cheveux noués en haut de la tête et descendant sur la poitrine nue, les bras, le bas-ventre, une jambe blanche, une noire, un pied blanc, un noir, là où il se tient accroupi.

Les mains sont tendues, coudes fléchis, poings fermés, les yeux noirs ne cillent pas.

Alentour les séquoias se dressent, durs et droits vers le ciel. Bras allongés, il appelle avec ses lèvres et commence, marquant le rythme du chant de sa tête, ses mains ondulant, oscillant, tels des faucons en vol, des pics fondant vers le sol, arrachant aux ombres leurs entrailles.

Et le long des versants côtiers abrupts, les eaux dansent et chantent, l'impétuosité divine exprimée dans leur gorge jamais profanée.

C'est le jeu de l'os.

Il sort du rêve, y replonge, toujours dans la même position.

« *Bestes.* » Le verger exhale des ombres et il les aperçoit, les Indiens. « *Padre Quintana !* » l'appellent-ils, et par deux fois il se détourne mais il vient au-devant d'eux et ils le pendent aussitôt. « *Gente de razón* », se moquent-ils en parodiant sa langue étrangère, puis ils le bordent dans son lit et le tuent une deuxième fois. « *Los padres eran muy crueles con los indios.* » Ils dansent, tourbillonnent et s'accouplent toute la nuit durant, comme il n'en a jamais douté.

Les montagnes enferment la baie dans des ténèbres bibliques, il sent les fantômes des forêts séculaires. La terre s'agite et crie dans son sommeil. Des Blancs viennent qui assassinent les grands arbres, les saignent de leur sève rouge pour bâtir les maisons des riches, et le Christ marchant sur les eaux ne suffit pas, il ne ressuscite pas les morts sacrifiés pour tous ces péchés. Il éprouve le fardeau de ses vies, les morts nécessaires qui se succèdent, derrière lui et devant. Sans quoi la terre nous rejettera de ses rêves.

Cole McCurtain sort du sommeil dans la chambre sombre. Les murs garnis de boiseries captent les ombres plus denses qui entrent par la fenêtre ouverte, et la chouette appelle dans le séquoia tout proche. Il repousse les couvertures, fait basculer ses jambes de côté pour poser les pieds par terre, plaçant une main au creux de ses reins puis s'approchant doucement de la fenêtre. L'air froid glace la sueur sur son visage et ses épaules. Il frissonne, croise les bras sur son torse nu. Il y a des pumas vers le sud, sur la chaîne côtière, mais seule la chouette lance son cri.

C'est la sixième nuit que le rêve revient, avec les mêmes voix indistinctes. Il se tient à la fenêtre, fixe les fûts noirs des arbres de l'autre côté de la clairière, essayant une fois de plus de voir, sentant le vent faible qui fait onduler la pluie du nord tels des cheveux sur les montagnes, à la recherche de son chemin vers l'océan. L'âpre parfum des feuilles de laurier imprègne l'air humide, mêlé à l'odeur de moisi de l'arbousier, à celle, entêtante, du chêne, aux herbes sèches et aux séquoias. Au cœur des arbres, la chouette lance son appel puis surgit dans l'embrasure de la fenêtre, ailes déployées, blanche, masquant la nuit. Etourdi par les turbulences de l'air que brassent les plumes, et par la fixité des yeux jaunes, il recule en chancelant, percevant l'épouvantable martèlement, puis, tout aussi brusquement, tout disparaît.

Cuarta de hierro. Les paroles prononcées par le prêtre dans son rêve résonnent à ses oreilles.

« Que vous ai-je fait, enfants, pour que vous vouliez me tuer ? »

La jeune femme se tient au bord de la route à l'endroit où le campus universitaire plonge vers la baie et la ville. Elle sent la pluie qui crible les épaules de son sweat-shirt et s'amoncelle sur ses longs cheveux pâles. La pluie assombrit son jean. Elle voit des phares pointer vers le ciel puis plonger sur la pente qui descend vers elle. Elle s'avance à la lueur de l'unique lampadaire.

Sa voix, lorsqu'il parle, est basse, sans offrande.

La pluie oblique déchire la lumière. Les poussoirs de soupape crient leur mise en garde à la jeune femme. *Cours, saute, un bond, tout de suite, fuis la lisière de l'univers, dévale vers la mer, retourne chez toi.* Quand il arrête la voiture aux confins de la ville, elle ouvre la portière, se dresse dans la nuit telle une étoile.

Il la regarde s'avancer sur la bordure du trottoir, les reflets de pluie jouant dans ses cheveux longs. Les montagnes savent, les oiseaux de mer crient dans le vent le sort qui l'attend. Il rit tout haut et il entend les brisants sur la Pointe du Phare, à trois kilomètres de distance, lui dire qu'il n'y a pas de fin. Demain, il la connaîtra.

Venancio distingue l'eau, en contrebas, au loin, noire et changeante, sa haine est une créature qui nage dans son âme, plongeant dans ses propres abysses comme dans l'immense océan. Qu'est-ce qui m'a apporté la conscience de cette mort ? s'interroge-t-il. Où sont les prêtres ? Au sommet, il sent qu'il se dresse de toute sa hauteur, l'ours qui est en lui tente de se saisir de cette vie nouvelle et de faire voler ses os en éclats. L'Indien inconnu est couché dans sa maison, redoutant les rêves que Venancio envoie. En bas, là où eux vivent, celui qui procède aux sacrifices est avide de rêves et enduit son corps de peinture.

Du couvert des arbres, Venancio observe, il dépêche des rêves. Pourquoi l'avoir arraché au sommeil et ouvert à tant de haine ? Où est le monde de son père ? Il tend les mains devant lui, se demandant qui sera prêt à parier sur un monde, gardant encore dans ses narines, toute fraîche, l'odeur suave du sang du vieux prêtre. Pourquoi suis-je seul ? *Eran muy crueles.* A pas lents et pesants, il s'approche de la maison.

Venancio Asisara ! Un cri, semblable à un coup de tonnerre qui parut ébranler la maison, puis Cole reprit conscience des choses, déjà debout, entendant ce nom avec netteté.

Abaissant d'un geste vif l'interrupteur, il consulta le réveil à côté du lit. Quatre heures. Il passa les deux mains dans ses cheveux longs, vida l'air de ses poumons et décrivit lentement un cercle, posant son regard sur le carré noir de la fenêtre, sur la commode d'où les manches des vêtements dépassaient des tiroirs à moitié ouverts, et le lit d'où il s'était levé en titubant, de la même façon exactement, à la même heure, six matins de suite. Une goutte de pluie isolée, pas plus grosse qu'un plomb de chasse, l'atteignit sous la taille de son caleçon, et il marcha jusqu'à la fenêtre qu'il poussa, la fermant au loquet.

— Y a des saloperies d'*ishkitini* là-dessous, dit-il tout haut en s'adressant à la vitre qui lui renvoyait son image.

Il franchit le seuil, empruntant un couloir pour se rendre à la salle de bains, trouva à tâtons le fil qui commandait l'applique, au plafond.

— Te voilà qui parles tout seul dans une langue que tu es même pas foutu de comprendre. Et qui rêves en espagnol, bordel. *Gente de razón ? Isht ahollo ?*

Il prit conscience de la forêt de séquoias au-dehors, encerclant la petite maison, et il frissonna.

Quand la lampe s'alluma, le reflet brouillé de son visage se précisa dans le miroir taché de l'armoire à pharmacie. Il tressaillit puis inclina la tête avec curiosité vers son image. Ses yeux marron en amande étaient parcourus de traits rouges, les poches, au-dessous, flasques et grisâtres. Deux jours de poils de barbe clairsemés ombraient ses joues qui commençaient à s'affaisser et son amorce de double menton. Il se fit l'impression d'un animal effrayé qui sort la tête de son terrier. La tête que l'on peut avoir au réveil d'un long sommeil hivernal, creusée de sillons après une saison de pluies. Ses cheveux brun foncé emmêlés, grisonnant par endroits, tombaient sur ses épaules.

Il respira lentement. Ses épaules, ses bras, son torse gardaient les traces des années passées à faire de la musculation, mais maintenant son corps s'était ratatiné. Ses côtes traçaient des lignes d'ombre sous sa poitrine amoindrie, son ventre paraissait creux et verdâtre à la lumière de l'ampoule de soixante watts. Comme toujours depuis des semaines, il se sentait à l'extrême limite d'un état nauséeux.

— Tu as vraiment une gueule de déterré, déclara-t-il à son reflet. Y a pas l'ombre d'un doute.

Il ouvrit le robinet, se pencha pour s'asperger la figure d'eau chaude, tendit une main aveugle pour se saisir de la serviette déchirée à côté du lavabo.

Il se dirigea vers la cuisine.

— *Shilombish* ou *shilup*, prononça-t-il d'une voix hésitante comme s'il craignait de mettre trop l'accent sur l'une ou l'autre de ces syllabes. *Shilup* ou *shilombish* ? De quelle source ? De quel sorcier ? *Aholhpokunna* ? Mes mots s'enfuient comme des lapins, Grand-mère.

Il ouvrit le compartiment congélation envahi de givre de son vieux réfrigérateur, en sortit un paquet de café en grains. Quand il appuya sur le moulin électrique, le ronflement du moteur le fit grimacer et lever des yeux suppliants vers un bison de céramique posé sur le frigo. L'animal d'un marron terne, aux yeux noirs emplis de doute, l'apaisait comme un remède.

— Bonjour, Bill.

Il alluma la cuisinière à gaz et salua le bison d'un signe de tête. Il imaginait qu'il s'agissait d'un représentant de cette espèce des régions boisées, aujourd'hui disparue, que ses ancêtres avaient chassée. Il aimait à se représenter ces énormes bêtes à la démarche lente, cheminant à travers les forêts du Mississippi, des Choctaws qui tombaient à l'improviste sur ces animaux singuliers dans de petites dépressions de terrain cachées, cette brusque rencontre et cette identification. Nul cheval tacheté dressé pour pareille chasse, nulle coiffe de plumes, nuls grands espaces inondés de lumière ; juste des êtres qui aimaient les arbres, les ombres, et qui se déplaçaient à pied, adaptés à l'univers qu'ils avaient trouvé et qu'ils revendiquaient de par leurs récits et les ossements de leurs ancêtres. Il avait essayé de se représenter ses propres aïeux là-bas, à cette époque lointaine, ses arrière-arrière-arrière grand-mère et grand-père qui se tenaient dans cette zone d'ombres et contemplaient ces animaux avec des yeux remplis d'amour et d'émerveillement. Dans un univers si différent qu'il dépassait l'imagination.

C'était Abby qui avait façonné cet animal à l'école, des années auparavant. Abby, sa fille nommée en hommage à Abiquiu, le splendide canyon où elle avait été conçue. Pour l'heure assoupie dans leur maison, à près de deux mille kilomètres de là, par-delà le désert des Mojaves, le Grand Canyon, Seconde Mesa, Chaco Canyon et Acoma, de l'autre côté du Rio Grande, dans les montagnes du Nouveau-Mexique. Rêvant de flocons de neige et de luminescences. Rêvant de neige sur les affleurements de roche et les parois granitiques, de pins pignons et de genévriers. Avec des coyotes qui traversaient des arroyos gagnés d'ombre pour animer ses rêves, chantant leurs appels modulés, chassant les lapins nocturnes de ses désirs adolescents et adressant un clin d'œil complice lorsqu'ils en saisissaient un par la peau du cou. Des monts Sandia juste au nord de la chaîne Manzano, des pastèques au nord des pommes. Les Espagnols n'étaient pas uniquement avides d'or quand ils s'aventuraient aussi loin au nord, et les fruits de leurs appétits étaient partout.

Tandis que, sur la cuisinière, le café commençait à passer, il contempla la cafetière noire à reflets bleus, écoutant son bruit apaisant, inhalant cet arôme. Cela faisait presque vingt ans qu'il avait cette cafetière émaillée, à la robustesse réconfortante. Elle l'avait accompagné, dans son sac à dos où sur le bât d'un cheval, avait trouvé sa place sur des feux de camp et des réchauds à bois. Elle avait servi de catalyseur dans les disputes larvées avec sa femme, Mara, qui haïssait cet objet archaïque. Lui ne trouvait aucun défaut à cette cafetière cabossée, aimait plus que tout le fait qu'elle était, tout simplement, un ustensile qui servait à faire le café et rien d'autre. Il s'était rendu compte depuis très longtemps qu'elle était la pierre angulaire de quelque chose qu'il redoutait de perdre. Dans l'espace clos d'une université, le monde est grossi au travers d'une lentille qui le dénature, reflétant déformations et amorces de délires. Une cafetière émaillée à la panse bosselée et balafrée par des éléments concrets, était primordiale en pareil environnement.

Une assiette portant des vestiges orangés de porc aux haricots reposait sur le plan de travail à côté de la cuisinière. Une boîte de bière rouge et noir, compressée en son milieu, était posée à côté de l'assiette. Il les engloba dans un seul regard de répugnance. Depuis ce qui lui semblait être des mois, il était presque dans l'incapacité de se nourrir, s'était résolu à se contraindre d'ingurgiter des conserves, n'ayant goût à rien. Un inconnu était entré par effraction dans sa vie, s'était introduit par une fenêtre non fermée pour violer et violenter, sans rien épargner.

Il prit sur le comptoir une tasse marron, sale, qu'il rinça sous le robinet. Tout en versant le café, il tenta de se souvenir quel était l'étudiant qui lui avait fait cadeau de l'horrible récipient qu'il aimait tant. Au cours de ses quelque douze années d'enseignement, ses étudiants lui avaient offert des tasses, des affiches, des friandises, du whisky, des livres et des fleurs. La plupart du temps, c'était des étudiantes, jeunes, qui venaient s'asseoir dans son bureau et se penchaient en avant sur leur chaise, montrant application et ardeur. Lui se penchait en arrière, conscient de l'effort qu'il consentait pour maintenir la distance qui sied à un professeur, attiré par leur jeunesse et leur désir. Avec l'incroyable innocence de l'enfance elles recherchaient la corruption comme l'un des tatouages à la mode dissimulés sur leur cheville, leur sein, ou leur fesse, sans pouvoir comprendre que toutes ces représentations iraient un jour pourrir dans la terre. Les fleurs restaient dans son bureau, posées en équilibre instable sur un tas de copies en haut d'un meuble de rangement ou tout au bord d'un rayonnage bourré de livres, elles prenaient une teinte marron et perdaient leurs pétales pendant des semaines ou des mois, puis un jour un agent d'entretien en éprouvait assez de dégoût pour les jeter. Les tasses demeuraient à l'abandon au milieu des accidents de terrain reculés de sa table de travail jusqu'au moment où, déplaçant des papiers, il découvrait un jardin de magnifiques moisissures croissant dans les vestiges de café.

Il aimait et haïssait ses étudiants. Ils lui apportaient des plumes magnifiques, les lui offrant avec ravissement parce qu'il était indien, comme si le fait qu'il fût sang-mêlé leur donnait accès à certains émerveillements devant la beauté du monde. Sur le miroir de leur imagination ils étaient les explorateurs, les guerriers lancés dans un raid, les voleurs de chevaux de la vraie vie, et certains d'entre eux étaient fous.

Il ouvrit un meuble de rangement d'où il sortit une bouteille de Jack Daniel's de soixante-quinze centilitres, appréciant sa forme rectangulaire stricte avec son étiquette noire. Il la maintint longuement inclinée au-dessus de la tasse et s'empara de la fourchette dont le manche lui avait servi pour remuer le porc aux haricots. Jetant un regard sur le bison, il haussa les épaules :

— Je suis à moitié irlandais, peut-être un peu écossais, dit-il. Qu'est-ce que tu peux savoir des traditions celtes ? Tu appartiens à une espèce disparue.

Il avait avalé sa première gorgée d'Irish coffee quand il entendit les pas. Quand bien même il n'y avait aucun autre bruit à cette heure précédant l'aube, dans le silence absolu de la cuisine et de la petite maison, il savait qu'il n'aurait pas dû être capable d'identifier ces pas, mais ils étaient nets, amplifiés, juste devant la fenêtre de la pièce et, incontestablement, ce n'était pas un animal.

Il posa la tasse sur le plan de travail et, en quatre enjambées silencieuses, il fut dans la chambre pour s'emparer du fusil calibre douze rangé dans le placard. Il traversa la petite salle de séjour en direction de la porte d'entrée tout en faisant pénétrer avec précautions une cartouche dans la chambre de l'arme afin d'assourdir le bruit. Le rideau de la grande fenêtre était ouvert, révélant un rectangle noir. Sans quitter les vitres du regard, il abaissa le bouton qui commandait l'éclairage extérieur et recula.

Le joueur qu'il avait vu dans son rêve se tenait de l'autre côté de la fenêtre, la partie droite de son corps nu peinte en blanc terne, la gauche en noir. Ses bras étaient tendus devant lui, les mains ouvertes, paumes vers le haut. Dans chacune d'elles reposait un objet de la taille d'une bille, l'un pâle, l'autre sombre. Les yeux, noirs de colère, étaient rivés sur les siens.

L'explosion du coup de feu aspira l'air qui se trouvait dans la petite maison et projeta en une pluie d'éclats de verre les fragments de la grande fenêtre à travers la nuit. Il ne se souvenait pas d'avoir fermé les yeux mais prit conscience qu'il faisait un effort pour les rouvrir. Il demeura un instant immobile à reprendre son souffle, puis s'approcha de la fenêtre et regarda dehors. Il introduisit une nouvelle cartouche avant d'ouvrir la porte.

Quelques minutes plus tard, il était assis à la table de chêne de la cuisine, buvant le café au goût âcre tout en regardant ses mains qui tremblaient. Le fusil encore chaud était appuyé contre sa jambe. Un air frais et humide, imprégné de l'odeur âcre de la poudre, s'engouffrait dans la maison par la fenêtre brisée et arrivait jusqu'à lui après avoir franchi le coin bar qui séparait les deux pièces. On fait plus de mille cinq cents kilomètres pour fuir des gens, songea-t-il, et on est assailli par des rêves. Qu'allait-il advenir s'il y avait une septième nuit, un septième rêve ?

2.

De la route à la cabane, un sentier rectiligne, masqué par la nuit. Sous le couvert des arbres, l'obscurité ressemble à un triangle d'acier, lui en dessous et à l'intérieur, et nul bruit lorsque la porte s'ouvre. De la ville à la route, un réseau d'asphalte et de graviers, des dizaines de bifurcations négligées, puis la terre meuble et les arbres. De la halte, cent mètres de route silencieuse puis le sentier. S'élevant vers la lumière du jour gravée en mémoire, les ailes d'une colombe bruissent, et il s'immobilise, lève le regard. Il ne veut pas partir, lutte. La mère est dans la cuisine, les deux garçons dorment.

De la route un sentier rectiligne, s'élevant vers la lumière du jour.

T'enfuirais-tu, la nuit, dans les profondeurs de la forêt, t'accroupirais-tu, nu derrière la cascade noire du torrent le plus noir du plus noir des canyons, les voix te trouveraient. Comme Jonas qui ne put trouver refuge même dans le ventre de l'océan et fut contraint de s'en retourner et d'obéir. Une voix s'insinue à l'intérieur qui t'arrache à la protection de cette cascade, nu et mouillé comme si tu venais de naître, et elle te dit que l'heure est venue d'entonner le chant de mort. Et tu sais que tu ne peux faire autrement, sans quoi la terre... Il a donné le seul fils qu'il avait enfanté, alors comment pouvons-nous dire que nous refusons de donner quelqu'un, qui que ce soit ? Sans engagement, comment saura-t-elle ? Sans sacrifice, comment renaîtra-t-elle au printemps ? L'effroyable défi de la vie, et les rêves, sont là pour te montrer la voie. Cela ne peut avoir de fin, n'en a jamais eu.

Lorsqu'il plongea le tissu dans le courant, une jeune truite partit comme un trait vers les ombres. Des araignées d'eau ridaient la surface sombre du petit bassin naturel, et il perçut le murmure des cascades en amont et en aval de l'étroit canyon. Il se frotta pour se débarrasser de la peinture, d'abord la blanche, puis la noire, rinçant le tissu dans l'eau jusqu'alors limpide.

3.

Cole était assis à une table poisseuse, dans une cafétéria tenue par les étudiants, sur le campus de Santa Cruz, et il remuait sa troisième tasse de café de la matinée. Un rythme sourd de rap lui parvenait par intermittence de la cuisine, derrière le comptoir aux sandwiches. Un garçon qui portait des mèches blondes rasta se tenait à proximité et discutait avec une fille qui avait trois anneaux dans une narine et les cheveux blonds taillés en brosse. Le garçon se penchait très près d'elle et parlait avec véhémence, à grand renfort de gestes de ses mains gercées. La jeune fille secoua la tête pour exprimer très clairement la stupéfaction et dit :

— Putain, j'y crois pas.

Il n'y avait eu aucune empreinte de pas autour de la maison. Ni sous les milliers d'éclats de verre qui réfléchissaient la lumière de l'aube humide, ni alentour, la terre ne portait de trace. Il était entré dans l'herbe en quête d'un sillon à travers la folle avoine détrempée mais il n'y avait nul signe de passage. Il s'était arrêté à l'orée des arbres, une main posée sur l'écorce lisse d'un arbousier, sentant l'humidité des herbes remonter le long de ses jambes de pantalon. La sixième nuit, il avait déchargé un fusil de chasse calibre douze sur un rêve.

— Elle a été coupée en morceaux, disait le rasta blond d'une voix hachée. Un flic a retrouvé ses bras sur une falaise du côté de Carmel, un type qui faisait du surf près du promontoire a trouvé une de ses mains avec deux doigts en moins, et la mer a rejeté sa tête à côté du port de plaisance.

La fille eut un mouvement de recul, secoua la tête, accentuant sa réaction horrifiée d'une bouche grande ouverte. Cole aperçut un anneau doré au bout de sa langue.

— Elle était du campus ? Putain, j'y crois pas.

Un autre anneau lui transperçait le sourcil et plusieurs s'étageaient sur le lobe de chaque oreille comme un véritable filon d'or.

Cole concentra son attention sur la tasse posée devant lui, se demandant de quoi ces deux jeunes parlaient. Il avait le sentiment qu'il devrait être au courant, comme s'il s'agissait de quelque chose qui se situait aux franges de sa mémoire, prêt à lui apparaître avec netteté. Il leva la tête pour regarder au-delà du couple d'étudiants. Le long d'un mur étaient affichées de grandes photos représentant des érections, des gros plans pris au grand angle de bites en noir et blanc sur papier glacé. Tous les quinze jours, le café exposait le travail de fin d'études d'un diplômé d'arts plastiques différent. Il tenta d'imaginer comment le mémoire qui accompagnait ce travail devait être rédigé.

Une affiche, sur un mur plus proche de lui, annonçait une performance faite par un étudiant.

« Queue de Chine, disait-elle. Je vends mon corps d'Asiatique. » Elle présentait une photo en noir et blanc d'un garçon maigre et nu dont les organes génitaux disparaissaient sous de la peinture blanche. Juste à côté, une note officielle de l'université avertissait qu'un lion des montagnes avait été aperçu à plusieurs reprises sur le périmètre du campus. « STOP ! NE PRENEZ PAS LA FUITE DEVANT UN PUMA », disait l'une des lignes du prospectus, et Cole imagina des hordes d'étudiants prématurément blasés, portant anneaux et tatouages, leurs organes génitaux peints en blanc, fuyant devant des couguars jaunes bondissants. Près de cette mise en garde figurait un autre avis signalant l'existence d'une association destinée aux étudiants intéressés par le sadomasochisme et/ou les orgies. A une table placée sous ces annonces, un jeune colosse en veste de treillis militaire était courbé au-dessus d'un journal et d'un café. Au moment où le regard de Cole passait sur lui, il leva les yeux et sourit.

Cole reconnut un des étudiants qui assistaient à son cours sur le modernisme : Paul Kantner, celui qui s'asseyait sur le devant de la classe et semblait suivre avec un profond intérêt sans jamais prendre la parole. D'une douzaine d'années plus âgé que la plupart de ses camarades, il occupait un très grand volume dans la salle avec son mètre quatre-vingt-dix-huit, ses yeux brillants et ses cheveux roux, courts et rebelles, dégageant une étrange animosité. De part et d'autre les places restaient toujours vides, comme si les étudiants le soupçonnaient d'être capable de les jeter à la mer.

— Bonjour, professeur McCurtain, dit-il d'une voix singulièrement douce tandis que son sourire demeurait sur ses traits et éclairait ses yeux bleu pâle.

Cole essaya de lui retourner son sourire en disant « Bonjour », mais il sentit que son visage se crispait péniblement sous l'effort. Repoussant la tasse vers le milieu de la table, il se leva et sortit, traversa une petite cour entre les dortoirs étudiants, dépassa un bassin où pullulaient carpes dorées et tachetées, au bord duquel un étudiant vêtu de blanc faisait tomber des miettes d'une soucoupe. Il portait un turban blanc, une tunique blanche avec ceinture, un pantalon fuseau blanc, des chaussures blanches. La chair de son visage et de ses mains était saupoudrée d'une poudre blanche. Comme s'il semait des graines, il se penchait au niveau de la taille et, son long bras décrivant un arc gracieux, il faisait pleuvoir le pain sur les poissons gavés de nourriture.

Cole grimpa deux étages pour se rendre à son bureau et s'arrêta afin de lire une nouvelle affichette d'un rouge inquiétant épinglée sur le panneau d'information à côté de la porte. « Dans la mesure du possible, précisait la mise en garde, surtout les filles, restez dans vos chambres passé minuit, portes fermées à clef. Si vous ne pouvez éviter d'être dehors après la tombée de la nuit, déplacez-vous par deux. NE FAITES PAS D'AUTO-STOP, S'IL VOUS PLAÎT ! Si vous avez le sentiment que vous ne pouvez faire autrement, que ce soit uniquement avec quelqu'un que vous connaissez, mais PAS SEUL(E). Tâchez de repérer des voitures portant les autocollants des parkings de l'université (A, B, C ou R). »

Tandis qu'il réfléchissait à l'absurdité ambiguë de cet avertissement (Ne le faites pas ! Mais si vous ne pouvez faire autrement), une voix derrière lui déclara :

— Ce coin est dangereux.

Il tourna la clef dans la serrure et répondit sans se retourner.

— Salut, Robert.

— Bonjour, docteur McCurtain.

Une fois entré, il s'installa dans le fauteuil à roulettes pivotant et tourna lentement pour faire face à son assistant qui s'était arrêté, un pied dans la pièce.

— Pourquoi m'appelles-tu comme ça ?

— Comment ça ?

Malin avait l'air désorienté, traqué.

— Aucune importance, fit Cole en rejetant l'air de ses poumons. Qu'est-ce qui se passe ici, Robert ?

— J'ai fini de corriger les examens.

Il présenta un paquet de copies comme une offrande.

Cole observa avec une sympathie croissante le visage émacié, fatigué du jeune homme. Les cheveux bruns mi-longs de Robert Malin avaient échappé en partie à la queue de cheval et tombaient d'un côté en mèches folles, laissant apparaître le grand anneau d'or à son oreille. Ses yeux noirs et ses joues creuses semblaient perpétuellement envahis d'ombres. Ce visage lui rappelait ceux des anciens du Vietnam, vingt ans plus tôt, celui de son propre frère, et il se demanda ce que ce jeune homme pouvait avoir de commun avec eux. Malin était à part sur le campus, c'était un étudiant sérieux qui donnait l'impression d'aborder les études avec une sorte de respect, comme un soldat qui, de retour de la guerre, est résolu à comprendre ce qui l'y a envoyé. Cole ne pensait pas que son assistant eût la moindre conscience du trouble qu'il provoquait chez les étudiantes. Il avait remarqué comme les têtes se tournaient quand Robert distribuait les copies, avait observé avec une légère jalousie l'émoi communicatif qui suivait ses déplacements dans le grand amphithéâtre. La personnalité sombre et hagarde de Robert correspondait exactement à ce que les invités de MTV essayaient en vain de reproduire, et les étudiantes avaient dû s'apercevoir immédiatement qu'il y avait là quelque chose d'authentique. Cole avait tenté d'en faire matière à plaisanterie, lui disant, « Robert, elles mouillent leur culotte en te regardant », mais celui-ci l'avait regardé comme si cette remarque était de très mauvais goût et en l'occurrence totalement déplacée.

Je déraille, pensa Cole en examinant son assistant. Des chouettes m'attaquent et des fantômes envahissent mes rêves. Je suis coupable de péchés incommensurables, et ma vie s'écroule comme un éboulis dévalant une pente. Des cauchemars s'enduisent de peinture et viennent me traquer. J'enseigne dans une atmosphère de folie.

— Assieds-toi, Robert. J'espère que tu n'as pas passé toute la nuit à corriger ça. Tu as l'air fatigué.

Il prit les devoirs qu'il posa sur le fouillis de papiers épais de dix centimètres qui recouvrait son bureau, et ce faisant il remarqua deux enveloppes encore cachetées qui émanaient du bureau du doyen. Il repoussa la pile de copies de quelques dizaines de centimètres vers un meuble classeur, à l'une des extrémités du bureau, et mit au jour une section de clavier d'ordinateur qu'il n'avait pas vue depuis des semaines. Un jour, pensa-t-il, un anthropologue de Santa Cruz pourra établir la courbe relatant l'effondrement de sa micro-culture personnelle en se livrant à une fouille stratigraphique de son bureau. *Comme vous pouvez le constater, contemporaine de l'examen d'octobre, se produit une baisse très apparente dans les caractéristiques du comportement socialement acceptable du sang-mêlé. Remarquez les taches de bière mexicaine sur les enveloppes non décachetées, révélant un instinct de survie très bas, une intense liminalité, une possible homophobie.*

Robert Malin entra doucement dans la pièce et s'assit sur l'une des deux chaises inoccupées, jetant un coup d'œil sur la cloison couverte de livres au-dessus de sa tête, avec ses rayonnages d'ouvrages rangés verticalement, recouverts de tas affaissés de livres posés à l'horizontale.

— Juste un peu de mal à dormir la nuit dernière. Je n'arrête pas de faire des rêves.

Il regarda Cole comme s'il s'agissait d'un message codé.

— Des rêves ? Qu'est-ce que tu voulais dire en employant le mot *dangereux*, Robert ? Qu'est-ce qui se passe ?

L'assistant se pencha en avant, les yeux humides et fiévreux.

— Vous n'êtes pas au courant ? Plusieurs étudiantes ont disparu. Ces deux derniers jours, des fragments d'un corps de femme ont été rejetés sur trois plages différentes.

Après un silence, il ajouta :

— C'est horrible, n'est-ce pas ?

Cole étudia son visage. Etait-ce horrible qu'une jeune femme, peut-être l'une de ses étudiantes, ait été assassinée et découpée en morceaux disséminés dans la mer ?

— Bien plus qu'horrible, dit-il en tentant de chasser ces images tandis que celle de sa fenêtre pulvérisée s'imposait à lui. Est-ce que tu te souviens de tes rêves, Robert ?

— Toujours. Je me souviens de tous. Edgar Cayce a dit que dans chaque être humain existe une vaste dimension, inconnue et inexplorée, qui quelquefois se manifeste sous l'apparence d'un ange et d'autres fois sous celle d'un monstre. C'est l'inconscient de l'homme, et son expression que nous nommons rêves. Mais je me demande quelquefois comment nous pouvons savoir lequel nous parle, à quelle voix nous obéissons.

— Edgar Cayce ?

Sans raison, Cole pensa à un graffiti qu'il avait lu la veille à l'extérieur du secrétariat d'Histoire de la conscience : « Je ne suis pas une *femme*. Je ne suis pas de sexe *féminin*. Je suis une gyno-américaine. »

— On l'a baptisé le prophète endormi. Il a dit que la terre communique avec nous par les rêves.

Cole acquiesça.

— Que faisons-nous aujourd'hui, Robert ?

— Pardon ?

— Comme cours. Quel est le sujet du cours aujourd'hui ?

— Nous commençons *Black Elk*[1], d'après votre programme.

Cole se passa les mains dans les cheveux et regarda le panneau d'affichage en face de son bureau. C'était là qu'il épinglait les papiers qu'il ne pouvait traiter par le mépris. Invariablement, il oubliait de consulter le tableau jusqu'au moment où ces informations n'avaient plus d'importance. Il fixa donc son regard sur un calendrier de powwows concernant tout le nord de la Californie, deux numéros de téléphone calligraphiés soigneusement mais qui n'étaient pas accompagnés de noms, et plusieurs annonces de réunions sur le campus auxquelles il n'avait pas assisté. Il n'allait pas aux réunions et il n'avait pas assisté à un powwow depuis deux ans. De petits messages blancs lui signalant des appels téléphoniques parvenus au secrétariat de l'université étaient éparpillés comme des flocons de neige sur son bureau. Il se demanda un bref instant ce que tant de gens essayaient de lui communiquer. Frottant le dos de sa main contre son menton, il s'aperçut qu'une fois de plus il avait oublié de se raser.

Il soupira.

— Tu sais pourquoi j'ai choisi *Black Elk* ?

Robert secoua la tête, les yeux fixés sur lui.

1. *Elan-Noir parle,* de John G. Neihardt. (*N.d.T.*)

— Que sais-tu de cet ouvrage, Robert ?

— C'est mon livre préféré. Je l'ai lu une douzaine de fois. Et j'ai étudié le spiritualisme lakota. Je croyais vous l'avoir dit.

Cole repoussa ses cheveux en arrière, s'efforçant de se souvenir de quelle manière Robert Malin était devenu son assistant. C'était la commission de littérature qui l'avait désigné.

— C'est vrai, maintenant ça me revient. *The Good Red Road.* Tu veux faire le cours sur *Black Elk* ?

Robert plissa les yeux.

— Comment ça ?

— Tu veux te charger du cours aux étudiants ?

— Pourquoi ?

— Parce que ce sera une bonne expérience pour toi, et je ne me sens pas en forme ce matin. Je crois que je couve quelque chose...

Parce que j'ai tiré sur un fantôme surgi de mes rêves. A cause des anges et des démons. Parce que tu vas leur présenter le Black Elk qu'ils veulent et dont ils ont besoin, Robert, le visionnaire tragique du funeste destin.

— ...Tu vas les éblouir.

— Quand ça ?

— Là, tout de suite.

Robert fit du regard le tour de la pièce, s'arrêtant un instant sur une affiche encadrée représentant un Indien avec des lunettes de soleil qui tenait un cornet de glace en train de fondre. Derrière ces lunettes, sur le mur, le visage défiait avec fureur quiconque le regardait de formuler une définition.

Cole s'efforça de sourire, de revenir sur son impair de la façon la plus adroite possible.

— Non. Ne t'en fais pas, Robert. C'était juste pour plaisanter. Tout le monde a besoin de temps pour préparer un cours. Je pense que je ferais mieux de reporter *Black Elk.* Oui, c'est horrible.

— *Black Elk* ?

— Ces jeunes femmes.

Lorsque son assistant fut parti, Cole pivota sur son fauteuil et considéra les couvertures encadrées et poussiéreuses de trois de ses propres livres, accrochées au mur du fond de la petite pièce. Toutes trois, chacune due à un artiste indien différent, étaient belles et il avait été fier de ces livres. Maintenant, il avait le sentiment qu'il s'agissait des mots de quelqu'un d'autre. Pour la première fois depuis des années lui revint en mémoire une image d'Onatima dans la cabane d'Oncle Luther, telle qu'elle était quand il l'avait rencontrée la première fois, sortant un livre de poche de son tablier, souriant à sa jeunesse et à son inexpérience, déjà très âgée et si belle que ce souvenir lui serra douloureusement le cœur. « C'est comme ça qu'ils bâtissent le monde », lui avait-elle dit ce jour-là, et depuis vingt ans il essayait de bâtir son monde à lui avec des mots, comme eux, en gardant toujours le souvenir d'Onatima.

Il pensa à la vieille femme, à son père et à son grand-oncle la dernière fois qu'il était allé dans le Mississippi, il y avait tout juste cinq ans. L'atmosphère moite de la rivière Yazoo pesait lourdement sur tous, et le vieil homme, Oncle Luther, avait regardé autour de lui comme s'il était perdu dans les ténèbres. Et maintenant Cole était ici, en ces confins du monde, où quelque chose, finalement, l'avait débusqué.

Il ferma la porte, poussa le verrou et se rassit sur son fauteuil, le faisant pivoter d'un demi-tour avec son pied. De la pointe éraflée de sa botte de cow-boy, il ouvrit un des tiroirs du bureau. A l'intérieur se trouvaient en vrac une demi-douzaine de boîtes de bière Tecate rouge et noir, un citron en plastique et un demi-litre de Jack Daniel's. Avec la remise, la Tecate avait coûté sept dollars la caisse au Price Club d'Albuquerque. Il avait rempli la moitié de la benne du pick-up avant de prendre la route de la Californie, se préparant à affronter une longue période d'apitoiement sur son sort.

Du bureau voisin une voix traversa la cloison.

— Ça me manque, ça me manque, ça me manque, clamait la voix.

Les mots se perdirent en un sanglot puis une autre voix intervint, murmure mélodieux de sonorités indistinctes, et les sanglots s'apaisèrent jusqu'à ce que paroles et pleurs se fussent fondus en un continuum unique, à peine audible. Il se représenta la solide conseillère latino-américaine dans la pièce, entourant de ses bras une étudiante à la bouche écumante, murmurant ces paroles qui n'étaient qu'un son. L'étudiante devait maintenant avoir le visage enfoui contre l'épaule de la conseillère, son besoin neutralisé pour un temps. La conseillère n'éprouvait-elle jamais, s'interrogea-t-il, l'envie de répondre à ces cris par des cris, de les secouer et de hurler, « Ta gueule, merde ? » Rentrait-elle le soir pour hurler dans son miroir, « Et moi, alors ? »

Les voix se turent ; il sortit une boîte du tiroir et souleva la languette en repensant à la jeune fille qu'on avait retrouvée dans la mer, imaginant un récit qui pourrait s'achever ainsi. A un point de cette histoire vibrait une horreur si insupportable qu'il en fut ébranlé jusqu'aux tréfonds de son âme. Et une fois de plus il éprouva cet étrange sentiment de responsabilité, un poids terrible. Il inclina la bouteille puis leva la boîte, attendant que le mélange emporte l'image de l'inconnu au corps peint.

Quelqu'un frappa à la porte. Il revissa le bouchon sur la bouteille qu'il rangea dans le tiroir ainsi que la boîte, coinçant celle-ci en position verticale dans un coin à l'aide de copies avant de refermer le tiroir avec précaution.

— Entrez, cria-t-il et, lorsque le bouton tourna en vain, il se leva et ouvrit la porte qu'il avait verrouillée.

Kantner bouchait tout l'encadrement et il semblait avoir le visage en feu.

— J'ai attendu le départ de votre assistant, dit-il. Ça fait longtemps que je veux vous parler. Le moment n'est pas mal choisi ?

— Entrez.

Cole regagna son siège et désigna les chaises libres tout

en observant Kantner qui repoussait le battant derrière lui.

— Qu'y a-t-il ?

L'autre le regarda un instant sans rien dire, ses yeux limpides insondables et ardents. Finalement, il déclara :

— Je voulais vous dire à quel point votre cours est important pour moi. Vous n'êtes pas comme les autres professeurs avec leurs théories débiles, qui ne pensent qu'à s'écouter parler. Vous parlez de choses vraies.

Cole se carra dans son fauteuil. Sur une population de dix mille étudiants, il y avait des cinglés comme l'androgyne blanc du bassin ou « Ça me manque » de la pièce voisine. Un cours de modernisme avec toute la phraséologie adéquate concernant les divinités pendues, le Christ, la responsabilité humaine, avait tendance à stimuler leur imagination. Cela pouvait être pire encore dans un cours sur la littérature indienne où ils se voyaient tels des réincarnations de Crazy Horse et des descendants de princesses indiennes. Tous avaient une arrière-grand-mère cherokee, jamais paiute ni lummi. Un week-end, ils se trouvaient un charlatan emplumé qui les soulageait de cent dollars pour un bain de vapeur rituel ou de trois cents pour une quête de vision, et ils en revenaient affamés et hébétés avec un nom indien comme Branche de Saule ou Oiseau Rouge.

Leurs vies semblaient s'ouvrir devant eux comme des gouffres terrifiants, et il avait appris à écouter sans rien dire. Il y avait des loges à sudation pour les Blancs dans tout le comté. Non seulement des étudiants, mais aussi des médecins et des hommes de loi s'y rendaient pour frapper sur un tambour en marmonnant des prières lakotas dénaturées.

— La plupart parlent sans jamais s'arrêter et ils n'ont strictement rien à dire, poursuivit Kantner dont les yeux étaient maintenant bleus et brillants, comme mouillés de larmes.

— Je suis content que vous appréciiez le cours, répondit

enfin Cole en pensant au Jack Daniel's et à la Tecate dans son tiroir.

— Les étudiants se droguent dans les bois, vous savez.

Cole hocha la tête. Il n'en savait rien et préférait l'ignorer. Il se représenta alors tous ses étudiants tatoués et traversés d'anneaux, les filles aux cheveux bleus et les garçons au crâne rasé, avec des yeux aussi dilatés et sans fond que ceux de Kantner, proies faciles pour les pumas. Sans doute ces jeunes étaient-ils au-delà du sexe maintenant, ils évoluaient dans une dimension dont leurs parents du baby-boom ne pouvaient avoir le moindre début de notion.

— Ils sont si jeunes, pour la plupart. Ils ont besoin d'un enseignant comme vous. Mais ils sont prétentieux. Je les observe quand vous faites cours, et il y en a qui ne vous écoutent pas vraiment. Ils font semblant. Ça me rend complètement dingue, des fois.

— Est-ce que vous aviez des questions à me poser sur les lectures ? demanda Cole qui mourait d'envie d'avaler de la bière mexicaine.

— J'aime le poème de Frost sur l'araignée et la phalène.

— Oui, c'est un sonnet très évocateur.

Cole s'entendit prononcer ces mots comme s'il était sur une scène, et leur absurdité le frappa avec une telle force qu'il faillit rire. Il imagina la réaction de son père et d'Oncle Luther en entendant ces paroles. Un jour, il en était sûr, l'université le démasquerait, s'apercevrait de son imposture et le congédierait. Ceux qui avaient réellement leur place ici, de par la naissance et le diplôme obtenu à Yale, auraient confirmation de ce dont ils n'avaient jamais douté. Les Indiens, même les sang-mêlé, ou surtout les sang-mêlé, n'y avaient pas leur place. Il pensa à nouveau à Onatima et une immense vague de nostalgie le submergea.

— En fait, il n'est question que de communication, n'est-ce pas ? poursuivit Kantner. Je veux dire que c'est comme dans le poème d'Eliot, que se passe-t-il quand personne ne vous comprend ? Il dit, je ne crois pas qu'ils chanteront pour moi, et il a raison. Cela n'arrive jamais, absolument jamais.

Cole observa Kantner avec un intérêt croissant. Vu de près, son visage paraissait plus vieux, et il s'aperçut qu'en âge il était certainement plus proche de lui que des autres étudiants.

— J'étais dans l'armée, les forces spéciales, mais tout ce que nous avons fait, c'est une mascarade nommée Nicaragua. Vous, au moins, vous avez eu le Vietnam.

Cole secoua la tête.

— Mon frère a eu le Vietnam. Pas moi. J'étais ce que vous appelleriez un insoumis.

Kantner le dévisagea pendant quelques secondes avant de dire :

— Je voulais seulement...

Le téléphone sonna et Cole tendit rapidement la main pour s'en saisir.

— Je suis désolée de vous déranger, docteur McCurtain, roucoula une voix, c'est Vivian Sands et je vous appelle de la part du vice-recteur Spanner. Nous avons un problème assez délicat à la résidence universitaire, et nous nous demandons si vous pourriez nous venir en aide.

Il essaya vainement de se souvenir de cette femme ou de Spanner.

— Vous devez me confondre avec quelqu'un d'autre, dit-il enfin. Je n'ai rien à voir avec la résidence universitaire.

— C'est un problème qui concerne un membre de la faculté d'origine indienne. Et nous avons pensé que vous pourriez peut-être nous aider.

La voix féminine s'exprimait avec prudence, et dans son esprit se forma l'image d'un animal s'avançant parmi des éclats de verre.

— Vous devez me prendre pour un Indien, dit-il.

— Je vous en prie, docteur McCurtain, insista-t-elle. C'est extrêmement urgent.

Cole se tourna vers Kantner, percevant le soulagement qu'exprimait sa voix en s'adressant à lui :

— Je regrette, mais il semble qu'il y ait un problème urgent avec un Indien. Il faut que j'y aille.

4.

Quand il rangea son véhicule devant le complexe de la résidence universitaire, il vit un rassemblement près de l'un des bâtiments. Le vice-recteur, accompagné d'une femme policier du campus, se précipita vers lui lorsqu'il descendit du pick-up.

— Il n'a pas le droit de faire ça, s'écria Spanner d'une voix crispée par le désespoir et Cole remarqua que le vice-recteur, un homme aux épaules frêles, se tordait littéralement les mains. C'est une violation des lois de l'Etat sur la chasse ainsi que des règlements de l'université. Je le lui ai fait remarquer mais il ne veut pas s'arrêter. Il ne tient aucun compte de ce que je dis.

— Moi, j'ai déjà dit qu'on n'a qu'à le foutre en cabane.

La femme policier qui venait de s'exprimer fixait Cole de ses yeux furieux, lèvres pincées, main droite sur la crosse du pistolet. Ses cheveux coupés ras étaient si blonds qu'ils paraissaient totalement dépourvus de couleur et, sous la veste de cuir ouverte, il vit que les seins tendaient le tissu de la chemise d'uniforme. Au même moment, il lui vint à l'esprit que les femmes de Santa Cruz avaient absolument raison. Il en était la preuve : confronté à une situation délicate, il était obnubilé par la poitrine d'une femme policier du campus. Sa colère même s'accompagnait d'un certain érotisme et il se demanda si cela venait de lui, d'elle, de tous les deux ou du monde entier. Ou tout simplement n'y avait-il pas trop longtemps qu'il était seul ?

— J'ai pensé que vous pourriez lui parler, reprit le vice-recteur dont les commissures des lèvres tremblaient.

— De peau-rouge à peau-rouge ?

Cole quitta la femme des yeux pour reporter un court moment son attention sur lui avant de se frayer un chemin à travers la bonne vingtaine d'universitaires qui se tenaient là, bouche bée, avec épouses et enfants au teint pâle.

La carcasse d'un cerf éventré pendait, accrochée par les pattes arrière à un mûrier d'ornement. Un tas d'entrailles fumantes étaient posées sur la pelouse entretenue avec soin sous l'animal deux cors, et l'odeur suave du sang chaud imprégnait l'air marin. Un jeune homme musclé à la peau mate dont les cheveux noirs étaient attachés en une longue queue de cheval et qui ne portait qu'une jupe plissée noire et des chaussures de sport sans chaussettes, dépeçait l'animal, détachant habilement la peau à l'aide d'un grand couteau à lame courbe.

Cole l'observa manier son couteau, admirant la précision de son travail et essayant de se remémorer la dernière fois qu'il avait dépecé un cerf. Cela remontait à vingt ans, sur la chaîne côtière, plus au sud, par une froide matinée en compagnie de son père.

Il s'approcha, suivant du regard les mouvements rapides du couteau et le jeu vif des muscles aguerris du chasseur.

— Ça a l'air de les contrarier, dit-il.

Le jeune Indien leva les yeux avec un sourire rapide qui découvrit une dentition incomplète. Ses iris presque noirs, son visage allongé et ses joues creuses évoquèrent à Cole un prédateur moqueur, un renard, un coyote ou encore un loup de prairie efflanqué.

— Oui, c'est bien ce que j'ai cru comprendre, répondit l'autre en tirant la peau vers le sol, comme s'il s'agissait d'un tee-shirt, jusqu'à ce qu'elle dissimule la tête de l'animal, puis en commençant à attaquer le cou.

Par-dessus son épaule, il dit à haute voix :

— Il y en a une qui est sortie en hurlant, « Il a tué sa femme, il a tué sa femme. »

Il singea ces paroles d'une voix de fausset, leva à nouveau les yeux et son large sourire fendit ses traits :

— Malheureux que le foie et le cœur soient posés sur l'herbe. Je n'ai pas réfléchi. J'aurais dû étaler une bâche ou autre chose avant. Ils mettent des herbicides et des pesticides sur la pelouse, le résultat c'est qu'ils sont contaminés. Cet endroit est empoisonné.

— Ils disent que vous ne pouvez pas chasser sur le campus, expliqua Cole.

— Oh, je sais.

Il pratiqua une dernière incision et la tête tomba sur les entrailles, la face intérieure très claire de la peau se répandant pour les recouvrir. Les spectateurs suffoquèrent.

Il sourit en contemplant la carcasse.

— Une belle bête. Probablement dans les soixante kilos, vidée comme ça. Ça ne ferait pas beaucoup pour un cerf de Virginie, mais c'est assez gros pour ces espèces côtières.

Lâchant le couteau, il plongea dans la cavité thoracique une main qu'il ressortit, le creux rempli de sang. Avec son index il traça deux lignes sur chacune de ses joues et une en travers de son front. Puis il appliqua deux empreintes complètes de main sanglante sur chaque sein. Il regarda Cole bien en face et lui adressa un clin d'œil. Il se mit à effectuer une danse au pas traînant autour de la carcasse décapitée en répétant interminablement « *hey-ah-nah, hey-ah-nah* » d'une voix nasillarde jusqu'à ce qu'il en ait fait sept fois le tour.

— Expliquez-lui que c'est contraire aux lois de l'Etat et de l'université, dit le vice-recteur d'une voix désespérée près de l'épaule de Cole.

— Tu as l'air d'être navajo, remarqua Cole en se détournant de Spanner. C'est une jupe que tu portes ?

— Alex Yazzie. Clan du Sel, Né-pour-l'Eau, Chinle.

Il tendit une main couverte de sang puis baissa les yeux pour la regarder et la retira avec un haussement d'épaules.

— C'est une Evan Picone. Tu trouves qu'elle est trop courte ? Trop osée ?

— Cole McCurtain. Choctaw-Cherokee-Irlandais-Cajun, Mississippi et Oklahoma en passant par le Nouveau-Mexique et la Californie. Moi, je trouve la longueur convenable.

— Ils ont l'air un peu paumés, non ? fit Alex Yazzie avec un large sourire. Ce bel animal s'est offert à moi. Je montais la colline là-bas, je roulais doucement, tu sais, comme je le fais toujours, et il s'est jeté d'un bond devant mon camion. Quand je l'ai vu c'était trop tard. Heureusement, j'avais du pollen avec moi. Tu comprends, j'ai besoin de tendon pour un projet personnel et je me suis dit que je ferais aussi bien de me préparer un ragoût de viande de cerf, peut-être même faire sécher un peu de viande et en donner à mes collègues.

Il posa un regard sur la foule puis baissa les yeux sur sa jupe.

— Malheureusement, j'ai taché ma jupe neuve. Comme tu peux voir, quand même, j'ai pensé à enlever ma veste et mon chemisier. Et mes hauts talons. Tu as déjà essayé de dépouiller un cerf en hauts talons ?

Cole admira la sombre musculature de l'animal, remarquant la meurtrissure pourpre à l'épaule.

— Cela m'étonnerait que tu puisses faire du ragoût. Ils ont l'air très choqués. C'est contraire à la loi.

— Contraire à la loi, c'est mon deuxième prénom. D'abord, de quelle loi parlons-nous ? Tu es le nouvel Indien qu'ils ont engagé pour enseigner la littérature, un pauvre sang-mêlé coincé entre plusieurs mondes et plusieurs cultures si j'en crois ce que je vois. J'ai cru que tu n'arriverais jamais. Tu as déjà mangé du ragoût de viande de cerf avec du poivre vert ?

— Je devrais les laisser te foutre en taule, répondit Cole.

Il se tourna vers la policière, sentant la Tecate et le Jack Daniel's tournoyer dans sa tête.

— Je pense que vous l'avez entendu expliquer que l'animal s'est suicidé en se jetant devant son camion. Il ne voulait pas que la viande soit perdue. Nous autres Indiens, nous sommes comme ça ; c'est dans nos gènes, comme d'éviter de marcher sur les brindilles. C'est comme ça. Mais si on faisait cadeau de cette viande habilement dépouillée à un foyer de sans-abri ?

Avant qu'elle n'ait pu répondre, Cole s'approcha du vice-recteur et lui dit dans un semi-murmure :

— Nous devons être très, très prudents. Vu la façon dont il s'est peint le corps, je sais que cet homme est un *heyokah* navajo, un clown-guerrier sacré. Ils ont la réputation d'avoir des réactions imprévisibles. Vous devriez également savoir que quand un Navajo a terminé sa danse autour du cerf, il est habité par l'esprit de l'animal. Et dans la communauté indienne, tout le monde sait que les Navajos sont saisis d'une violence incontrôlable si on les sépare de leur viande une fois qu'ils ont établi leur lien spirituel avec elle. Nous pourrions nous retrouver dans une situation politiquement très incorrecte, pour ne pas dire potentiellement dangereuse. Les implications politiques pourraient être, au mieux, néfastes pour l'université et pour toutes les personnes concernées ; après tout, nous sommes confrontés ici aux traditions culturelles d'une personne indigène de couleur, un authentique Indien. Cependant, comme je l'ai dit, il y a peut-être une issue à cette impasse. Si la viande était donnée (dans le même esprit que cet animal s'est donné à lui), il n'est pas impossible qu'on puisse le calmer.

— Je suppose qu'on pourrait la remettre à un foyer de sans-abri, intervint la policière. Ça pourrait se faire.

Le vice-recteur s'éclaircit la gorge et dit tout bas :

— Voyez ce qu'il en pense.

Cole s'avança tout près du cerf dans une forte et troublante odeur de peau, d'entrailles et de sang. Tout à coup il revit, dans ses moindres détails, le visage de son père en ce matin d'automne tant d'années auparavant, et il ressentit l'immensité de son isolement sur cette flèche de terre qui s'avançait dans la mer. Derrière l'animal dépouillé, par-dessus les toits des résidences en contrebas, l'eau de la baie miroitait, une traînée de brouillard blanc coupant la côte opposée. Au sud-est, la chaîne côtière de Santa Lucia se dressait en une ligne noire irrégulière.

— Ils disent que si tu le donnes à un foyer de sans-abri, il n'y aura pas de poursuites judiciaires.

Yazzie tapota le flanc de la carcasse, sa main couverte de sang produisant des claquements sonores et il regarda au loin au-dessus de l'océan.

— Tu peux leur dire que l'animal finit sa route ici.

Il garda le regard fixé sur l'est, de l'autre côté de la baie, le couteau dans sa main droite à demi levée, présentant à la foule le profil spectaculaire du guerrier.

— Ils vont déposer une plainte pour violation des lois réglementant la pêche et la chasse dans l'Etat, le mit en garde Cole. Ça correspond sûrement à une lourde amende. Et tu pourrais perdre ton poste ici. Est-ce que tu en es titulaire ?

Yazzie soupira et regarda autour de lui. Il abaissa le couteau le long de son corps et rencontra le regard de Cole pour la première fois.

— J'ai fait un rêve, dit-il. Je dois fabriquer sept flèches et il me faut du tendon de cerf pour y arriver. (Il montra son pouce bandé.) Je me suis déjà salement amoché les mains en taillant les pointes. Et tu as raison, je ne suis pas titulaire.

Cole acquiesça :

— Tu pourrais en prélever assez sur les pattes, non ?

Yazzie observa le cerf un moment.

— Ça serait juste, mais peut-être que oui. Pas de ragoût, alors ?

— Non.

— Bon.

Cole retourna voir Spanner et la policière qui collait à l'épaule du vice-recteur.

— Il faut qu'il garde les pattes, expliqua-t-il. C'est pour des raisons cérémonielles que seul un Indien pourrait comprendre. Mais il nous laissera prendre le reste.

— Hé, là, une minute, merde, dit la policière.

Mais le vice-recteur se plaça devant elle, lui parla d'un ton rapide mais sans élever la voix, jetant à un moment un coup d'œil vers le couteau à découper que Yazzie tenait toujours à la main.

— D'accord, capitula-t-elle. Dites-lui de prélever les pattes et de laisser tout le reste comme ça. Nos services s'occuperont de transporter la dépouille et de nettoyer ces cochonneries.

Pendant qu'elle parlait encore, Alex sciait déjà les pattes, les détachant l'une après l'autre au niveau des genoux et les plaçant délicatement sur l'herbe. Derrière lui, Cole entendit une femme murmurer :

— Tout est arrangé. C'est un Indien.

Récupérant les pattes sous son bras gauche, Alex resta là, le couteau dans la main droite, regard braqué sur Cole.

— Viens chez moi. Il faut que nous parlions.

Cole regarda le vice-recteur et haussa les épaules avant de suivre le jeune homme vers la maison la plus proche. A l'intérieur, Alex Yazzie posa les pattes du cervidé sur le plan de travail de la cuisine et dit :

— Installe-toi.

Puis il disparut vers l'étage.

Cole resta debout dans le séjour haut de plafond et lut les titres de livres indiens dans une bibliothèque encastrée. Sur les murs étaient placardées des affiches de powwows et une grande couverture navajo grise tirant sur le marron. Juste à côté, un râtelier contenait trois arcs : deux à double courbure, d'un modèle ancien, et un autre, complexe, qui, avec son système élaboré de poulies, ressemblait à une arme de science-fiction. Il y avait également sur ce présentoir une douzaine de flèches à la pointe acérée comme la lame d'un rasoir.

— C'était quoi, cette danse ? demanda Cole dès que Yazzie redescendit. Et à quoi ça rimait, ces *hey-ah-nah* ?

Yazzie, qui portait maintenant un survêtement doré, éclata de rire :

— Pure improvisation. J'ai cru que je pourrais dépecer le cerf et le planquer dans mon réfrigérateur avant que personne s'en aperçoive, mais manifestement c'était impossible. Puis quand j'ai vu tous ces gens qui se tenaient là en pensant que j'étais une sorte de sauvage primitif, à l'habillement hybride, incapable de se maîtriser en présence de la chair fraîche, je me suis dit que le meilleur moyen d'échapper à cette flic et de garder quand même mon cerf c'était de les persuader que j'étais vraiment un Indien primitif et cinglé. Qu'est-ce que t'as raconté au vice-recteur, au fait ?

— Pas grand-chose. Seulement que tu étais un clown sacré qui s'était lié à l'esprit du cerf à la façon traditionnelle des Navajos et que tu risquais de tuer quiconque essaierait de s'en emparer. Pourquoi la jupe ?

Alex Yazzie avait incliné la tête et haussé les sourcils, et à nouveau Cole pensa à un coyote affamé.

— Un clown sacré ? Lié à l'esprit de la viande ?

Il eut un large sourire.

— Félicitations. Je suis jaloux.

Alex poursuivit :

— Tu te caches depuis que tu es là, non ? Je ne t'ai pas vu à une seule réunion. Tu veux une bière ?

— Je n'assiste pas aux réunions.

Yazzie sortit deux Budweiser du réfrigérateur et revint vers la table. Il en décapsula une qu'il tendit à Cole. Quand il eut ouvert la seconde, il la leva dans les airs.

— Les hommes, les vrais, ne boivent pas de leur connerie de bibine microbiotique. A mon nouveau collègue indien.

Cole leva sa bière, se remémorant une fois de plus cette

matinée de chasse, vingt ans auparavant. Il sentait encore l'odeur de la folle avoine au lever du jour, voyait les ombres des chênes se détacher du versant sombre de la colline. Emmitouflé dans la veste de treillis de son frère, il s'était accroupi dans les hautes graminées et avait prêté l'oreille au souffle de son père. Son frère était encore au Vietnam et le monde qui s'était ouvert tout grand devant eux se refermait à mesure que pointait le soleil. Il l'avait senti dans l'air glacial, dans la respiration attentive de son père. Moins d'un an plus tard, il allait parcourir à pied le lit de la rivière tarie, à la recherche des os de son frère, et lorsque le cerf trois cors avait émergé de l'ombre des arbres, ce matin-là, il s'était relevé et lui avait tiré une balle en plein cœur.

— Tu veux que je te parle de ces flèches que je confectionne ?

Cole secoua négativement la tête.

— Non ? J'ai bien l'impression que tu dois vraiment être indien. Les Blancs veulent toujours qu'on leur apprenne tous les rites secrets. Toutes ces foutaises indiennes.

— Excuse-moi de te dire ça, Alex, mais tu me fais l'effet d'être un drôle de mélange.

— Tu veux dire parce que tu m'as vu porter une jupe pour dépecer un cerf ?

— C'est un bon point de départ.

— Il faut que tu laisses libre cours à ton imagination, Cole. Nos ancêtres ceignaient leurs reins d'un vêtement. Si je faisais comme eux aujourd'hui, on m'arrêterait pour atteinte à la pudeur. Je parie que certains de tes ancêtres portaient des jupes qu'ils baptisaient kilts. Vous autres, les Indiens du Sud-Est, vous avez du sang irlandais et écossais, pas vrai ?

— Absolument. Tu ne serais pas arrêté à Santa Cruz. Ils penseraient seulement avoir affaire à un Indien authentique.

— D'accord. Pas à Santa Cruz, mais tu vois ce que je veux dire. Il faut que nous obligions ces Blancs à réfléchir.

Qui décide qu'il faut porter un pantalon pour être un homme ? Tu penses que je suis homo, c'est ça ?

— L'idée m'en a traversé l'esprit.

— Disons simplement que j'aime bien ne pas me fermer de porte. Considère-moi comme un individu aux intérêts illimités.

Il eut à nouveau un sourire carnassier.

Cole examina la bouteille vide qu'il tenait à la main.

— Je ferais mieux de retourner à mon bureau, dit-il. J'ai deux cours à donner.

Le regard de Yazzie alla de sa propre bouteille presque pleine à celle de Cole.

— Ecoute, les deux seuls professeurs indiens de ce campus devraient se fréquenter. Elvin Bishop donne un concert ce soir en ville, au Catalyst. Pourquoi on n'irait pas l'écouter et échanger des histoires ?

— Le véritable Elvin Bishop ?

— Ouais.

— Il est encore vivant ?

— Plus que jamais. Et il n'est plus seulement le roi du blues ; maintenant il est devenu le roi de la culture biologique. Il a une propriété à Lagunitas où il fait pousser des légumes, trente variétés de brassicas pour ne parler que de ça.

— Des brassicas ?

— Des choux de Bruxelles. Où est-ce que tu habites ? Je passerai te chercher vers huit heures. Il faut qu'on y soit tôt pour avoir de bonnes places. A moins que tu veuilles seulement danser.

Cole réfléchit à la proposition. Même après la douche et le changement de tenue, l'odeur du sang flottait autour d'Alex Yazzie de manière si âpre qu'elle semblait émaner de lui. Mais peut-être que s'ils restaient suffisamment tard et s'ils s'enivraient suffisamment, il ne rêverait pas.

— Quelle personne seras-tu ? demanda-t-il.

La bouche de Yazzie s'étira en un sourire tout en dents.

— Moi, tout simplement.

Cole pensa à Elvin Bishop, l'un des grands chanteurs de blues des années soixante et soixante-dix.

— C'était il y a longtemps, dit-il à voix haute en s'adressant davantage à sa bière qu'à Yazzie.

Maintenant, les fondateurs de l'American Indian Movement[1] organisaient des bains de vapeur cérémoniels pour les extra-lucides de Santa Cruz, ils tenaient les rôles de chinetoques dans les films, à Hollywood, ou chantaient dans un groupe de rap indien. Victime d'une machination, Leonard Peltier était encore en prison, et Elvin Bishop cultivait trente variétés de choux de Bruxelles. La commémoration du massacre de Wounded Knee s'était accompagnée, une fois de plus, des habituels clichés déchirants représentant les corps gelés de Bigfoot et des siens chargés sur des chariots comme du bois mort. A la télévision, il avait regardé un groupe d'Indiens refaire, en hommage au vieux chef, la longue chevauchée du souvenir par une température glaciale de moins quarante degrés, apercevant par instants entre chapeaux et écharpes leurs visages maussades qui lui avaient fait penser à des paysages érodés. Sur ces visages il avait distingué le ravinement de l'alcool, de la drogue et de rudes existences, les reliefs du pays indien.

Sa fille et son ex-femme se trouvaient maintenant dans une maison des montagnes du Nouveau-Mexique, dans l'enchevêtrement des ultimes contreforts des Rocheuses, avec la neige qui s'entassait sur la terrasse et un appaloosa efflanqué qui mastiquait dans le corral. Les années soixante-dix étaient bien loin. C'était une bien longue route qu'ils avaient parcourue.

— D'accord, dit-il.

— Super. Fais-moi un plan pour aller chez toi, dit Yazzie

1. Mouvement des Indiens d'Amérique né à la fin des années soixante, l'AIM mène des actions politiques destinées à faire aboutir les revendications indiennes comme le respect des traités, l'autonomie de décision, etc. (*N.d.T.*)

en poussant vers lui un stylo et une feuille de papier. Un jour je te raconterai peut-être mon rêve.

Cole exécuta un croquis rapide et se leva.

Yazzie le retourna pour l'étudier.

— Je passerai te prendre à huit heures et je ne serai pas en retard.

— Merci pour la bière. Un jour je te raconterai peut-être mon rêve.

Une fois dehors, Cole vit une nuée d'enfants qui observaient deux policiers du campus placer le cadavre du cerf dans le coffre d'une voiture de patrouille. Il détourna rapidement les yeux. A travers le plastique transparent, l'animal privé de pattes, de tête et de peau lui avait fait l'effet d'un fœtus. Sous le mûrier, des membres du service d'entretien avaient mis la tête et les autres restes dans des sacs-poubelle et lavaient au jet l'herbe couverte de sang. Sous les yeux de Cole, toutes traces du cerf disparurent.

5.

Une plume flottait sur l'eau. Coyote se dressait sur Pico Blanco, surplombant le courant. Il lança son chant. Aigle et Colibri lui répondirent, et à eux trois ils formèrent le peuple. Cela se passait dans les temps sacrés. Puis ceux qui portaient des croix arrivèrent du sud et les enfants commencèrent à mourir. Accroupi à la fenêtre, Venancio entendit le prêtre crier dans son sommeil et perçut la présence de tous les fantômes dans les murs de la mission. Le soleil flamboya de l'autre côté de la mer, éclairant le chemin menant vers l'ouest à l'île des Morts, mais les morts étaient trop nombreux, si nombreux que la terre tremblait sous son fardeau. Venancio possédait un nom secret et il apprit son pouvoir à l'ombre des religieux, écoutant les cloches et, par son chant, il donna à l'ours chair et os.

6.

Ce jour-là, en fin d'après-midi, Cole se trouvait dans sa cuisine où il attachait des plumes de cou de coq grizzli sur un moustique Black River numéro seize. Il avait mal à la tête et il plissait les yeux derrière ses lunettes de drugstore. D'un côté se trouvait une petite boîte en plastique contenant une douzaine de mouches semblables. C'était un modèle plus foncé qu'il avait inventé pour pêcher dans la Black, une belle rivière qui séparait la réserve apache de White Mountains et celle de San Carlos, en Arizona. A l'ouest de la Blue, la Black coulait à travers les White Mountains, plongeait vers les grès jaunes de Cibecue et se jetait dans la Salt. Chaque année, dix ans durant et jusqu'à l'année précédente, il s'était introduit sans autorisation sur ces réserves pour pêcher avec deux amis. Ses moustiques Black River avaient de gros hackles de coq pour ailes, un corps noir conséquent, verni, non cerclé de crins d'élan, et un hackle sombre en guise de queue.

Le finisseur ne cessait de lui échapper. Les ailes ne se séparaient pas comme il aurait fallu. Ses pouces comme tous ses doigts étaient trop gros, trop carrés, trop maladroits. Une goutte de vernis pour la tête était tombée dans sa bière. Il avait lâché une mouche achevée dans son verre de whisky où elle avait composé une imitation convaincante d'un insecte qui flotte.

— Si c'était un fleuve de whisky et si j'étais poisson,

chanta-t-il en la retirant du verre, tout au fond je plongerais et cette mouche goberais.

Ses mains tremblaient après sa rude journée de travail à laquelle s'ajoutaient l'alcool, l'odeur encore tenace du cerf dépecé, l'épouvantable trajet du retour, enfin.

Ça avait commencé dès qu'il avait lancé le moteur du pick-up et qu'il était sorti du parking du campus. Un écureuil gris s'était élancé d'un arbre sous ses roues. Il avait aperçu la forme floue et senti le choc avant d'avoir pu réagir. Quand il était descendu, le rongeur était mort. Un instant il avait songé à prélever la queue pour confectionner des attaches pour ses mouches, mais au lieu de cela, il avait posé l'animal sur l'herbe avec délicatesse, caressant du doigt la tête et le dos soyeux, puis il avait continué à descendre la colline. Il n'avait parcouru que quelques centaines de mètres lorsqu'un bruant à tête noire venu de l'accotement avait voleté droit devant la calandre du camion. Dans le rétroviseur, il avait vu la minuscule boule de duvet noir et gris rebondir sur la chaussée et demeurer immobile, les plumes hérissées par le déplacement de l'air dans le sillage du véhicule. Pourtant, cela faisait vingt-cinq ans qu'il conduisait et il n'avait écrasé qu'un seul animal, un écureuil des terriers qui avait foncé vers sa mort, sur la route de la côte au sud de Big Sur. Et là, en moins de deux minutes, il venait de tuer un deuxième écureuil et un oiseau.

Il sortait du campus et attaquait la montée d'Empire Grade quand une chouette effraie, sans raison aucune, avait plongé de la voûte des branches, déployé ses ailes et heurté le pare-brise avec un bruit sourd d'os écrasés. Un instant, il avait croisé le regard de l'oiseau et avait repensé à la chouette de la nuit précédente. Quand il avait rangé le camion sur le bas-côté et qu'il était revenu en arrière vers le rapace, celui-ci n'était plus qu'un petit tas sans poids de plumes mortes hérissées, les yeux ouverts, fixes, avec du sang qui suintait de son bec brisé. Huit cents mètres plus loin, il avait brutalement appuyé sur les freins au moment où une biche et un jeune faon avaient bondi d'un fourré de sumac vénéneux juste devant le camion qui était parti en glissade, roues bloquées, touchant le faon à l'oblique et l'envoyant bouler. Le jeune animal s'était relevé aussitôt et avait franchi la haie la plus proche pour disparaître dans les arbres.

Il avait roulé lentement pendant le reste du trajet, les deux mains crispées sur le volant, sur ses gardes pendant que des lapins tentaient de passer sous les roues, que des tourterelles plongeaient vers le pare-brise telles des ballerines et que des oiseaux chanteurs jaillissaient des buissons pour foncer sur la calandre. Une fois rentré chez lui, les mains tremblantes, il s'était versé une rasade de Jack Daniel's et avait ouvert une bière, puis il avait décidé de préparer des mouches parce que c'était la seule occupation qu'il pouvait avoir sans penser.

Le cours sur Black Elk n'avait pas marché. En s'efforçant de débarrasser le Lakota des vues romanesques que partageaient John Neihardt et ses étudiants, il avait créé la confusion. Il avait bien vu que les étudiants se sentaient floués, ne percevaient pas la vérité qu'incarnait ce vieillard tourmenté, Nicholas Black Elk, ce catholique en colère qui était né aux frontières d'un monde et qui avait survécu longtemps dans un autre monde. Il avait mis abruptement fin au cours en promettant d'en terminer la fois suivante avec *Black Elk Speaks.*

Les lunettes bon marché qu'il utilisait quand il fabriquait des mouches glissaient sur l'arête de son nez en sueur, et il les remonta. Sa main tremblait tandis qu'il entourait la tige d'un nouvel hameçon sans ardillon.

— Je devrais essayer de faire une Humpy, dit-il à haute voix. Ou une Adams Irrésistible.

Il regarda la couverture du manuel de fabrication de mouches qu'il n'avait pas ouvert depuis des mois. A l'intérieur se trouvaient des photos et des instructions détaillées pour créer des merveilles éphémères comme les Carmichael Indispensables, les Royal Wulffs et les Blue Duns.

Tous ces subtils et magnifiques assemblages de plumes et de poils dont les truites étaient si friandes.

Il se leva, laissant la bobine suspendue à l'étau, et ouvrit le réfrigérateur. Le mouvement de la porte fit voler en travers de la table plumes de coq grizzli, éphémères bleues et hackles de paon d'un noir tirant sur le vert. Il regarda une pellicule duveteuse se déposer à la surface de son verre de whisky à demi plein. Parfois, il avait le sentiment que s'il parvenait à fabriquer un nouveau type de mouches, quelque chose d'une grande portée et d'une importance immense viendrait modifier sa vie. Et chaque fois, ces derniers mois, il sortait les éphémères bleus, les splendides colliers de faisan doré, les poils de cerf et de wapiti, les crins d'élan, les plumes de dindon, la peau de tête de lièvre, le panache d'écureuil, la queue de veau, le fil de montage doré et les poils colorés sur fil poissé pour le corps de ses mouches, il disposait cette pluie de matériaux arachnéens sur la table. Mais il finissait toujours par monter des moustiques. En imagination, il les voyait flotter sur les eaux sombres de la Black, se poser telle une ombre sur la surface ridée en aval de l'une des retenues d'eau, il sentait les remous déclenchés par une arc-en-ciel montant à l'air ou par l'une des grosses truites marron qui guettaient dans les eaux profondes sous les berges creuses envahies d'herbes. Il les connaissait et il connaissait la rivière. Il entrait dans l'eau au lever du soleil et ne reprenait conscience du monde que lorsque l'atmosphère alentour virait au gris et qu'il était temps de repartir vers le campement à travers les pins sombres. Le soir, allongé dans son sac de couchage, il sentait le courant pousser contre ses jambes, voyait, en gardant les yeux clos, le flot qui allait balayer les renfoncements envahis d'ombres, et tout en dormant entendait le torrent impétueux et le clapotis discret sur les roches à fleur d'eau.

Emportant sa bière dont il fit sauter la languette en marchant, il sortit de la cuisine, alla à la fenêtre du salon et en franchit le cadre vide pour se retrouver dehors.

Les nuages s'étaient dispersés et le soleil d'hiver semblait posé, comme éteint, sur les cimes décharnées des pins et des chênes le long des reliefs, à l'ouest. Rouge, difforme, il coulait petit à petit vers l'obscurité de l'autre versant en un lent delirium tremens. Cole plissa les paupières pour regarder cette masse curieusement indistincte et, après s'être fatigué les yeux un moment, il se souvint qu'il portait ses lunettes. Lorsqu'il les ôta et les glissa dans sa poche, l'astre parut reprendre sa course avec fermeté et netteté, échappant rapidement à sa vue.

Il scruta la pénombre autour de lui, respirant profondément pour sentir l'odeur pénétrante des lauriers et des herbes hivernales qui constituaient le tas de compost, puis il se dirigea vers le chêne blanc à l'une des extrémités de la maison et grimpa sur une grosse branche qui plongeait presque jusqu'à terre. Elle s'incurvait, dans un sens puis dans l'autre, descendait jusqu'à moins de quinze centimètres du sol puis remontait, formant un siège avec dossier. Il replia ses jambes et s'appuya, se démancha le cou pour apercevoir une construction délirante de planches de cinq centimètres sur quinze clouées de branche en branche à quatre mètres et demi au-dessus de lui. Semblables à des lignes noires qui se détachaient sur la forme plus claire de l'arbre à cette heure tardive, elles étaient si patinées par les intempéries que durant la journée le grain du bois affleurait et se détachait presque en blanc. Seules demeuraient trois des petites marches qui avaient permis d'accéder à la cabane bâtie dans l'arbre, pourries et accrochées de guingois au tronc principal. Il imagina les voix des enfants dans les branches et sentit son cœur se serrer. Où étaient-ils maintenant, ces gosses téméraires ? Il sentit les larmes lui monter aux yeux.

Quand il était revenu en Californie pour la première fois, l'été précédent, il avait effectué un pèlerinage en pick-up le long de la côte, franchissant le sommet de la chaîne Santa Lucia au col de Nacimiento. Il s'était garé quelques minutes sous les hauts pins de Monterey, se souvenant de son père qui pénétrait dans l'ombre des arbres, vingt ans auparavant, pour couper ses cheveux en signe de deuil, pour Attis, son autre fils. Il se remémora la dernière fois où son frère et lui avaient descendu le chemin abrupt en dessous du sommet pour pêcher dans les eaux proches de la source de la San Antonio, l'été qui avait précédé le départ d'Attis pour le Vietnam.

Puis il avait remis le pick-up en marche et avait plongé dans la sauvage vallée de la Jolon et, au sud, par de petites routes secondaires, dans une région où ils avaient chassé le cerf et la caille. L'herbe était drue et foncée sous les arbres au pied des collines, grouillant d'écureuils des terriers, et les sturnelles des prés étaient alignées sur les poteaux des clôtures. Finalement, il avait emprunté la route non goudronnée à une seule voie qui conduisait à leur première maison en Californie.

Elle existait encore, blottie tout au fond d'une entaille étroite dans la chaîne côtière, petite maison blanche dont la peinture s'écaillait et dont la base s'inclinait, avec une cour au sol nu où une demi-douzaine de volailles marron et blanches grattaient encore la terre. Sur la pente, derrière la maison, il apercevait une anfractuosité où, quand il avait sept ans et Attis neuf, ils avaient creusé une grotte et trouvé au fond deux pointes de flèche d'obsidienne et de silex et une petite figurine de pierre blanche. En trente-cinq ans, rien n'avait changé aux abords de la maison. Le canyon était aussi silencieux que l'intérieur d'une kiva. Pas même un oiseau n'émettait un son ou ne se découpait dans le ciel. Dans le gros chêne noir en bordure de la cour, quelques planches pourries rappelaient encore le fort rectangulaire qu'il avait construit avec Attis. Les épais taillis de ceanothus et de busseroles à travers lesquels ils s'étaient faufilés avec des lance-pierres et des pistolets à plombs se dressaient toujours sur les deux parois du canyon, et la folle avoine, haute et dorée, poussait entre les fourrés sur les versants.

Un calme intense régnait autour de la maison et sur le

canyon. Bien qu'elle fût visiblement habitée, il n'y avait aucun signe de vie à l'exception des volailles. Il observa la porte avec son écran moustiquaire déchiré et sentit monter en lui une peur panique de se voir ou de voir Attis sortir en courant, craignit que sa mère, si jeune alors mais morte depuis si longtemps, la moitié de sa vie à lui, n'apparaisse à l'angle de la bâtisse avec une corbeille de linge à étendre.

Il avait fait demi-tour aussi silencieusement que possible et repris le chemin de terre. Avec le recul, il avait le sentiment que cette visite avait déclenché quelque chose, engagé un processus diffus.

Il avait poursuivi sa route vers le sud pour aller voir son vieil ami, Mundo Morales, l'avait trouvé sur la véranda de sa grande maison neuve proche de La Luz, qui faisait sauter un bébé sur ses genoux. « Nous autres Morales nous ne perdons pas de temps pour produire d'autres Morales, avait-il dit avec un large sourire. Me voilà grand-père. » Gloria était sortie de la maison et s'était précipitée dans ses bras, aussi belle à quarante-quatre ans qu'à vingt-deux avec son teint mat. « Est-ce que Mundo t'a dit qu'il est le shérif du comté ? » avait-elle demandé, et Mundo avait accueilli ses félicitations par un sourire et un haussement d'épaules. « Personne d'autre n'en voulait.

— Ce n'est pas vrai. Il a gagné les élections. Tu restes ici cette nuit, Cole. Ce n'est même pas la peine de protester. Nous ne te laisserons pas partir. » Elle avait pris le bébé et était rentrée dans la maison.

« Il y a quelques petits changements ici et là, avait déclaré Mundo en tapotant son embonpoint évident. Mais pas beaucoup. Je continue à faire des paniers avec les gars au boulot, à midi. Gloria siège à l'administration du comté nord, maintenant. » Il haussa les sourcils. « Elle participe à toutes les décisions politiques importantes, comme Dan Nemi autrefois. Elle est écologiste. »

Mundo avait posé son regard autour de lui sur la maison neuve, bâtie de telle sorte qu'un vénérable chêne blanc en abrite une partie de ses branches. « C'était la terre du

Viejo, la dernière petite parcelle de l'ancienne concession. » Au matin, ils étaient demeurés longtemps à la table du petit déjeuner, prenant le temps du souvenir, évitant les sujets qu'il ne fallait pas évoquer, puis Cole avait repris la route du nord en suivant la côte.

« Je suis ivre, se dit-il en s'essuyant la bouche avec le dos de la main. Pleurnichard et fatigué. » Le chêne sur lequel il était assis était plusieurs fois centenaire. Il essaya de se remémorer son second cours de la journée. Il aimait avoir ses classes les unes à la suite des autres, les deux univers étaient si proches. Il aimait la douloureuse sincérité des modernistes, leur acharnement à trouver les questions puis à y répondre. Leurs tentatives poignantes pour redécouvrir Dieu ou pour le remplacer l'attiraient. Comme certains anciens, hommes et femmes, qu'il avait rencontrés sur les réserves, ils savaient qu'ils avaient perdu quelque chose de précieux, d'indispensable, et ils vivaient dans un monde dépossédé et endeuillé. Mais ils croyaient que ce qu'ils avaient perdu était toujours là, quelque part, si seulement ils pouvaient interpréter les signes. La solution était juste hors de portée de main. Il éprouvait de la sympathie à leur égard en dépit de tous leurs sentiments de supériorité parce qu'ils étaient blancs, racistes et empiristes.

Plus que jamais conscient de la présence impressionnante de Kantner au premier rang, il avait disserté sur Eliot, commençant comme à son habitude par les évidences. Parce que le réveil est douloureux. Puis il s'était écarté de son propos et avait fini par divaguer sur la télévision, le golf, Lazare qui n'avait pas été ressuscité, le Christ qui n'avait pas été crucifié et qui portait des anneaux dans le nez et à la pointe des seins. La marée teintée de sang, la cérémonie de l'innocence.

Peu après le début de ce second cours de la journée, observant les visages pâles et naïfs de ses étudiants, il s'était rendu compte qu'il était ivre. A une heure de l'après-midi, c'était un tout nouveau record personnel. *Quelles sont les racines qui agrippent ?* avait-il psalmodié en jetant par la fenêtre un regard sur un petit groupe de séquoias en futaie. « *Quelles branches sortent de cette pierraille ingrate ? La mort, dit Wallace Stevens. La mort, dit monsieur Eliot. Monsieur Bones dit l'homme qui danse sur le parapet du pont. Des brouettes rouges, dit Williams. De la pluie et des poules blanches. Qu'est-ce que cela signifie de dire que Dieu a sacrifié son unique fils, que le Christ est mort pour racheter nos péchés, qu'Abraham était prêt à égorger son enfant, qu'Osiris fut mutilé afin que sa bite fertilise le Nil...* avait-il vraiment dit bite ? Oui, il se souvint de leurs sourires gênés. *Qu'est l'agonie dans le jardin, dans ces lieux où règne la pierre sinon une promesse que nous dédions au Dieu de la vie ? Voyez, j'offre ce à quoi je tiens le plus comme preuve de mon engagement vis-à-vis de vous. J'offre ce tabac, ce chiffon rouge, ma fille (Iphigénie), mon fils (Jésus), mon agneau précieux afin qu'une vie nouvelle jaillisse. Je fais offrande de moi, offrande de ma douleur. Mes chairs percées, accrochées à la croix sacrée de l'arbre de la Danse du Soleil. Ces cent fragments de ma chair. Pour que mon peuple puisse vivre. Nous proclamons avec une insistance violente, sanglante, sainte et merveilleuse que la mort n'est pas une fin mais un commencement, que nous avons un engagement profond et infini envers le continuum que nous habitons, que, par-dessus tout, nous acceptons la responsabilité de notre présence sur la terre.* Cela, il l'avait hurlé. *Mais la question demeure.* Sa voix était retombée. *Comment pouvons-nous expliquer le fait inexorable de notre mort, de la mort de toute chose ?*

Ecoutez les mots d'un chanteur luiseño, avait-il psalmodié d'une voix douce, *un chant indien de Californie hérité d'innombrables générations. Lorsque vint l'heure de la mort, lorsque je compris que la mort était inéluctable, je fus saisi d'une surprise extrême. Tout s'écroulait. Mon foyer, j'étais triste de le perdre. J'avais cherché au loin, dépêchant mon esprit vers le nord, le sud, l'est et l'ouest, essayant d'échapper à la mort, mais je ne trouvais rien, nul moyen de m'y soustraire.*

Il était resté un moment silencieux, éprouvant un vertige grandissant. *Nul moyen de m'y soustraire. Tout s'écroulait.*

Comment vivre avec ce fait extraordinaire ? Nous composons un chant, un poème, un récit qui inclut la mort de notre vie et la vie éternelle de notre esprit. Nous nous tournons vers nos liens avec le cosmos, nos liens avec la terre. Nous imaginons une histoire qui parle des étoiles. Comme les morts des pueblos, nous revenons sous la forme de nuages de pluie, dans leur danse, les pieds de nos nourrissons morts guident la pluie vers nos champs. Nous exécutons la Danse des Esprits. Nous savons que les morts solitaires recherchent notre présence, et nous honorons la vie. Ah, amour, soyons loyaux les uns avec les autres, telle est notre prière, et la terre mère est l'objet de notre amour.

Un tressaillement accueillit ce souvenir. Une certaine tension avait envahi la classe, un silence troublé qu'il n'avait jamais senti auparavant. Bien sûr, c'était à cause du meurtre et des disparitions de femmes. Comment choisir aussi mal son jour pour dispenser, en état d'ivresse, un cours sur la mort ?

— Ils ne peuvent pas me virer, dit-il à voix haute en s'adressant à l'arbre. Je suis professeur officiellement titulaire de mon poste.

— Bien sûr que non.

Il dégringola de son perchoir, se rattrapant de sa main libre en posant un pied par terre. Robert Malin se tenait à deux mètres de lui, les mains enfoncées dans les poches d'une parka bleue.

— Seigneur. Qu'est-ce que vous faites ici ?

Robert s'avança de deux pas.

— J'aime venir marcher par ici de temps en temps. Il y a un sentier. Vous voulez que je vous le montre ?

Cole s'arc-bouta contre la branche.

— Pas maintenant.

— J'espère que je ne vous dérange pas.

Ses yeux étaient deux cercles d'ombres et ses cheveux tirés si fort en arrière qu'ils semblaient luire.

Cole se redressa sur la branche, fit pivoter ses deux jambes vers le sol avec la bière en équilibre sur son genou.

— J'ai loué cette maison parce que j'aime la tranquillité.

Mais je suis content de vous voir, Robert. Je vous proposerais bien une bière, mais je crains d'être obligé de partir d'ici quelques minutes. Quelqu'un vient me chercher.

— C'est sans importance, professeur. Je ne bois pas. L'alcool trouble les rêves.

Cole considéra sa boîte de bière à moitié vide.

— Il faut bien que quelque chose le fasse. Vous pouvez m'appeler Cole, d'accord ?

Malin tourna son regard vers la forêt.

— En montant ici, je n'ai pas cessé de penser à ce qu'ils ont fait à cette forêt. Parfois, la nuit, j'ai l'impression d'entendre la terre pleurer. Ce doit être le bruit des arbres qui ploient sous le vent, mais cela semble venir des profondeurs du sol.

La voix de Malin prit un accent de pédagogue.

— Les séquoias ont un lacis de racines peu profondes, vous savez. Ils se tiennent les uns les autres. C'est comme si une forêt n'était en fait qu'un seul arbre. Lorsqu'on en abat un, tous doivent souffrir. Quand je me promène dans la forêt et que je vois toutes ces souches, j'ai le sentiment que ces montagnes sont noyées sous la mort. Ils ont mis le campus en plein milieu de tout ça, en plein sur un cimetière des Indiens Ohlones, à ce qu'il paraît. Sous le campus, c'est du calcaire, creusé de cavernes qui courent sur des kilomètres et des kilomètres. Les voix doivent soulever des échos, là-dessous.

Il tendit le bras pour arracher une brindille à l'arbre et la cassa en petits morceaux.

— Je n'y crois pas, bien sûr, mais Edgar Cayce et Nostradamus ont tous deux prédit le grand cataclysme. Cayce a dit : « Quand maintes îles dans la mer et maintes terres seront tombées sous l'emprise de ceux qui ne craignent ni homme ni diable, alors ta propre terre verra le sang couler, comme en ces temps lointains où un frère affrontait un autre frère. » Avec tout ce qui se passe, il est tentant de penser que nous avons atteint ce moment, et maintenant il nous faut agir de manière responsable. Nous ne pouvons nous cacher. Tout comme Black Elk n'a pu se cacher des Etres du Tonnerre, et Jonas n'a pu se cacher même dans le ventre de la baleine. Ils ont tous les deux essayé, souvenez-vous, et ont failli perdre la vie. Peut-être le récent tremblement de terre n'était-il pas autre chose qu'une mise en garde.

Il jeta sur le sol ce qui restait de la brindille et secoua la tête comme si un moustique vrombissait à son oreille.

— Ça a l'air dément, je sais. Je ne crois pas à tout cela, bien sûr.

— Robert, est-ce que vous avez fait tout ce chemin jusqu'ici pour me dire cela ?

— Non, je suis juste sorti marcher et je me suis retrouvé ici. Qu'avez-vous pensé de vos auditeurs aujourd'hui ?

Cole haussa les épaules.

— Ils ont eu l'impression que vous trichiez. Que vous leur aviez volé le Black Elk auquel ils croyaient et que vous ne leur aviez rien donné en échange.

— Un Indien qui donne ? Enfin quoi, la vérité n'est pas toujours drôle, répondit Cole que sa propre colère prenait par surprise. Ils se plaisent à se représenter Nicholas Black Elk comme un homme sacré tout d'une pièce, la création romanesque et tragique de Neihardt. C'est ce que ce monde de merde tout entier désire, n'est-ce pas, Robert ? Voir les Indiens comme des gens nobles, mystiques et, surtout, impuissants et condamnés ? Alors les Blancs peuvent porter des perles, du cuir et des plumes, verser une petite larme et se sentir Indiens.

Robert acquiesça.

— Mais ces étudiants ont des besoins et leurs parents ne leur ont rien donné. Le Black Elk de Neihardt leur permet de penser que le monde est sacré, rempli de rêves, et pas seulement un lieu vide que nous remplissons de nos possessions matérielles. A travers lui ils peuvent croire que le monde est vivant et non pas mort, et qu'il nous parle. Ils peuvent croire aux voix.

— Au prochain cours, je leur rendrai leur Black Elk,

Robert, mais d'abord ils doivent éprouver cette perte, ce sentiment de trahison, découvrir que les mots peuvent exprimer ce qu'ils ne signifient pas, signifier ce qu'ils n'expriment pas, que pour un Indien, chaque phrase en anglais peut représenter un traité bafoué. D'abord, Robert, nous arrachons Nicholas Black Elk à l'ethnostalgie, puis nous essayons de le retrouver dans tous ces mots. Tous ces foutus mots, Robert.

— Vous pourriez peut-être faire l'inverse.

Cole finit le reste de sa bière et écrasa dans sa main la boîte en aluminium.

— La douleur d'abord, le plaisir ensuite, dit-il. Vous auriez dû faire le cours vous-même, Robert. Je vous en ai donné l'occasion.

Avant que Robert ne puisse répondre, ils entendirent la voiture et se tournèrent vers les phares qui approchaient.

— Il faut que je m'en aille, dit Cole. J'ai des promesses à tenir et des kilomètres à parcourir avant de dormir.

Robert fit demi-tour et se dirigea vers la ligne des arbres.

Cole le regarda s'approcher du mur de séquoias et disparaître. Puis il s'avança vers les phares, jetant un coup d'œil par-dessus son épaule sur l'endroit où son assistant s'était effacé de sa vue.

7.

Il se tenait au milieu des arbres, prêtant l'oreille, dans l'obscurité presque totale. Je suis au milieu de toutes choses, pensa-t-il. Il n'y a que des ombres, je suis à l'intérieur et nul ne le sait.

Il s'allongea sur le côté, imagina les immenses abysses qui filaient vers le nord comme vers le sud, se vit projeté dans une chute vertigineuse, tombant dans les profondeurs de la terre.

Il y eut un mouvement dans les ténèbres. La silhouette se déplaçait de manière étrange, gauche, et il l'observa du coin de l'œil, la tempe appuyant sur les feuilles, sachant que de tout cela jaillirait l'ordre.

8.

Alex Yazzie remonta une bretelle de soutien-gorge sous l'épaule de sa robe en jersey noir et pointa sur Cole l'un des doigts de la main qui tenait la bouteille. Sur l'estrade, un groupe de blues composé exclusivement de femmes interprétait une version féministe de *Backdoor Man*, chauffant la salle avant l'arrivée d'Elvin Bishop.

— *I'm a backdoor ma'am*, clamait d'un ton aigu la chanteuse du groupe.

Cole écouta la voix douce et précise d'Alex se mêler au contralto de la chanteuse et dit :

— Je croyais que vous autres Navajos vous étiez peu causants.

— On n'est pas causant avec les étrangers, c'est tout. Mais je te considère déjà comme faisant partie de la famille. Il n'est pas exclu que je te fasse adopter au sein de la tribu. On pourrait organiser une cérémonie pour toi, te donner un véritable nom indien. Homme-mûr-qui-a-peur-de-ses-étudiants.

Cole regarda une lumière rouge au plafond à travers sa bouteille de Dos Equis.

— J'ai déjà un nom indien.

Il pensa à Oncle Luther qui le lui avait donné.

— C'est quoi ? demanda Alex en fermant un œil pour l'observer, la tête penchée comme une corneille ou une pie.

Cole regarda les danseurs puis Alex. Il secoua la tête.

Alex rouvrit les deux yeux et sourit.

— Juste histoire de voir. Dis donc, tu te souviens comme on se sent bien quand on sort d'un bain de vapeur ?

— Non, je ne m'en souviens pas. Comment on fait des seins comme ça ?

Alex baissa le regard.

— Avec des bas. J'ai bourré les bonnets de bas. Tu les trouves bien ?

Cole entreprit de détacher l'étiquette de la bouteille de bière.

— Ils sont parfaits. Un peu asymétriques, peut-être un tout petit peu disproportionnés. Tu pourrais aussi ajouter des gommes de papier crayon. Ta robe est splendide, à propos.

— Cette vieillerie ?

Alex sourit et reporta son regard sur sa poitrine :

— J'ai vu une publicité pour prothèses. Je crois que c'est la solution. (Il leva les yeux.) Au fait, j'ai remarqué que tu portes de préférence des chemises de grosse toile bleue et des Levis. Je t'ai observé, tu sais. Tu es toujours habillé pareil.

Cole baissa les yeux sur sa chemise.

— Avant, ces chemises, elles coûtaient dix dollars chez Penney, et maintenant elles sont à trente-cinq chez L.L. Bean. Ce sont des fausses.

— Tu sais, tu devrais vraiment déboutonner plus que le bouton du col, à la mode californienne.

Alex but une gorgée et regarda vers la piste de danse, en contrebas de leur table située au balcon. Lorsqu'il parla à nouveau, sa voix se fit plus douce, marquant une distance.

— Si je ne suis pas titularisé, je crois que je retournerai chez moi pour m'occuper des moutons, peut-être participer à l'administration de la tribu à Window Rock. Les affleurements rocheux de mon pays me manquent, la pluie drue. Les garçons minces avec leurs chapeaux noirs et les filles en turquoise. La façon dont les orages s'amoncellent en été et la vue des montagnes sacrées. Ma famille, mon clan, mon cheval me manquent.

— Tu racontes des conneries. C'est plutôt drôle de t'imaginer là-bas en robe avec les moutons, mais putain, je ne vois pas comment tu ne l'aurais pas, ta titularisation. Tu oublieras tout, les galettes de pain frit et le ragoût de mouton. Quel âge as-tu ? Trente ans ? D'ici dix ans tu seras un universitaire célèbre, le premier professeur amérindien homo à enseigner à Harvard. Tu oublieras tes racines et tu iras à Paris faire des conférences sur les Indiens et t'acheter des robes à la mode. Tu deviendras un individu déplacé, déraciné, tu feras partie de la nouvelle génération perdue des Premiers Américains, la diaspora universitaire indienne. Tu porteras des bijoux en turquoise, en argent, et tu décoreras tes murs de couvertures navajos de grande valeur. Tu ne digéreras plus les piments.

Alex sourit.

— Je refuse d'être coupé de mes racines. Je ne m'abaisserai jamais jusque-là.

Cole remarqua un groupe de femmes en vestes de cuir, tee-shirts blancs et cheveux courts en épi qui passaient, renfrognées et inquiétantes avec leurs tatouages et leurs anneaux.

— Voilà une de mes collègues, dit-il en désignant le groupe d'un signe de tête. Celle qui est en tête. Elle a séduit l'épouse de notre professeur le plus éminent avant de la larguer pour un étudiant de troisième cycle.

Alex secoua la tête.

— Pourquoi tout le monde ne peut pas être normal ? C'est trop demander ? Au fait, je t'ai dit que je ne suis pas homo, et ne me traite pas non plus de bisexuel. Les étiquettes sont une forme d'oppression, n'est-ce pas, monsieur l'Indien ? Je préfère l'absence d'étiquettes à leur présence.

Cole but une nouvelle gorgée puis fit tourner le reste de sa bière dans la bouteille.

— Monsieur le Sang-mêlé, ne t'en déplaise, et je te fais mes excuses pour t'avoir coupé de tes racines. Ce dont j'ai envie c'est juste d'aller pêcher. Pêcher la truite sur la Black River.

La chanteuse se lamentait, « Ce qu'ignorent les hommes, les filles le comprennent », soulevant les huées et les applaudissements de l'assistance, en majorité féminine.

Cole arrachait l'étiquette qu'il faisait rouler entre son pouce et son index. Les femmes aux cheveux courts avaient entrepris de danser en suivant maladroitement le rythme du blues. L'une d'entre elles commença à flotter, à s'élever très lentement au-dessus de la piste. Il vit sa partenaire tenter de l'empêcher de se détacher d'elle en la tirant par les coudes. La musique baignait dans le bleu, conférant aux cheveux et aux visages clairs une lueur fantomatique, et un petit ruisseau de liquide doré avait commencé à se déverser de l'un des angles de la salle, recouvrant la piste. Les femmes traînaient les pieds dans ces flots, projetant des ondulations vers la foule des spectateurs. Des vagues luminescentes léchaient les chevilles.

— Avant, dit Cole, je disais volontiers que j'allais peut-être retourner au Mississippi où se trouvent mon père, ma grand-mère et mon grand-oncle. Je n'arrêtais pas de me réciter tous ces noms : Yazoo, Bogue Citto, Bogue Homa, Red Water, Standing Pine, Conehatta, Pearl River, tous ces noms merveilleux. Mais là-bas je n'étais que de passage.

Alex observait un jeune homme de grande taille aux joues creuses qui dansait tout seul au pied de l'estrade, considérant les lesbiennes d'un œil méfiant.

— Pauvre sang-mêlé privé de patrie, dit-il à Cole. La voilà, la vraie génération perdue, coincée entre deux mondes. Menant son existence liminale. Si tu étais un Indien de sang pur comme moi, tu ne connaîtrais pas cette crise d'identité. Ce que tu aurais ce serait une carte du Bureau des Affaires indiennes qui t'indiquerait qui tu es avec précision, de sorte qu'à chaque fois que l'ombre d'un doute s'abattrait sur toi, tu pourrais sortir ta carte et recouvrer ta sérénité. Tu m'as dit que tu as une fille ?

Cole finit sa bouteille.

— Ma fille a décroché son diplôme de fin d'études secondaires et elle vit avec sa mère. Elle veut venir faire ses études ici.

— Ici, à Santa Cruz ? C'est génial. Comment elle s'appelle ?

— Elle s'appelle Abby. Et ce n'est pas génial. Je ne l'ai pas encouragée à venir.

— Pourquoi ? Si elle était là, ça pourrait vous être bénéfique à tous les deux. Tu donnes le sentiment d'un homme solitaire et replié sur lui-même. Tu as besoin de voir des gens. Ce n'est pas naturel de vivre seul.

— Tu vis bien seul, toi.

— Mais pas seul spirituellement.

Cole secoua la tête.

— Il y a quelque chose qui ne va pas, dans cet endroit. Ce meurtre, et ces femmes qui disparaissent. Je n'arrête pas d'avoir des rêves.

— Tu veux m'en parler de ces rêves ?

Devant le silence de Cole, Alex reprit :

— Tu as l'air de passer trop de temps tout seul. Peut-être que tu bois trop.

— Tu devrais venir pêcher avec moi en Arizona, Alex. On pourrait y aller en juillet, après la fonte des neiges du printemps, nous introduire sur la réserve. Tu n'as jamais rien vu d'aussi beau.

— Pourquoi vous vous êtes séparés, ta femme et toi ? A cause de maîtresses ? D'amants ?

Cole examina la foule pendant un moment.

— J'ai tenté de comprendre, mais je crois que je ne sais pas. C'est comme si tout s'était fané. Nous avons cessé de nous toucher, même de parler. J'ai essayé d'en rejeter la responsabilité sur elle. Après quinze ans de mariage, elle a repris ses études, elle est devenue avocate et tout a paru changé. Mais quand j'y réfléchis sérieusement, je sais que ça avait commencé bien avant ça. Elle, elle disait que c'était moi qui n'étais plus le même, et elle avait peut-être raison. Je ne sais pas. On en était arrivé à un stade où je n'éprouvais plus rien, plus rien du tout. (Il s'arrêta et chercha la serveuse des yeux.) Mara mangeait toujours ses glaces dans leur boîte, cuillerée après cuillerée. Jamais dans une coupe, comme si cela signifiait qu'elle se devait de les manger, ou je ne sais quoi. Cela me rendait fou. Tu sais, nous avons essayé d'aller à Wounded Knee pendant l'occupation du site. Nous avons essayé de nous y rendre dans une coccinelle de 1962 alors qu'elle était enceinte jusqu'aux yeux et vomissait sans arrêt. La voiture a rendu l'âme à Holbrook et nous sommes rentrés en bus Greyhound, avec Mara qui vomissait dans des sacs en papier pendant tout le trajet de retour.

— Voilà une expérience amérindienne authentique, du genre à souder à vie ceux qui y participent. Tu as peut-être été jaloux quand elle a fini ses études de droit. Lorsqu'elle a mené une vie personnelle. Est-ce qu'elle te manque ? Pourquoi es-tu venu ici ?

— L'université m'a fait une de ces offres qui ne se déclinent pas. Chaque fois que je refusais, ils m'offraient plus. Mais ce n'était pas non plus la vraie raison.

Il aperçut la serveuse et tenta sans succès d'attirer son attention, puis il dit :

— Je croyais que les Indiens ne posaient pas de questions indiscrètes. Pourquoi tu ne fais pas tes cours en travesti ? Tu serais la star du campus. Le seul travelo navajo de l'université de Californie.

Il suivit des yeux la serveuse qui circulait entre les tables, à quelques mètres d'eux, et reprit :

— Je pense tout le temps à mon frère aîné. Ça doit venir de cet endroit. Nous passions beaucoup de temps ensemble sur la chaîne côtière, plus au sud, quand nous étions jeunes. A chasser, à pêcher, à faire de la randonnée. Quelquefois, j'ai l'impression qu'il est tout proche, juste là sous les arbres, à m'attendre.

— Où est-il ?

Cole hésita.

— Il est mort au Vietnam, dit-il d'une voix mal assurée.

Alex le regarda avec curiosité comme s'il allait poser une autre question. Finalement, il dit :

— Je suis désolé. Alors, pourquoi es-tu venu ici, Cole ?

Celui-ci repéra la serveuse et lui fit signe, désignant des deux mains les bouteilles vides.

— Tu devrais voir les grosses truites arc-en-ciel de la Black River. Comme ça.

Il leva les mains et une truite de néon s'agita entre elles.

— On peut faire de la randonnée pendant une semaine sans même voir une empreinte de pied humain. Il y a des cerfs partout, des ours, des dindons sauvages, des aigles, des pumas. C'est le paradis. Et les Apaches sont tes cousins. Il ne serait peut-être pas nécessaire de nous cacher. Tu pourrais simplement présenter ta carte de membre.

Il libéra le poisson, le laissant tomber dans la mare des danseurs au-dessous d'eux, où sa queue arc-en-ciel étincela avant qu'il ne disparaisse à contre-courant.

— Ou bien nous pourrions juste acheter un permis de pêche à la tribu. Cole, tu penses que tu pourrais me faire confiance là-bas pendant une semaine, rien que nous deux ?

— Je suis plus fort que toi. Je pourrais te botter le cul.

— S'il y a une chose que tu ne pourrais pas faire à mon cul, c'est bien ça. Ne te fie pas à cette robe. Tu as devant toi une ceinture noire sixième dan. Il fallait bien que je m'occupe pendant les hivers passés à Harvard.

— Porte-jarretelles noir, tu veux dire.

Cole parcourut du regard les danseurs, reconnut une de ses étudiantes dans un groupe de quatre jeunes femmes qui ondulaient bras dessus, bras dessous. La musique courait sur la piste liquide en vagues bleu et or, venait donner contre leurs cuisses. L'une d'elles se baissa pour en remplir sa paume et en frotter ses cheveux dans lesquels restèrent accrochés des rubans fluorescents. Une autre se dévêtit rapidement et agita les bras dans le liquide, le visage et les seins lumineux.

— Bon Dieu, je suis ivre, dit-il. Dieu sait pourquoi je suis venu ici.

Il se tut un long moment avant de reprendre.

— J'ai pris un congé d'un an, là-bas, à l'université, donc je peux toujours y retourner, du moins une fois que l'année sera écoulée. Je crois qu'il fallait seulement que je prenne un peu de recul pendant quelque temps.

— Vous faites un ivrogne très compréhensible, professeur McCurtain. Mais tu devrais parler de tes rêves à quelqu'un. Un de mes oncles est ce que tu pourrais appeler un homme medicine. Tu pourrais lui parler.

— Pourquoi ?

— Il s'y connaît en rêves.

— Qu'est-ce qui te fait croire qu'un guérisseur navajo pourrait m'aider, ou que j'aie même besoin d'aide ?

— Nous en avons tous besoin.

— Merci, Alex, mais la seule aide dont j'ai besoin c'est d'une rivière, d'une canne pour pêcher au lancer et de truites arc-en-ciel. Tu as déjà fait de la randonnée ?

— C'est bon pour les Blancs. Nous, nous avons des chevaux. Je suppose que les Indiens du Sud n'ont jamais eu de chevaux.

— Tu plaisantes. Ce sont les Choctaws qui ont inventé les chevaux, les chevaux de course de race, les pur-sang, les quart-de-sang et même les Tennessee Walkers et les poneys Shetland. C'est un fait peu connu. Les Espagnols ont capturé ceux qui nous avaient faussé compagnie. Ils ont commencé par les manger, mais bien vite ces Espagnols primitifs sont devenus de vrais centaures cuirassés. Les Choctaws ont même inventé ces canassons miniatures qui galopaient un peu partout à l'ère paléozoïque. Les Navajos, eux, ont inventé les chameaux.

— Le paléozoïque ?

Alex sourit, découvrant des dents blanches et aiguisées,

et Cole eut soudain le sentiment qu'il risquait une morsure.

— Moi, dit Alex, je vois d'ici ces Choctaws miniatures montés sur leurs chevaux miniatures. Les Navajos ont inventé les Choctaws.

Cole souleva la bouteille.

— Comment se fait-il que des Blancs débiles veuillent devenir Indiens ?

Alex but une gorgée et cligna de l'œil.

— Comment se fait-il que des Indiens débiles veuillent devenir Blancs ? Ou devenir des femmes ? Voilà Elvin.

Elvin Bishop se tenait au bord de la scène, le visage ridé comme l'écorce du séquoia, les yeux immenses et lumineux. Il regarda Cole bien en face et sourit. Avec sa salopette et sa chemise de flanelle, ses cheveux raides en bataille et ses dents luisantes, il avait l'air d'un fermier diabolique.

La piste de danse était sèche maintenant, c'était un désert de sable poussé par le vent, où des arêtes de poisson étaient éparpillées. Les danseurs avaient des visages brûlés par le soleil et arides qu'ils tendaient vers Elvin avec des expressions de suppliants. Cole remarqua que l'assistance au Catalyst était devenue plus masculine, avec un mélange d'étudiants au crâne rasé venant du campus et de motards à cheveux longs venus de la vallée de San Lorenzo, portant des vêtements de cuir découpés qui dévoilaient une jungle de tatouages. Les femmes, les motards et les copines de motards formaient des groupes serrés et distincts, tenant à la main leurs bouteilles de bière Budweiser au long goulot et observant la piste et la scène.

— Ils ne me titulariseront pas, dit Alex. Ils ne veulent pas d'un Indien dans leur département, à moins qu'il ne soit dans un musée comme Ishi. Ça les met mal à l'aise d'avoir un Indien vivant dans le coin quand ils ont envie d'aller déterrer des ossements chumashs.

— Bon Dieu, je suis ivre, répondit Cole. Cesse de pleurnicher, Alex, et occupe-toi de publier. C'est la seule chose qui les intéresse, bordel. Des mots dans des petites revues. Bien sûr qu'ils sont racistes, mais publie assez de communications écrites et même les racistes seront contraints de te titulariser. Publie assez et tu pourras te faire la femme du président de l'université si tu en as envie.

— Tu crois que je devrais ? reprit Alex.

Cole continua à gratter du pouce l'étiquette de sa bière et secoua la tête.

— Pas moi, mais eux, oui. Tu as entendu parler d'un meurtre dans le voisinage, d'une victime qui a été coupée en morceaux ?

Elvin Bishop commença à hurler des paroles qui parlaient d'une femme buvant de la bière, accompagné par les improvisations d'un saxophone. Les danseurs se démenèrent, trébuchant et tombant sur le sol rocailleux. Alex détourna le regard comme s'il se sentait gêné.

— Tu n'as pas lu les journaux ?

Lorsque Cole fit non de la tête, il poursuivit :

— C'était une étudiante du campus. On pense qu'elle a essayé de rentrer chez elle en stop, il y a plusieurs jours, et on n'arrête pas de retrouver des morceaux de son corps un peu partout.

Cole enserra la bouteille de bière entre ses deux mains et observa les danseurs qui s'encordaient les uns aux autres pour les passages dangereux.

— On dirait que tu ne te sens pas bien, ajouta Alex.

— Il se passe des choses bizarres, répondit Cole. Tu es anthropologue, hein ? Et tu connais l'histoire de la Californie. Est-ce que tu as déjà entendu l'expression « *gente de razón* » ?

Alex l'observa un moment.

— C'est de l'espagnol.

— Je le sais que c'est de l'espagnol.

Alex baissa les yeux et, de la main, rajusta l'un de ses seins avant de parler.

— Il faut absolument que je trouve une meilleure solution pour mes seins. Les Espagnols qui ont fondé les missions en Californie se traitaient eux-mêmes de *gente de razón*. Ils traitaient les Indiens de « *bestes* ». De bêtes. Parce qu'ils étaient païens. Et les enfants de *neófitos*. Les Espagnols étaient doués de raison, tu comprends, c'étaient des adultes. Ils ont transmis la syphilis aux Indiens.

Cole approuva de la tête.

— Et Dieu. La syphilis et Dieu. Est-ce que tu as déjà entendu parler d'un certain Padre Quintana ?

Yazzie le regarda d'un air perplexe.

— Le padre Andrés Quintana ? Il est assez connu par ici. C'était un des Franciscains de la vieille mission de Santa Cruz. En 1812, les Indiens l'ont tué lorsqu'ils n'ont pas pu supporter plus longtemps sa cruauté. D'après les Ohlones de la mission, c'était un beau salopard, il se servait d'un fouet à lanières métalliques pour leur lacérer le dos.

Alex grimaça et but longuement, jetant un coup d'œil sur le garçon qui dansait seul sur la piste, avant de poursuivre :

— *Cuarta de hierro*, ils l'appelaient, le fouet d'acier. Imagine un peu. L'un de ceux qui ont pris part au meurtre a raconté qu'ils l'avaient attiré un soir dans le verger de la mission et qu'ils l'avaient étranglé, puis qu'ils l'avaient pendu sur place par ce que l'Ohlone qui a été tout raconter a appelé ses « *conycañones* ». Je pense que ça veut dire ses couilles. Ed Castillo, un de mes amis luiseños, un garçon très brillant, a découvert le rapport de l'audition et l'a traduit. Je t'en ferai une copie.

Il ferma les yeux un instant et Cole demanda :

— Comme ça, il a reçu la monnaie de sa pièce ?

Un brouhaha s'éleva et ils se retournèrent pour apercevoir Elvin Bishop qui descendait de l'estrade avec sa guitare. Il grimpa les marches quatre à quatre jusqu'au balcon où ils étaient assis, commença à se pavaner et à piquer du bec entre les tables, se penchant indifféremment sur les hommes et les femmes pour sourire et clamer les paroles de sa chanson. Lorsqu'il atteignit leur table, il s'arrêta et leva la guitare avant d'en incliner le manche, de telle sorte qu'avec un riff explosif elle soit dirigée droit sur la poitrine de Cole. La sueur coulait sur le front du chanteur, gouttait de son menton, et ses yeux ressemblaient à d'immenses trous d'eau agités de tourbillons. Malgré lui, Cole recula. Avec un clin d'œil pour Alex, Bishop pivota sur lui-même, grimpa péniblement vers l'autre extrémité du balcon puis redescendit les marches et se fondit dans la foule déchaînée.

Lorsqu'ils purent à nouveau s'entendre, Alex dit :

— Les Ohlones ont tenté de donner le change en transportant le prêtre à l'intérieur de la mission et en le mettant dans son lit. Mais il est revenu à la vie. Dans le rapport, le vieux gars disait : « Alors on a été obligé de le tuer une deuxième fois. »

Pour s'essuyer le front, Cole se servit du napperon trempé de bière sous sa bouteille. Il sentait l'électricité de la guitare d'Elvin Bishop comme une flèche dans sa poitrine.

— Qu'est-ce qui t'a poussé à t'intéresser à ce point à l'histoire locale ? voulut savoir Alex.

— Je suis tombé par hasard sur des références.

Cole marqua une pause, attendant que ses idées s'éclaircissent.

— Est-ce que tu as déjà entendu ce nom : Venancio Asisara ?

— Celui-là, je ne le connais pas. Qui est-ce ?

— J'avais ce nom en tête ce matin à mon réveil. En fait, c'est ça qui m'a réveillé. Je ne sais pas pourquoi, mais je crois que c'est un Indien de la région, d'autrefois. Tu sais comment c'est, les rêves.

Alex le contempla avec curiosité.

— Je sais comment c'est. A t'entendre, tu n'as pas l'air ivre.

Le regard de Cole alla des danseurs à Alex.

— Je me sens ivre. Dieu sait que je fais tout ce qu'il faut pour ça.

— Les Ohlones ne prononcent pas le nom des morts, Cole.

— Tu veux dire que c'est lui-même qui a dû dire son nom dans mon rêve car personne d'autre ne l'aurait fait.

— Peut-être. Dis donc, tu plais à Elvin. Me revoilà jaloux. (Il lui adressa un signe d'avertissement avec le doigt qui entourait sa bouteille de bière.) Prononcer leur nom peut les faire venir. Ils sont si seuls. Mais je n'ai pas besoin de te le dire, n'est-ce pas ?

— Non.

— Les Ohlones ont poussé les choses plus loin que n'importe quel autre peuple, à ma connaissance. Ils faisaient disparaître tout ce qui était lié au mort : maison, armes, vêtements, jusqu'au souvenir. Il ne restait absolument rien. C'était bien trop dangereux.

— Ce n'est pas exceptionnel, sauf en ce qui concerne le souvenir.

Cole porta la bouteille au niveau de sa tempe.

— Cela signifiait que l'histoire n'existait pas, Cole, qu'il n'y avait pas d'hier. Il n'y avait que la période sacrée, celle de la création, et aujourd'hui, rien entre les deux. Puis les Espagnols sont arrivés, ils leur ont enseigné l'histoire et la mort simultanément. Tu vois ça, un peu. Tous leurs soins et toutes leurs précautions étaient dénués de sens. En l'espace d'une génération, tout avait disparu. Après dix siècles, ils se sont réveillés un matin et le monde était devenu méconnaissable. Ils ont dû avoir l'impression qu'ils étaient les morts et que les Espagnols étaient les vivants.

— J'ai peut-être prononcé son nom.

— Il faut que tu sois prudent. Si tu as entendu ce nom, il y a une raison.

Cole posa la bouteille et frotta sa tempe qui s'était mise à battre.

— Tu connais quelqu'un qui répare les fenêtres ?

— Les fenêtres ?

— J'ai descendu ma fenêtre de façade, hier, d'un coup de fusil.

— Tu as des problèmes, là-bas ?

— Juste un accident.

— Je ne connais personne. Coyote est passé te voir avec une bouteille hier soir ?

Cole secoua la tête et ferma les yeux.

— Tu es seul trop souvent, Cole. Ta fille te tiendrait compagnie. Au fait, je pense à un bain de vapeur rituel. Un de mes amis de San José, Emil Redbull, m'a dit qu'il viendrait l'organiser. Emil est un porteur-de-pipe lakota et il le fera dans les règles. Il nous faut un endroit pour installer la loge à sudation. C'est possible, chez toi ?

— Je ne veux pas qu'Abby vienne ici. Et je ne veux pas de bain de vapeur. Je ne suis que locataire.

— Cela ne causerait pas beaucoup de dérangement, juste une toile tendue sur quelques bouts de bois. Tu m'as dit que ton propriétaire habite dans le Vermont. Il ne le saurait même pas.

Cole soupira :

— Quand ?

— Le week-end prochain ? Emil vient à ce moment-là. Je lui ai dit que chez toi ce serait parfait.

— Vous pouvez l'installer derrière la maison. Mais ne me demandez pas de participer.

— Ça te ferait du bien, un bain de vapeur. Tu en as besoin. Tu as déjà participé à une cérémonie de l'Eglise des Premiers Américains ?

9.

A une heure du matin, la petite maison était presque perdue au milieu des ombres. La lampe du séjour qu'il avait laissée allumée était la seule lumière visible au faîte des collines et la demeure semblait ramassée sur elle-même pour lutter contre le froid.

Cole resta assis un moment dans la Volvo d'Alex, étourdi par la quantité de boisson ingurgitée tout au long de la journée, se demandant s'il avait laissé le radiateur à gaz branché pour que la maison soit au moins un peu tiède en dépit de la fenêtre brisée.

— Tu m'invites à boire un dernier verre ?

Cole considéra la maison tout en répondant :

— Je n'ai pas pour habitude d'inviter des hommes que je ne connais pas et qui sont vêtus d'une robe à boire un dernier verre. Ça ne s'inscrit pas dans la tradition des guerriers.

Lorsqu'il ouvrit la porte d'entrée, il sentit la chaleur voluptueuse de la maison surchauffée traverser la pièce tel un courant qui partait vers le cadre béant de la fenêtre.

— Il faut que je la fasse réparer.

— Du point de vue de l'environnement, il serait peu judicieux de ne pas le faire, répondit Alex, mais j'aime bien le contraste entre le chaud et le froid.

Cole gagna la cuisine.

— Bière ? demanda-t-il sans se retourner.

— Bière pour moi, répondit Alex à l'autre bout du séjour où, à genoux, il examinait les cassettes rangées dans une boîte près de la stéréo.

Quand il apporta les bières dans le séjour, Cole entendit Hank Williams entonner une complainte qui parlait de cœurs infidèles.

— Ça vous dirait de danser, professeur ?

Alex se releva, traînant les pieds, prit l'une des boîtes dans la main de Cole et but longuement.

— J'adore Hank Williams. Ce bon vieux Hank, il brise à chaque fois mon pauvre cœur de faible femme.

— Je ne danse pas. Surtout avec les hommes.

Cole sentait sa tête tourner au rythme de la musique.

— Tout le monde sait danser le two-step.

Alex se débarrassa de sa bière sur la table basse et posa la main sur l'épaule de Cole, enserrant de l'autre la bière que Cole tenait.

— Tu peux faire le cavalier, dit-il, et ils commencèrent à danser.

Lentement, prudemment, ils évoluèrent dans la pièce. Cole, les yeux fermés, écoutait la chanson de Hank qui parlait des larmes qui tombent comme des gouttes de pluie, du sommeil qui ne veut pas venir pendant des nuits entières. Alex se mouvait selon le même rythme, d'un pas léger, vif et gracieux, ses cuisses touchant celles de Cole, sa tête s'inclinant petit à petit jusqu'à reposer sur l'épaule de son cavalier. Par-delà la musique, Cole imaginait l'air nocturne qui secouait la cime des séquoias, la vaste baie calme entourée par les montagnes, et l'immense océan sans limites.

A la fin de la chanson, Cole recula.

— Il est temps de partir, Alex.

Celui-ci le regarda.

— Je crois que je suis amoureux, dit-il.

Cole secoua lentement la tête.

— Je sais. Moi aussi. Mais elle a divorcé.

Il alla à la porte qu'il tint ouverte.

— Sois prudent, Alex. La route est dangereuse.

Lorsqu'il cessa d'entendre le bruit de la voiture, il gagna la salle de bains, se lava le visage au savon et à l'eau chaude. Lentement et consciencieusement, il se brossa les dents et utilisa le fil dentaire, puis il but trois verres d'eau et avala trois comprimés d'aspirine pour lutter contre la migraine qui, il le savait, allait s'abattre sur lui comme une ondée. Dans la glace, il paraissait transparent.

10.

Padre Quintana ! Le vieux prêtre s'arrête à l'entrée du verger, déconcerté par les flammes, jusqu'au moment où un gourdin le jette au sol. Venancio Asisara, nu, le corps peint, portant les pattes d'un grand ours, se dresse au-dessus de lui. Derrière lui se tient Nasario Galindo, l'alcade. Tandis que les autres surgissent en courant des ténèbres pour venir le plonger dans les souffrances, il la voit, il voit son jeune visage décomposé par la haine. *Pardonnez-moi, mon père.* Il pense aux instants passés avec la jeune fille, à sa jeune poitrine, à ses cuisses, à la terreur juvénile de son souffle, et aux océans immenses qu'il a traversés. Il y a une rivière, du soleil. Prise de force, elle l'a fait replonger vers cet engagement décisif, une éternité auparavant, où c'était à elle qu'il avait renoncé avant même d'avoir pu le savoir. La stupéfaction s'empare de lui face à la profonde intensité de leurs deux haines. Comme les océans eux-mêmes. *Bestes.* Il les maudit dans ses murmures brisés. *La muerta, para siempre.* Ils seront balayés de la surface de la terre, leurs enfants seront damnés. L'ours se dresse au-dessus de lui, ses griffes empoisonnées sont déployées, masquant l'éclat des flammes.

Le joueur peint se tenait devant le cadre béant de la fenêtre, mains tendues devant lui.

11.

À quatre heures du matin, le cri de la chouette l'arracha au septième rêve. Deux heures avant l'aube, il était assis devant la table de la cuisine, avec la migraine, le fusil appuyé contre sa jambe, et il écrivait une lettre.

À midi, sa fille frappa à la porte.

Lorsqu'il ouvrit, elle lui sauta au cou, ce qui le repoussa en arrière de sorte que tous deux atterrirent sur la table basse qui tangua, et il eut le dos éclaboussé de bière éventée.

— Bon Dieu, Papa. Quelle pagaille.

Abby fit des yeux le tour du petit séjour en plissant le nez. Allongé sur le dos, il la regardait.

— Tu es ivre.

Il s'assit, se rendant compte qu'il portait un tee-shirt blanc et un caleçon, qu'il ne s'était pas rasé depuis trois jours et que la pièce avait plus mauvaise allure que lui.

— Jc ne suis pas ivre, protesta-t-il. Je suis trempé. Tu m'as arrosé de bière. Et j'ai du mal à dormir ces temps-ci. Je crois que tu m'as réveillé.

— Tu crois ?

— Ben, je ne me souviens pas de ce que je faisais avant que tu me fasses tomber à la renverse. J'étais peut-être ivre, mais plus maintenant.

— Cela m'est égal que tu sois ivre. C'est merveilleux de te voir.

Elle se jeta à nouveau sur lui, serrant sa tête contre sa poitrine.

— C'est merveilleux aussi pour moi, de te voir, et je ne suis pas ivre.

Elle se recula et sourit. Ses yeux verts brillaient. Ses cheveux bruns tombaient en une épaisse natte sur son tee-shirt bleu, à mi-chemin de la ceinture de son jean. Son visage était encore illuminé par le soleil du Nouveau-Mexique et parsemé de taches de rousseur. Lorsqu'elle cessa de sourire, sa bouche sévère se pinça aux commissures comme si elle s'apprêtait à exprimer de pénibles vérités.

— Tu es saoul comme une bourrique, dit-elle en se redressant.

— Fais gaffe avec tes bottes.

De la tête il désigna les bottes de cow-boy qu'elle portait.

— Elles sont dangereuses. Pourquoi tu ne m'as pas dit que tu arrivais ?

Elle sourit à nouveau :

— Je voulais te faire la surprise. J'ai fait jurer à Maman de ne pas te prévenir. Va prendre une douche, rase-toi et habille-toi.

Il se leva avec raideur.

— Tu donnes des ordres comme ta mère.

— Parce que je t'aime. Dépêche-toi. Je meurs de faim. Je vais nous préparer à manger.

— Ça, je ne sais pas. Je n'ai pas...

— Prends une douche. Tu n'as pas l'air brillant et tu pues.

Elle le poussa vers l'arrière de la maison et alla à la cuisine. Sur le seuil de la chambre à coucher, il lui cria :

— Je n'ai pas de douche. Fais attention à mon attirail de pêche. Il coûte cher et il y a des hameçons numéro vingt dans le lot. Je n'ai pas envie d'en avaler un.

Vingt minutes plus tard, il était à table, rasé, portant une chemise de flanelle marron, un jean et des chaussettes de laine. Du café bien chaud, des œufs pochés et des toasts étaient posés devant lui, et il fut surpris de voir les éléments de son attirail de pêche soigneusement rangés dans la boîte aux mouches, chaque plume et crin disposé selon un ordre précis.

— Tu ne fabriques que des moustiques ? Il y en a bien une vingtaine...

Elle fit glisser deux œufs sur une seconde assiette et s'assit.

— ... C'est le modèle qu'on utilisait sur la Chama. C'était le seul que tu avais apporté et ça n'a pas mordu, tu te souviens ? Pourquoi tu ne fabriques pas des mouches plus attirantes ?

— Il avait dû y avoir une éclosion de larves ce jour-là, des plécoptères ou autre chose du même genre. C'est pour ça que les poissons n'ont pas mordu. En plus, ça, ce ne sont pas des moustiques classiques, c'est une variante que j'ai inventée. Je ne savais pas que j'avais des œufs dans le réfrigérateur.

Il se remémora la première fois où il l'avait emmenée en randonnée. C'était dans la réserve naturelle du Pecos. Elle avait cinq ans. Elle s'était blottie près du feu de camp, perdue dans l'immense parka et sous le bonnet de laine paternels tandis que des flocons de neige recouvraient ses épaules courbées. Plus d'une douzaine d'années plus tard, cela restait le moment le plus beau, le plus pur, le plus magnifique de sa vie, l'éveil à un amour si intense qu'il ressemblait à une noyade.

Elle trempa un toast dans son café :

— Dicu seul sait de quand ils datent, ces œufs. J'espère que nous n'allons pas mourir de salmonellose. Je suis allée le long de la San Juan toute seule, cet automne. C'est incroyable ce que ça mordait.

Elle jeta un coup d'œil sur la boîte en plastique contenant les mouches noires.

— J'ai acheté une nouvelle canne en graphite de deux mètres soixante-quinze de long et une soie neuve. Elles sont géniales. C'est une espèce de ligne flottante verte tirant sur le jaune citron avec une finition astucieuse qui permet d'allonger le vol final du lancer à traction. Je suis devenue hyper bonne pour préparer des moucherons numéro vingt. Les poissons ne mordaient qu'à ça.

De la tête, elle montra le fusil posé contre le mur à côté du réfrigérateur.

— Il a fallu que je déplace le fusil. Tu t'es mis à chasser ?

Il l'observa avec attention, se demandant ce que cachait ce débit étrangement précipité.

— Je le range habituellement dans mon placard. J'étais seulement en train de le nettoyer.

Il se leva et emporta l'arme dans la chambre à coucher.

— Tu en as pris des grosses ?

Elle était prête quand il revint s'asseoir.

— Toutes de cinquante centimètres ou plus. Je veux étudier les sciences de l'environnement et l'université ici est parfaite pour ça.

Elle se hâta de poursuivre, comme si elle récitait un texte préparé à l'avance.

— Je suis venue maintenant pour disposer officiellement d'une résidence sur place. C'était trop tard pour m'inscrire pour l'automne prochain, ce qui fait que je vais avoir une année entière de libre avant de commencer les études. Je pense qu'en attendant je pourrai assister à certains cours en auditrice libre.

Elle détacha un morceau de toast qu'elle plongea dans son jaune d'œuf.

Il l'écoutait, la tasse à mi-chemin entre la table et sa bouche, jusqu'à ce qu'elle eût fini.

— J'aurais bien voulu que tu m'en parles avant. L'université de Santa Cruz est en pleine décrépitude. Les caisses sont à sec. Tout le monde part.

— Je sais que tu ne voulais pas que je fasse mes études ici. Tu as été très clair là-dessus, Papa. Mais je suis assez grande pour prendre mes décisions toute seule.

Elle baissa le nez sur son assiette.

— Si tu ne veux pas que j'habite ici, ça ne fait rien. Je comprends. Je peux me trouver un logement.

Elle n'avait plus que ce filet de voix qui précède les pleurs et il pensa à sa femme, son ex-femme. Combien de leurs échanges de paroles s'étaient achevés ainsi. Dans le visage de sa fille, il voyait Mara.

Quand elle releva la tête, ses yeux étaient brillants et la ligne de sa bouche exprimait une ferme résolution.

— Mais je vais faire mes études ici.

Il posa sa tasse et tendit la main pour y emprisonner celles de sa fille.

— Bien sûr que je te veux ici avec moi. Tu m'as manqué plus que je ne saurais l'exprimer. C'est seulement parce que je me fais du souci.

Il ressentait ce qu'il avait éprouvé en regardant les vestiges de la cabane dans l'arbre. Des voix enfantines hantaient les confins de ses pensées, filtrées par l'écoulement du temps. Elle lui serra les mains.

— Tu t'inquiètes toujours trop. Tu es comme Garp, tu imagines toujours les pires calamités qui pourraient se produire. Tu ne vois que des lézards partout.

Il sourit à demi.

— Je n'arrive pas à croire que ta mère t'ait laissée partir.

— Comme je te l'ai déjà dit, je suis capable maintenant de prendre les décisions qui me concernent directement. Maman le sait, ça. Et elle est vraiment très occupée.

Il scruta son visage, se demandant ce qu'elle lui cachait. Finalement, il dit :

— Il y a deux chambres à coucher mais seulement une salle de bains. Pas de douche, juste une vieille baignoire à pieds griffus.

— J'adore les baignoires, surtout avec les pieds griffus.

Le soulagement qu'il percevait dans sa voix lui donna envie de pleurer.

— Nous sommes dans la septième année de sécheresse, prévint-il. Cela signifie deux bains seulement par semaine.

— J'adore la sécheresse. C'est quoi, une baignoire avec des pieds griffus ?

— Elle a des pieds qui ressemblent à des griffes. Qu'est-ce que ta mère a dit ?

Elle lui libéra les mains et souleva sa tasse.

— Elle envisage de vendre la maison et de s'installer à Albuquerque.

Il fronça les sourcils. La maison située sur le versant est des monts Sandia avait été pour eux la maison idéale. Spacieuse, avec une paroi entièrement vitrée donnant sur la crête, une propriété de deux hectares comprenant une écurie et un corral en lisière de forêt protégée. La nuit, et parfois même dans la journée, les coyotes entouraient la maison et donnaient un concert ; il sortait alors sur la terrasse et leur répondait, poussant ses trilles en s'adressant aux étoiles, à la neige, ou à la lune. Il avait transformé la sellerie en bureau et écrit trois livres tandis que la neige s'amoncelait sur le toit et que le poêle à bois rougeoyait. Le matin, il faisait des haltères et chaque après-midi il parcourait des kilomètres à la course sur des pistes de terre meuble qui s'insinuaient à travers genévriers et pins pignons. L'hiver, tous les trois chaussaient leurs skis sur la terrasse d'où ils s'élançaient vers les collines odorantes.

Il était parti pour la Californie juste après Noël, se levant avant l'aube pour parcourir à pied une dernière fois les deux hectares. Par les fenêtres, il avait vu que de la neige fraîche était tombée pendant la nuit et qu'une mince couche recouvrait les branches grises des genévriers, des pins et les affleurements de roche rouge. Lorsqu'il avait ouvert la porte, il avait découvert un gros lièvre qui gisait sur le paillasson. Il s'était agenouillé, avait touché l'épaisse fourrure et cela lui avait percé le cœur. L'animal était encore tiède et, dans la neige fraîche alentour se distinguaient des empreintes de coyotes. En plein hiver, dans une région montagneuse aux arbres rabougris où le gibier était rare, ce lièvre représentait une offrande considérable, inimaginable.

— Je crois que c'est raisonnable.

Il se rendait compte que sa fille réfléchissait, choisissait les renseignements qu'elle allait lui communiquer et, à nouveau, il revit sa mère.

— Elle s'installe probablement avec quelqu'un.

Il sentit son cœur se serrer et rester contracté comme un tendon de jarret rompu.

— C'est un juriste. Il est arrivé à Albuquerque, de New York, juste après ton départ.

Il hocha à nouveau la tête.

— Elle m'a chargé de te rappeler que tu recevras la moitié de l'argent si elle vend la maison, et l'agent immobilier pense que ça fera une belle somme. Elle a pensé que tu ne t'en souviendrais sans doute pas.

— Est-ce qu'elle l'a déjà mise en vente ?

— Elle ne peut pas le faire sans ton accord.

Elle posa sur lui un regard lourd de sens.

— La maison est encore à moitié à toi. Si tu ne désirais pas qu'elle la vende, elle ne pourrait pas le faire.

Elle l'observa pendant un moment.

— Elle m'a dit que tu lui manques mais que vous aviez trop changé l'un et l'autre.

Elle tripota sa tasse, faisant tourner le café crémeux puis ajouta :

— Une certaine Rita a appelé à plusieurs reprises. Elle voulait ton numéro de téléphone.

— Qu'est-ce que tu lui as répondu ?

Elle haussa les épaules :

— Je ne lui ai pas parlé. Elle a simplement laissé des messages sur le répondeur.

— Qui s'occupe de Sauge ?

— Je l'ai laissée à Christie, la fille qui venait lui donner à manger quand nous étions partis. Elle adore les chevaux.

— Où sont tes affaires ?

— J'ai oublié ! J'ai demandé au chauffeur de les empiler dehors.

Elle se leva, marcha vers la porte d'entrée et il la suivit.

Deux grosses valises et un étui de canne à pêche en aluminium étaient posés sur le gravier devant les marches.

— Je n'ai pas pris grand-chose. J'ai envoyé des livres par la poste. Maman va m'expédier d'autres affaires et me garder le reste. Qu'est-il arrivé à ta fenêtre ?

Il regarda le cadre béant et un sentiment d'urgence l'étreignit comme si un événement important était imminent.

— Un accident, dit-il. Quelqu'un va venir la réparer demain.

— J'espère qu'il ne va pas pleuvoir.

— La pluie serait la bienvenue.

Il l'aida à transporter les valises et à les poser l'une sur l'autre dans la chambre d'amis.

— Sur la table, j'ai vu une enveloppe qui est adressée à Grand-père, Oncle Luther et Onatima.

Elle acheva sa remarque sur un ton interrogatif.

— Tu te souviens bien d'Oncle Luther et d'Onatima ?

— Bien sûr, j'avais quatorze ans quand nous y sommes allés la dernière fois.

Il s'assit près d'elle au bord du lit, mains jointes entre les genoux.

— J'avais oublié. Il y a un petit cours d'eau à environ quinze cents mètres en suivant la crête vers le nord. Il paraît qu'il y a des truites arc-en-ciel. Nous pourrions tenter le coup.

Elle passa son bras derrière le dos de son père et s'appuya contre son épaule.

— Ça serait chouette, dit-elle. Ça serait merveilleux. Je pourrais t'apprendre à fabriquer des moucherons.

— Je sais faire.

12.

Le soir, il franchit les murs de la mission et la terre l'attire à elle, aspirant sa semence. Un lieu irrémédiablement étrange, inaccessible. Il s'agenouille au bord de la rivière, porte l'eau douce à ses lèvres. Il descend vers la mer, pensant à la jeune fille. A l'endroit où gonfle la houle en s'approchant du rivage, un sillage apparaît, un aileron qui dans un sifflement passe de l'ombre à l'ombre. Il laisse choir la soutane, s'avance dans l'eau en direction du monstre, sa chair tailladée est brûlée par le sel, et la houle se referme sur son scrotum. Les vagues le rejettent sur le sable où il demeure lové comme une fleur blanche tandis que la fraîcheur de la nuit pénètre jusqu'à ses os frêles. Elle est là maintenant dans ses pensées, ainsi que Venancio.

Il est perdu dans ce monde nouveau. Après avoir abandonné la demeure ancestrale et être remonté du Mexique, il s'était élancé, soutane déployée comme des ailes pour sauver leur âme, et maintenant il convoitait leur univers. Il les appelle *neófitos*, enfants, innocents, et sait pertinemment que le savoir qu'ils ont d'eux-mêmes lui échappe, qu'ils sont corrompus au-delà de toute mesure et de tout espoir. Il est pris de rage, horrifié de leur concupiscence et les désire avec une souffrance qui le pousse à entrer dans la mer. Il désire tout de ce nouveau monde, désire même la terre.

Le père Quintana observe depuis la fenêtre, derrière un mètre cinquante de pisé. Le vent qui souffle de la baie projette du sel dans ses yeux d'un bleu presque blanc et il pense à sa rencontre à Barcelone avec les gitans. *Pardonnez-moi mon Père, parce que j'ai...* Mon Père, Venancio a tué l'un des grands ours et se vante de son exploit devant les autres néophytes, exhibant son collier de griffes et labourant l'air. Venancio a rêvé et détient maintenant la medicine de l'ours, mon Père, et il pose son regard sur l'une des adolescentes qui part laver du linge. Venancio Asisara, qui s'obstine à chasser selon la tradition en dépit de la loi, qui crie à chaque aube pour réveiller le soleil et dont la voix bestiale résonne en tout lieu de la mission.

Le menton appuyé sur le pisé épais, le vieux prêtre observe, il a oublié le vin qu'il tient dans sa main. Ils adorent le soleil, s'obstinent à s'accoupler en plein air. La flamme de l'excrétion vacille dans les ténèbres de leur âme.

La jeune fille a de petits seins et la taille mince. Voyez comme ses yeux brillent lorsqu'elle sort du sombre *monjerio,* comme elle sourit vers le ciel. A l'endroit où elle s'agenouille pour frotter le tissu sur la pierre, ses petites fesses ressemblent à celles d'un garçon, ses cheveux pendent de chaque côté de son visage. Comme un animal, *bestia,* elle est lascive, jambes nues au soleil, elle transpire et parle tout bas avec les autres femmes. La toile à sac tissée avec des poils raides et des fragments de fil métallique purifie son esprit sous la soutane. Il parcourra les quatorze stations en portant la pesante croix. Il se flagellera. Il consumera sa chair avec le chandelier à quatre branches. Il écoutera la confession de l'adolescente en privé.

Venancio devant le mur de pierre.

Tel un grand ours, il se dresse sur ses deux jambes et convoite la jeune fille, il la prendrait sans attendre sous le regard du prêtre. Il a reçu la confirmation et pourtant

Nasario Galindo, l'alcade, murmure tout bas que Venancio a un nom secret, qu'il a rêvé de Corbeau, qu'il va la nuit dans les montagnes et s'enduit de peinture, qu'il mange l'herbe des sorciers, *toloache*, et plante dans la terre des bâtons ornés de plumes. Il encourage les *cimmarones*, les insoumis qui s'enfuient. Il est rusé et a de l'influence sur les néophytes qui croient qu'il commande à la pluie, au tonnerre, qu'il fait trembler le sol et s'incarne dans le grand ours de ses rêves. Qu'il ne peut mourir.

Venancio se couvre de peinture et joue avec les néophytes qui n'ont rien à parier, accroupi la nuit dans la forêt au-delà des murs de la mission, déplaçant les osselets en s'accompagnant de chants dont ils ne peuvent appréhender le sens. Venancio devient l'ours. Son ombre gigantesque se dresse au-dessus de la vallée, projetant sa sombre empreinte sur les eaux de la baie.

Et, attaché au chêne, Venancio refuse de lâcher un cri sous les vingt coups de fouet que lui valent sa concupiscence, ni sous les vingt qui sanctionnent ses fautes, n'avouant rien tandis que sous les coups de fouet métallique sa peau se recroqueville comme l'écorce sanglante de l'arbousier. Venancio assassinera le vieux prêtre, il lui broiera les testicules et le fera pleurer, racontera l'histoire à Lorenzo, le fils aux yeux verts que lui donnera plus tard Manuela mais qui retrouvera la liberté quand les missions mourront. Venancio ne mourra jamais, il errera entre les mondes, sa haine est trop vive pour mourir, la violence du meurtre de son peuple par les envahisseurs est désormais une marque sur la terre elle-même. Venancio habitera la terre.

Le vieux prêtre se penche au moment où le fouet s'enroule et s'abat, stigmatisant la bestialité de ces contrées pendant que les mouettes tournoient et lancent leurs cris perçants, et il voit les petits seins, la chair brune et douce, la mort qui les attend tous. *Espíritu Santu*, pense-t-il, l'Indien ne criera pas à cause de sa chair. Les *esquilas*, les cloches joyeuses, carillonnent la mort d'un autre nourrisson de l'autre côté de la cour, un ange au ciel, et la grosse panthère noire rôde devant la fenêtre, avec une lamentation de femme plongée dans l'affliction. Son frère vient à lui, mains tendues, une pointe d'obsidienne frappée par la foudre sur la paume de la main. Les vagues se cabrent et rejettent des corps de l'océan, têtes, mains, bras et jambes, et le joueur peint appelle du geste, de l'autre côté du mur de pisé, mains tendues, une tête tranchée sur chaque paume.

La jeune fille ploie sous lui telle une branche de saule, souple sous l'effet de la terreur.

Bestes.

C'est un rêve, se dit-il comme une mise en garde alors qu'il est sur le point de prononcer le nom de son frère.

13.

Le vieil homme de haute stature se tenait à l'orée des bois. Des herbes sauvages avaient grandi autour de la caravane argentée, des plantes grimpantes escaladaient les parois et couvraient le toit, encerclant les conduits d'aération, l'antenne TV, s'étirant pour s'insinuer entre les stores et la vitre. Dessous, là où la caravane reposait sur des blocs de ciment, un arbrisseau avait poussé et grandi parallèlement au sol sur plusieurs dizaines de centimètres jusqu'à ce qu'il puisse épouser la courbe de la paroi d'aluminium et se dresser à la verticale vers le soleil. Derrière la caravane, le poulailler et la mangeoire avaient commencé à s'effondrer dans les herbes, et le fil du grillage s'affaissait sous le poids de la végétation luxuriante.

Un chapeau noir à large bord projetait de l'ombre sur le visage du vieil homme, de sorte que les pommettes, les os du front, les narines larges et la bouche mince étaient des zones indistinctes. Quand il s'avança dans la clairière, le soleil de l'après-midi rehaussa la blancheur de ses longs cheveux raides et donna un peu de luminosité à la veste rouge et à la salopette bleu pâle.

Il suivit un sentier presque effacé à travers les herbes, jusqu'à la porte de la caravane où les plantes grimpantes avaient été élaguées. Sans hésiter, il ouvrit et entra.

L'intérieur de la petite habitation était frais et plongé dans la pénombre, tout y était recouvert d'une fine poussière. Des vrilles vert pâle s'introduisaient délicatement par les fentes invisibles autour des fenêtres, des toiles d'araignées tapissaient les angles et gagnaient les livres alignés sur les rayonnages, sous l'une des fenêtres.

Le vieil homme ôta son chapeau et s'assit sur l'une des chaises à la petite table de cuisine. Une araignée d'un noir brillant, qui traversait le plateau de la table, fit halte, et il utilisa le bord de son chapeau pour activer sa fuite.

— Rentre chez toi, conseilla-t-il avant d'ajouter, c'est moi, vieille femme.

Onatima se représente les nuages. Ils sont agités de volutes, d'un blanc bleuté avec une surface compacte, très hauts, empilés les uns sur les autres, magnifiques. Ils glissent lentement avec une intensité qu'on trouve dans les rêves.

Ses pensées vont vers Cole et vers les rêves qu'ils font tous deux. Mais les nuages l'ont renvoyée en esprit à une existence révolue.

Elle avait franchi la porte d'entrée pendant que son père dormait et que sa mère lisait une bible dans la pièce voisine. Dans la cuisine, Nancy entrechoquait les casseroles en préparant le dîner et le nouveau garçon d'écurie chantait une belle mélopée monotone en vaquant sur le côté de la maison. Le soleil était bas, soulignait chaque geste de sa chaude lumière, et lui se tenait sous le pacanier, tenant les rênes avec souplesse, son chapeau blanc baissé sur les yeux. Elle ne s'était même pas dépêchée, avait soigneusement suivi le sentier passé au râteau, accompagnée par le cri strident des cigales jusqu'à la barrière qu'elle avait franchie en sentant le regard du garçon d'écurie sur son dos, tendant avec une absolue clarté vers le but de sa vie. Quand il était descendu pour l'aider, elle avait repoussé sa main et s'était hissée sur le siège, le contemplant avec des yeux rieurs. Il avait le teint mat, davantage que le sien, des yeux noirs en amande, une fine moustache qui retombait à la commissure des lèvres. De sa mère choctaw il tenait des pommettes et des yeux semblables aux siens, de son père blanc inconnu une irritation constante qui avivait ses perceptions et le faisait se mouvoir avec rapidité et précision de sorte que lorsque son père avait pénétré dans leur chambre de La Nouvelle-Orléans une semaine plus tard exactement, il avait déjà son revolver à la main sous le couvre-lit et, encore à ce jour, presque trois quarts de siècle plus tard, elle le détestait presque d'avoir laissé son père la remmener, comme s'il avait toujours su qu'il les suivrait facilement jusqu'à l'hôtel en descendant le fleuve, qu'il franchirait le seuil à cet instant précis et qu'il ne pouvait absolument rien faire pour s'y opposer. Il avait gardé l'arme cachée, observant le fusil du vieux Choctaw, l'observant pendant qu'elle s'habillait et s'en allait, le tout avec un sourire ironique qui constituait encore pour elle, au bout de soixante-dix années, le seul et unique moment de sa jeunesse.

Voilà ce qu'avait été son amour, le seul élan de sa vie auquel son père, Indien de sang pur, avait tout simplement mis un terme et, pendant le trajet du retour en bateau et en carriole, elle n'avait regardé ni lui, ni même les forêts touffues, mais avait pensé au prodige que représentait sa réalité dans les bras de son amant. Elle s'était étonnée de ce que les hommes considéraient comme sa beauté, s'étudiant dans le miroir et se demandant quel aspect particulier de son visage, de ses yeux, de ses cheveux, pouvait être qualifié de beau. Dans le miroir, elle continuait à voir le reflet de quelqu'un qui courait et grimpait plus vite que la majorité des garçons, montait à cheval mieux que la majorité des hommes, avait des épaules robustes et de longues jambes solides. C'était uniquement leur propre reflet dans les yeux d'une femme que les hommes nommaient beauté, avait-elle alors conclu. Et lorsque, fille déshonorée, son père l'avait conduite à l'autel de l'église de campagne, une semaine plus tard, et l'avait contrainte à épouser Vieil Homme Bois Bleu, là non plus elle ne les avait pas regardés, pas plus l'un que l'autre, mais avait repensé à cette spirale de la mémoire dans laquelle elle et son amant, deux sang-mêlé engagés dans des jeux différents, entremêlaient inlassablement leurs corps cuivrés. La colère véhémente de sa mère blanche et ses efforts pour l'arracher à son père ne l'avaient pas touchée parce qu'elle avait déjà renoncé à tout cela et savait avec lucidité ce qui l'attendait tout au long des années que durerait sa vie.

Lorsque le vieillard l'avait menée à la cabane, de l'autre côté du fleuve, et l'avait battue parce qu'elle avait accordé ses faveurs à un homme plus jeune, elle avait posé son regard sur l'eau paresseuse. Ce n'était que lorsqu'elle avait compris qu'elle ne survivrait pas aux coups du vieillard poussé par l'amertume et la crainte qu'elle avait agi. Par la suite, elle avait vécu seule dans la cabane. Ses rêves lui avaient appris que sa mère était morte et que, pour boire, son père vendait aux Blancs toute sa terre et ses chevaux. Quand le notaire à l'allure empruntée avait traversé la rivière en canot, elle connaissait déjà le décès de son père. Alors elle avait signé les papiers et, par la suite, avait chaque mois retiré quelques dollars à la banque de Vicksburg. Soir après soir, elle brossait la longue chevelure qu'elle n'avait pas coupée et repensait au joueur sang-mêlé, comprenant finalement sans amertume ce que son joueur avait su depuis toujours.

Dans la petite cabane, elle avait accueilli les rêves chaque nuit, parfois même en ces milieux de journées humides, et elle avait étudié leur signification. Elle recherchait la compagnie des vieilles femmes qui vivaient seules, volant la chair farouche des rêves d'autrui, apprenant à emprunter des pistes que personne ne voyait et écoutant des voix que personne n'entendait. Et lorsqu'elle avait été capable de déchiffrer les rêves, elle avait repris le chemin de la bibliothèque de Vicksburg pour y chercher des livres dans un sac de toile grossière. Puis, un jour, elle avait acheté une caravane Airstream qui avait traversé le fleuve boueux, elle avait fait installer une ligne électrique afin de pouvoir disposer de lampes pour lire et d'appareils ménagers. Et elle avait attendu que le vieil homme, Luther, vienne frapper à sa porte. Après trente années, Luther était devenu son second amant, et maintenant il était assis en face d'elle à la petite table de la caravane et il secouait la tête.

— Ça va pas être facile d'aller là-bas, déclara-t-il tandis que ses longs cheveux blancs à la raie soigneusement dessinée bougeaient à chaque mouvement de sa tête décharnée. Et ça va pas être facile à régler. C'est l'histoire du garçon.

Il prit le chapeau posé sur la table et l'accrocha au montant de sa chaise. Autour de lui, l'air régnant dans la caravane était lourd et le temps semblait tourner en rond dans l'atmosphère immobile.

Onatima était assise en face de lui, resplendissante dans la clarté floue avec sa chevelure blanche soyeuse, ses yeux marron embués, entourés de rides creusées par le rire.

— Luther, Cole McCurtain n'est plus un garçon. C'est un homme qui a une grande jeune fille, et il a besoin de notre aide. Je crois qu'il vaudrait mieux que nous soyons là-bas tous les deux quand le moment viendra.

— Cette affaire est grave, vieille femme. L'histoire de Cole n'en est qu'une partie. C'est différent cette fois-ci. Comme tu viens de le dire, il est adulte et il faut qu'il s'adapte aux changements. De plus, il a déjà sur place une aide puissante.

Onatima cessa de sourire et lui décocha un regard furieux, la bouche crispée dans son visage tendu. Une main fine, presque translucide, se porta sur la natte de cheveux argentés qui reposait sur son épaule et joua avec le cordon rouge à son extrémité. Tout en la caressant, elle dit :

— Et l'hiver dernier ? Il se serait jeté contre l'arbre.

Elle détourna le regard, scrutant les détails de la petite pièce comme si elle voulait les graver dans sa mémoire.

Lorsqu'elle ramena ses yeux sur lui, son expression montrait qu'elle était tournée vers l'intérieur.

— J'ai rêvé d'un homme peint dans une clairière, entre de grands arbres, son corps était moitié blanc, moitié noir.

Luther acquiesça.

— C'est le jeu de l'os. Il est revenu jouer son univers. Ça a commencé l'hiver dernier avec Cole et ceux qui étaient peints. (Il jeta un regard circulaire sur la vieille caravane.) Il y a une couche de poussière extraordinaire chez toi, Femme Bois Bleu. Je devrais peut-être couper un peu quelques-unes de ces plantes grimpantes.

— J'aime ma petite maison exactement telle qu'elle est, Luther. Les bois ont un droit sur moi aussi bien que sur cette caravane. Mais puisque tu sais tout, tu ferais bien de te mettre en route pour la Californie. Personne ne peut agir seul, pour ces choses-là, tout le monde a besoin d'aide.

— C'est une chose de connaître l'histoire, c'en est une autre d'en changer le cours, vieille femme.

— Sornettes. Tu l'as déjà fait par ton aide l'hiver dernier. Tu as une responsabilité. Cela va prendre longtemps pour aller là-bas dans ce vieux camion, alors toi et Hoey vous feriez mieux de partir demain matin. Je vais vous précéder.

Il l'observa sans mot dire. Au bout d'un moment, elle tendit la main, la posa sur celle du vieil homme. Il sentit un frémissement remonter le long de son bras et fut saisi d'un sentiment de profonde solitude.

Il souleva une pleine mèche de ses cheveux qu'il lui présenta :

— Regarde mes cheveux blancs. On est devenus vieux tous les deux, Femme Bois Bleu. Même que je peux presque te voir à travers.

Elle porta la main du vieil homme à ses lèvres froides et dirigea sur lui un long regard de ses yeux embués.

— Moi, j'ai toujours vu clair en toi, Luther Cole. Bon, je vais aller affronter ce joueur, d'accord, mais tu es celui qui a le plus de vie en lui. Alors tu dois y aller.

Il lâcha un long et profond soupir.

— Y en a pas un plus que l'autre de nous deux qu'est près d'être mort. C'est pas parce que t'es à moitié fantôme que ça t'a rendue moins têtue, ça non.

De ses doigts, il suivit le contour maigre de la joue d'Onatima :

— Je devrais venir m'installer ici. Hoey pourrait habiter chez moi.

Elle secoua la tête.

— J'ai toujours vécu ma vie à ma manière, Luther Cole, et je n'ai pas l'intention de cesser maintenant. De plus, cela se produira quand Dieu l'aura décidé.

— Onatima, ce qui va se passer, tu le sais aussi bien que moi. Tout sera presque terminé quand on arrivera là-bas. Y a le reste de l'histoire qui se poursuit, et moi et Hoey on va être en plein au milieu. Les sorciers y sont nuls là-bas.

La vieille dame maigre leva les sourcils et fit la moue.

— Les sorciers, fit-elle. Ne sois pas stupide.

Il s'appuya contre le dossier de sa chaise :

— Qu'est-ce que tu peux bien mijoter, Onatima Bois Bleu ? Fichtre !

14.

Le soir à son apex, et le soleil prisonnier d'une toile d'araignée rouge sur l'horizon marin. Tel un Indien ivre, le soleil songe à hier et au sommeil, il n'investit pas dans le lendemain. Sa trajectoire au-dessus de la mer est une nouvelle piste empoisonnée, *chook-fa-hithla bogue*, le lapin qui danse.

Le granite lui ronge le dos. D'un côté l'océan Pacifique, de l'autre la vaste anse de la baie de Monterey où, en surface, plongent et glissent des points blancs. D'abord, songe-t-il, ils traversent l'océan avec des dents rougies par le sang, la mort de dix millions inscrite dans leurs imaginations d'envahisseurs, puis ils entassent leur butin sur de petits bateaux et laissent le vent les pousser en rond sur la baie.

Cole souleva sa pinte de bière, la tint devant les rayons du soleil agonisant, admirant la lumière ambrée avant de boire. A près d'un kilomètre, en contrebas, la maison qu'il louait était posée sur une avancée à flanc de montagne, enserrée sur trois côtés par la forêt. Plus bas, l'épine dorsale côtière tombait presque à pic sur la plate-forme de la ville, huit kilomètres plus loin, à l'endroit où la baie dessinait un cercle presque complet de plages de plus en plus sombres. Les lumières de la ville étincelaient et, au bord de l'eau, on distinguait les lampes vives, rouges, jaunes et blanches de la promenade en bois de Santa Cruz. Des êtres humains plongeaient librement dans les montagnes russes et tournoyaient dans la nuit en équilibre sur une grande roue. On avait érigé des manèges pour tromper corps et esprits et les conduire à la peur du non-être tandis que, distants d'une centaine de mètres, de grands requins blancs rôdaient dans des eaux profondes seulement de quelques mètres.

Il y avait eu une période où ils s'étaient crié dessus : il s'était réfugié dans les collines couvertes de genévriers pour hurler intérieurement. Il comprenait qu'ils enrageaient parce qu'ils avaient, inexplicablement, vécu la moitié de leur existence pour en arriver à ce moment et que la mort était au bout de l'autre moitié. Puis après des mois de vociférations avaient suivi des mois de silence durant lesquels il avait fait son lit dans le bureau-sellerie et ils avaient erré dans leur maison comme des ombres, sans se toucher ni se parler. Jusqu'au jour où Mara avait annoncé qu'elle avait loué un appartement en ville. Le traitant comme un étudiant borné, elle lui avait patiemment expliqué les démarches du divorce, le regardant en face continuellement.

Au cours de ce temps de désintégration, il s'était aperçu qu'Abby avait pris pour habitude de fuir la maison, dormant chez des amis, disparaissant de la vie de ses parents. Il avait tenté de reconquérir sa fille, négligeant son travail à l'université pour l'emmener en randonnée et pêcher, pris d'un ardent désir de trouver dans le délié parfait d'un lancer une sorte de continuum. Ils avaient pêché ensemble, dans les rivières automnales, sans jamais se perdre de vue, et le mouvement régulier de chaque lancer de sa fille s'enroulait autour de son cœur. Puis, un matin où la glace enserrait la berge et la canne, où l'atmosphère était si diaphane qu'elle semblait voler en éclats au moindre bruit, il lui avait parlé de ce travail en Californie. Elle l'avait écouté avant de s'éloigner sans un mot vers l'amont pour y pêcher seule hors de sa vue. Après ce voyage, il s'était replié sur lui-même, vaguement conscient des allées et venues d'Abby, endeuillée par la perte de sa famille et se demandant comment pareille chose avait pu se produire.

Après le départ de Mara, il y avait eu d'autres femmes. D'abord l'ex-épouse d'un collègue, intelligente, les yeux pleins de ruse, déchaînée. Il rentrait chez lui après avoir passé des heures au lit avec elle, tout étourdi, se sentant coupable des paroles exubérantes qu'elle avait prononcées et de sa sensualité ardente, et retrouvait le froid et le silence de sa maison dans les montagnes. Il faisait du feu dans le poêle à bois onéreux et fixait les flammes à travers l'orifice vitré du foyer, s'interrogeant sur l'endroit où pouvaient se trouver sa femme et sa fille et sur la date à laquelle il cesserait d'être un homme marié.

Ensuite il y avait eu Rita, une étudiante qui n'avait que quelques années de plus qu'Abby, grande, la peau sombre comme les ombres de ses rêves, d'une beauté échappant à toute description. Et mariée. Qui était venue le trouver dans son bureau pour l'inviter à entrer dans son lit en toute clarté et toute simplicité. « Il ne s'agit pas d'amour, avait-elle dit. Souvenez-vous en. » Ils s'étaient retrouvés dans des chambres de motel. Mais il ne s'en était pas souvenu, il était tombé aussi amoureux qu'il pouvait concevoir de l'être, sentant une tragédie dans chaque frisson lorsqu'elle était allongée sur lui et qu'elle l'enveloppait du voile de sa chevelure noire et de son regard sombre. « Parle-moi de tes rêves », lui avait-elle demandé lors de leur première rencontre, un après-midi, tandis que, allongés, ils prêtaient l'oreille à un orage d'été. Quand il lui avait raconté celui qui revenait sans cesse, celui dans lequel Abby tendait les mains vers lui, elle s'était redressée, avait posé les deux mains sur ses épaules de sorte que ses yeux plongeaient droit dans les siens. « C'est un rêve dangereux, avait-elle dit. Mes grands-mères jicarillas diraient que tu as besoin de l'aide d'une femme-medicine et pas seulement d'un bon coup. » Trois mois plus tard, étendus sur le même lit, elle lui avait embrassé le front et annoncé : « Je ne peux plus te rencontrer. J'aime mon mari. Mais toi, tu es amoureux du passé. C'est avec le passé que tu fais l'amour, Cole, pas avec moi. » Il l'avait regardée s'habiller et ils étaient restés muets tous les deux jusqu'au moment où, une main sur la porte, elle avait dit : « Ceux qui se noient n'ont pas pour intention d'entraîner les autres avec eux mais c'est pourtant ce qu'ils font, n'est-ce pas ? Ils sont forcés de s'agripper à quelque chose. »

Il avait mis une caisse de Tecate et une carte routière sur le siège du pick-up, avait roulé vers le sud-est pendant deux cent cinquante kilomètres, buvant sans relâche jusqu'à ce qu'il parvienne à un vaste amoncellement de pierres grises dominant les plaines désertiques de l'est du Nouveau-Mexique. Aux ultimes lueurs du solstice d'hiver, tandis qu'un vent lugubre projetait des poignées de neige sur les pierres, il avait escaladé en titubant les ruines abandonnées, s'efforçant de se souvenir de ce qui l'avait conduit en ce lieu. Au centre, où les murs écroulés d'une église espagnole laissaient voir l'antique arrondi d'une kiva, il avait lu une grande plaque qui portait les vestiges du temps. La ville s'était appelée Cueloze pour ses habitants mais Pueblo de los Jumanos pour les premiers Espagnols (le village de ceux qui portent des rayures), puis Gran Quivira, l'illusoire cité de l'or. Les Jumanos avaient tendu une embuscade à un petit groupe d'Espagnols, non loin de là, et en représailles les conquistadores avaient massacré neuf cents Indiens, en réduisant quatre cents de plus en esclavage. Ils avaient bâti la monumentale église sur la kiva, le lieu central sacré, en se servant des pierres de la ville, mais maintenant église comme pueblo étaient retournés à la terre, les pierres mélangées formant sur le sol des lignes de convergence qui semblaient venir du fond des plaines gagnées de ténèbres pour se rejoindre vers le centre et le silence.

Il s'était laissé glisser le long de murs d'un mètre quatre-vingts de haut pour descendre dans le cercle de la kiva. Il s'était allongé sur le dos en son centre. La terre, sous lui, était comme de la glace et il avait scruté le ciel hivernal. Au-delà des tourbillons de neige, les étoiles ressemblaient à des trous dans le noir et non à ses proches parents dans le ciel, et il avait ressenti l'immensité de son isolement. Tout ce qui lui était apparenté avait disparu, il avait perdu le chemin. Los Jumanos l'avaient appelé.

Le froid avait mordu le centre de son être. Il était ressorti des ruines pour se trouver confronté aux spirales du vent qui soufflait du nord-ouest. Autour de lui, la terre était noire et la glace lui brûlait le visage. Il savait que la neige allait bientôt s'amonceler en congères sur le Llano Estacado. De retour dans le pick-up, il avait roulé vers le nord-ouest, deux heures avant l'aurore, face à la tourmente aveugle, si ivre qu'il avait manqué l'arbre et avait, à la place, arraché une barrière de fils de fer barbelés sur une centaine de mètres.

Cette semaine-là, il avait démonté le petit camion devant la maison, fixé des pièces détachées à l'aide de boulons pour remplacer les ailes et le capot défoncés. Après l'avoir peint et lui avoir donné un meilleur aspect qu'auparavant, il avait dit au revoir à sa fille, avait téléphoné à sa femme afin de lui suggérer qu'elle devrait revenir à la maison et il avait pris la route de la Californie.

Derrière lui, le soleil échappe aux fils de la toile et tombe dans la mer, et les lumières du champ de foire s'avivent sur la promenade devant lui. Le sentier qui traverse les busseroles et le sumac vénéneux est en contrebas, ligne plus sombre déroulée entre les fourrés. Il se laisse tomber au bas des rochers et entreprend sa descente en pensant à sa fille. Le sentier est rendu glissant par les feuilles mortes et souple par l'humidité de l'hiver. Il réfléchit à la possibilité de faire demi-tour et de descendre par l'autre versant où le soleil a posé une lame rouge sur la gorge de la mer.

15.

Le Père ordonna que l'on fabrique une poupée en bois, qui ressemble à un nouveau-né ; il porta la poupée à la femme fouettée et lui ordonna de la prendre comme son enfant et de la porter devant tout le monde pendant neuf jours. Il obligea le mari de cette femme à arborer des cornes de bovin fixées par des lanières. Ainsi équipé, ils le sortaient tous les jours de la prison pour le conduire à la messe. Et les autres Indiens le raillaient et le tournaient en dérision.

16.

Quand, sur l'arrière, le faisceau de la torche atteignit l'eau, l'épouvantable vision des quatre corps s'inscrivit à jamais dans la vie du capitaine des pompiers. Les lueurs qui embrasaient la maison se bousculaient à la surface de la piscine où ils flottaient, et les longs cheveux noirs de la femme s'étalaient dans les reflets de l'incendie jusqu'à toucher le bras de l'un des enfants. Dans les ondulations des flammes, le corps de l'autre garçon tournait lentement sur lui-même auprès de celui de son père.

17.

Il entra la nuit dans la forêt, touchant l'écorce des séquoias et parlant avec les chouettes dans leur langage. Il posa sa joue tout près des cours d'eau, sentit la corruption qui recouvrait la terre. Recroquevillé dans les creux des racines noueuses, il entendit les chants de l'antique forêt. Il sentit le poids de ses vies. Des cerfs suivaient le cours d'eau, leurs yeux étaient des étoiles de douleur aux aguets, leurs bois des flammes s'élevant vers le ciel. La mort rôdait sur la montagne et l'hiver ne conservait nulle tiédeur. L'océan, depuis l'ouest, attaquait la nuit, se déchaînant contre les terres. La baie s'étendait à l'est et au sud, et d'inconcevables merveilles résonnaient dans ses profondeurs. La vision lui apparut une nouvelle fois, les voix lui parlant de choses qu'il ferait.

Il rêva du joueur, du prêtre et des Indiens, et écouta la clef tourner dans la serrure.

18.

Hoey était accroupi près de la petite cabane, ses larges épaules courbées tandis qu'il dépeçait un gros poisson-chat. A un mètre de là, deux chiens de chasse, une femelle noir et fauve et un mâle à la robe rousse, étaient assis et l'observaient avec un intense intérêt. Un clou de finition transperçait la tête du poisson pour l'empêcher de bouger pendant qu'il le dépouillait de sa peau marron bleutée à l'aide de pinces. Lorsqu'il la jeta, les chiens bondirent ensemble, chacun happant la proie dans les airs. La femelle gronda, lâcha prise et entailla l'épaule de son adversaire. Celui-ci glapit et s'éloigna en boitillant, surveillant la chienne qui tirait la peau du poisson à l'écart. Elle s'allongea et entreprit de mastiquer ce mets coriace en mâchant bruyamment sans cesser d'observer son rival par la fente de ses yeux mi-clos.

— Ne t'en fais pas, Bony, dit Hoey au perdant qui n'était qu'à la moitié de sa croissance. Je t'ai gardé le meilleur morceau.

Il trancha péniblement la tête du poisson-chat en la sciant puis en l'arrachant de son clou avec les pinces, lança d'un même geste la tête et les viscères au chien. Celui-ci se précipita et poussa un jappement. Il recula puis se rapprocha lentement pour flairer et lécher les boyaux.

— A l'avenir, tu te méfieras de ces piquants, dit Hoey en se relevant, tenant dans sa main le poisson de deux kilos.

— C'est ce qu'on appelle apprendre à la dure, hein, Hoey ?

Luther se tenait près des marches menant à la cabane. Ses bottes de caoutchouc réparées en une douzaine d'endroits par des rustines étaient éclaboussées de boue noire jusqu'à la hauteur des chevilles et, dans sa main droite, il tenait une enveloppe tachée de boue et froissée.

— C'est comme ça que tu m'as appris, si je me souviens bien.

Se détachant sur les eaux marron et paresseuses de la Yazoo, à une centaine de mètres, le vieil homme paraissait incroyablement frêle et maigre.

— On a reçu une lettre, annonça-t-il. Adressée à Onatima Bois Bleu, Luther Cole et Hoey McCurtain.

Il la tenait devant lui comme s'il en lisait l'adresse.

— Adressée à nous tous ? Tu permets que j'y jette un coup d'œil ?

Hoey posa le poisson sur la marche la plus haute et prit la lettre.

— Elle est de Cole. Pourquoi tu ne me l'as pas dit ?

— Tu ne m'as pas demandé de qui elle était.

— Elle est déjà ouverte, ce qui veut dire que tu as dû la lire.

— Ben, mon nom arrive en deuxième, Luther Cole, et tu étais parti pêcher ces petits poissons de rien du tout, alors évidemment que je l'ai lue. Après, je t'ai cherché.

— Qu'est-ce qu'il dit, Cole ?

— Tu ferais aussi bien de la lire.

Hoey la sortit de l'enveloppe et la lut lentement. Lorsqu'il eut terminé, il fixa longuement les marches de la cabane avant de parler.

— Tu sais, ça fait un moment que je pense aller voir mon fils. Ça serait le bon moment.

Luther plissa les yeux.

— Je crois bien qu'on n'a plus le choix. Cette vieille femme, elle va nous écorcher vifs si on n'y va pas. Jobe m'a dit qu'il nourrira les chiens pendant qu'on n'est pas là. Je crois que tu ferais bien de le faire frire, ce poisson, pour le voyage. C'est loin, la Californie, hein ?

L'esprit ailleurs, Hoey acquiesça et son regard fit le tour des vingt acres de la clairière.

— Vachement loin. Je suppose qu'il donnera aussi à manger aux volailles ?

Il jeta un regard au poulailler délabré, à six mètres de la cabane.

— Jobe s'occupera de tout ce bazar. Ça lui fera pas de mal, à ce vieux Noir, de traverser la rivière à la rame plusieurs fois.

Hoey ramassa le poisson et tira sur la lanière de cuir pour ouvrir la porte. Sans se retourner, il dit :

— Ça fait déjà un moment que je me fais du mauvais sang pour Cole.

En s'asseyant sur la marche supérieure et en ôtant ses bottes, Luther lança par-dessus son épaule :

— Toute cette histoire, c'est tellement énorme que Cole en voit qu'une petite partie.

— Mais toi, tu la vois en entier ?

Hoey posa le poisson sur une table en bois brut et prit un seau d'eau qu'il vida partiellement dans une bassine. Il y plongea le poisson qu'il lava consciencieusement.

— Le poêle est encore chaud ?

Luther entra et tira la porte derrière lui. Il approcha la main d'un poêle à bois rectangulaire puis ouvrit la porte du foyer et saisit une grosse bûche de chêne dans une caisse placée à côté.

— Pas assez chaud pour faire cuire tes poissons-chats, dit-il en mettant le bois à l'intérieur avant de refermer. C'est pas comme l'autre fois. Cette fois-ci, ça se passe surtout sans moi, Hoey. Tu remarques que Cole a seulement demandé conseil. Il a demandé l'aide de personne. Je crois qu'il sait qu'il va falloir qu'il s'en sorte tout seul.

— Qu'il se sorte de quoi ?

Luther se dirigea vers un coffre en genévrier, l'ouvrit et entreprit de fourrager à l'intérieur.

— Coupe le poisson en petits morceaux et mets beaucoup de farine de maïs. Cuit comme ça, il a meilleur goût au bout de deux ou trois jours. Je vais activer le feu. On a encore un peu de babeurre ?

Il ferma le coffre, s'approcha de la table, posa une petite bourse de cuir au centre du plateau huilé.

— Qu'il se sorte de quoi ?

Hoey posa un poêlon noir sur le feu et s'arrêta pour regarder la bourse.

— Cole l'a laissée ici. Je me dis qu'on ferait bien de lui emporter.

— Je me demande si le Dodge va tenir le coup.

A l'aide d'une cuiller, Hoey prit du saindoux dans un seau pour le mettre dans le poêlon.

— Ce camion, il a la moitié de ton âge, poursuivit Hoey.

— Oh, moi et le camion on tiendra le coup, c'est sûr. Arrange-toi pour que ce poisson il soit bien cuit. Je me demande ce que cette vieille femme a en tête.

19.

Cole était assis à la table de la cuisine où il buvait du café lorsque la Volvo d'Alex vint se garer. Le temps qu'il arrive à la porte d'entrée pour voir, Alex avait déjà ouvert l'arrière du break et en sortait une botte de foin, tenant le fil de fer qui l'entourait avec des gants en cuir.

Il la laissa tomber sur le gravier de l'allée, leva les yeux vers Cole et lui adressa un signe de la main :

— *Yatahey*, cria-t-il.

Avec son gilet en duvet, sa chemise de flanelle, son Levis, ses bottes, et ses cheveux attachés en queue de cheval, il fit surgir chez Cole l'image des grands cow-boys navajos de la Fête de l'Etat du Nouveau-Mexique. Le genre de cow-boy à faire glousser les adolescentes derrière leur barbe à papa.

— Alex, il est sept heures et demie du matin. Et je n'ai pas de chevaux.

Le visiteur souleva la botte par les cercles de fil de fer et, faisant reposer une grande partie du poids sur ses jambes, il parvint d'un pas traînant jusqu'au seuil où il la laissa choir à leurs pieds avec un bruit sourd.

— J'ai pensé qu'on devrait commencer de bonne heure, pour s'entraîner. A ton avis, quel serait le meilleur endroit ? Probablement là-bas, près du chêne.

Il souleva la botte et, traînant les pieds, se dirigea vers l'espace plat et dégagé au nord de la maison, redressa la botte et la déplaça consciencieusement jusqu'à ce qu'elle tienne bien droit.

— J'ai apporté l'un des arcs à double courbure ce matin, ajouta-t-il en revenant. Nous avons le temps de boire une tasse de café, pas plus, avant le début de notre entraînement. Nous allons remettre à l'honneur toutes les techniques du tir à l'arc. Donner aux souvenirs hérités du sang le signal du réveil, si j'ose dire.

— Je viens de faire du café, répondit Cole. Et je n'ai aucun souvenir hérité du sang. Où est ta robe ?

— On ne tire pas aussi bien à l'arc en robe, Cole. Réfléchis.

20.

Le pick-up prit de la vitesse dans la longue descente. Le châssis cabossé faisait un bruit de ferraille, les outres remplies d'eau accrochées aux deux rétroviseurs extérieurs tressautaient et oscillaient. Luther regardait dehors tandis qu'une ville défilait sur la droite. Le soleil couchant et les nuages déchiquetés soulignaient d'or fin le pisé recouvert de plâtre. Au point culminant du vieux village, une église couleur de terre surmontée d'un petit clocher paraissait encerclée, gardée en captivité par l'antique cité.

— Je me demande quel genre d'Indiens c'est, ceux-là, dit Luther sans quitter des yeux le village. Leurs maisons ont de l'allure.

— Ce sont des Pueblos, Oncle Luther, répondit Hoey en détournant les yeux de la route pour observer la cité. Le panneau indiquait Laguna Pueblo. Ils vivent dans le Sud-Ouest depuis des millénaires.

— C'est le nom qu'ils se donnent ?

Luther se tourna vers Hoey en esquissant un sourire.

— C'est un nom que leur ont donné les Espagnols.

— Ils ont eu des problèmes avec les Espagnols, juste comme nous autres Choctaws, hein ? Comment ça se fait que tu saches tout ça, neveu ? On n'en fabrique plus de ces modèles Desoto, maintenant, hein ?

Hoey lâcha le volant d'une main, l'agita dans les airs.

— Non. Je lisais beaucoup avant, tu te souviens ?

— Quand t'essayais de comprendre comment être indien ?

La route s'était déroulée telle une piste tracée par les lapins, à travers l'Oklahoma et la partie septentrionale du Texas. Ils avaient dévalé le versant des monts Sandia vers Albuquerque, observant des traînées grises de pluie et de neige, loin vers l'ouest, et la neige fondue qui se dirigeait avec lenteur en longues lignes vers le pare-brise.

— Ils sont tous fous, avait dit Luther en regardant les voitures s'affronter sur le court tronçon d'autoroute.

— Des dingues, avait répondu Hoey au moment où ils quittaient la ville et commençaient à traverser le Rio Grande. Ils sont tous dingues.

— Un fleuve aussi connu devrait avoir davantage d'eau. C'est John Wayne qui l'a rendu célèbre.

Luther tendit le cou vers le nord pour regarder le large fleuve.

— C'est pas la Yazoo, hein ? répondit Hoey.

Luther continua à regarder par la vitre.

— Tu pourrais traverser ce fleuve à pied, Hoey, et t'es pas grand. T'as vu ce film où John Wayne il tuait les Espagnols et il disait que toute la région lui appartenait ? Ça s'appelait Rio Grande.

— Tu te souviens de toutes les conneries que tu regardes à la télé.

Le vieil homme fixait les arbres qui s'assombrissaient le long des deux rives du fleuve aux eaux marron peu profondes. Après un long silence, il ajouta :

— Ça a pas l'air d'une rivière qu'est bonne pour la pêche. J'essaie de penser aux poissons dans cette eau et j'y arrive pas. Quel genre de poisson on trouverait dans une rivière comme ça, Hoey ?

Celui-ci secoua la tête.

— Des carpes.

Luther cessa de regarder le fleuve.

— Des carpes. C'est pas bizarre, cette histoire de Columbus Bailey quand il a abandonné la pêche ? Il s'est mis à entendre les poissons crier quand il les sortait de l'eau. Il disait qu'un gros poisson-chat grondait comme un ours et qu'une perche gémissait comme un bébé qu'a peur. (Il tourna la tête pour regarder Hoey.) Il disait que ça lui avait pratiquement fendu le cœur. Je suis un vieil homme et j'ai jamais entendu un poisson crier. Je suppose qu'il a hérité ce pouvoir de son grand-père.

— Columbus Bailey a dit ça ?

Hoey gardait les yeux rivés sur la route qui brillait. Luther inclina la tête vers le pare-brise.

— Je me suis mis à penser que peut-être bien que ces poissons y crient comme ça depuis toujours et que personne les a jamais entendus. Comme un bon chien qui sent des choses que pas un humain peut sentir. Ce soir, c'est la lune du joueur, Hoey. Notre voyage dure depuis longtemps déjà. Dommage que t'aies oublié que t'avais pas de cric.

— J'ai pas oublié. Jobe a dû l'emprunter et il me l'a pas dit. Ce vieil homme a toujours été chapardeur.

— Mais c'est gentil de sa part de te laisser garer dans sa grange. On a eu de la chance que ce type s'arrête avec son cric.

Hoey pensa à la longueur de la première nuit qu'ils avaient passée au bord de la route dans l'est du Texas à essayer de faire arrêter un conducteur disposant d'un cric. Puis les deux heures à la station-service à attendre que le pneu crevé soit réparé.

— Y sont bizarres, hein, les Bailey, poursuivit Luther. Columbus, il dit que lui et ses frères faisaient le même rêve toutes les nuits. Il dit que parfois toute la maison se retrouvait dans le même rêve et y avait tellement de monde avec les six gamins et les vieux qu'ils en venaient à se donner des coups de coude en dormant pour avoir un peu de place, et tout le monde se réveillait en rogne.

— Qu'est-ce que c'est, une lune du joueur ?

Hoey écoutait les poussoirs de soupape qui geignaient. Tout le long de la route depuis qu'ils avaient franchi le pont à péage sur le Mississippi, il avait rempli régulièrement et prudemment le carter et le radiateur, prêtant l'oreille aux bruits et inquiet pour le Dodge qui datait de 1950.

De temps en temps, le vieil homme semblait sortir de l'hébétude causée par la route pour parler.

— Pour sûr que je voudrais savoir conduire un de ces engins pour pouvoir t'aider, avait-il dit plus d'une fois.

Et, à intervalles réguliers, souvent abrité sous le bord de son chapeau noir, il faisait un commentaire sur un coyote, pris dans les phares, qui traversait la chaussée, ou bien un engoulevent qui volait en rase-mottes. Aux toutes premières heures du premier matin, une éternité avant le lever du soleil, Hoey avait déjà commencé à avoir l'impression que ce voyage était un rêve et que le vieil homme n'était là, sur l'autre siège de la cabine, que pour le réveiller lorsqu'il s'achèverait.

— La lune du joueur ? C'est ce qu'on est parti découvrir.

Luther se redressa, remit le chapeau bien droit sur sa tête, regardant le paysage gagné par les ténèbres alentour.

— On devrait bientôt arriver où y a l'Indien.

— Quel Indien ? Je croyais que tu n'étais jamais venu par ici. Je croyais que tu n'avais jamais quitté le Mississippi sauf pour aller dans ton école du Kansas.

— C'est vrai, reconnut Luther avec aménité. Pour sûr que je voudrais...

— Savoir conduire. Cela fait trois heures que j'ai envie de te passer le volant et te laisser tenter le coup. Je me disais que tu ne risquais pas de t'en tirer beaucoup plus mal que moi.

— Je suis pratiquement aveugle, neveu.

— Uniquement quand ça t'arrange. A d'autres moments, tu es capable de voir une chiure de mouche sur un biscuit à une centaine de mètres.

— Enfin, maintenant, elle est arrivée.

— Qui ça ?

— La fille de Cole, Abby. Et pour sûr qu'elle a déjà vu le joueur.

— Si tu m'en disais un peu plus, Oncle Luther ? Puisque je te fais parcourir trois mille kilomètres ?

Au nord-ouest se dressait une montagne, pourpre et noire dans la clarté déclinante, et Luther se pencha pour mieux voir à travers le pare-brise.

— C'est une montagne sacrée, dit-il. Cole est mêlé à une histoire aussi grosse que cette montagne. Les gens essaient d'échapper au passé et c'est à ce moment-là que la plupart des ennuis les rattrapent. Cette histoire, elle est pas directement liée à l'autre, mais tout se tient, tu sais.

Une chouette de petite taille plongea dans la lueur des phares, les évita d'un battement d'ailes rapide et regagna le ciel.

Ils demeurèrent silencieux quelques minutes puis Luther dit :

— Cette vieille femme, elle réserve tout le temps des surprises. Y a pas grand-chose qui puisse lui résister quand elle fait le gros dos. Et elle est pas femme à se laver les mains de ce qui se passe.

Il baissa la vitre et aspira profondément l'air froid :

— La Californie est une source d'ennuis, Hoey. Comment tu as pu y vivre aussi longtemps ?

Hoey essuya la vitre de la jauge d'essence et plissa les yeux pour regarder de près.

— Je suis content d'avoir renoncé à essayer de te comprendre il y a une quarantaine d'années de ça.

Il concentra son attention sur la route pendant plusieurs minutes puis ajouta :

— Je ne sais pas. Après l'armée, quand j'ai rencontré Ida, on pensait y vivre un peu et après revenir chez nous, mais il y a eu la naissance des garçons et j'ai été très occupé à essayer de gagner ma vie et tout à coup je me suis retrouvé sans elle. Ça n'a été que lorsque je me suis retrouvé devant la tombe que j'ai encaissé le coup. C'était comme si j'avais regardé ailleurs une minute et subitement vingt-cinq années étaient passées.

— Tu prononces son nom, maintenant.

— C'est vrai. Je suppose qu'au bout d'un certain temps, ça ne risque plus rien. Mais pour sûr qu'elle me manque.

— Vingt-cinq ans, c'est pas tant que ça. Le temps est toujours le même.

Avec douceur, Luther avertit :

— Tu dois être prudent.

— Tu sais, Oncle Luther, ce genre de chose, ça ne me fait plus rien, maintenant. Je n'arrive plus à m'en inquiéter. Prononcer son nom, ça la rend plus proche.

— C'est comme ça que les choses arrivent. C'est comme ça qu'ils fonctionnent et ils n'ont aucune mauvaise intention. C'est uniquement à cause de la solitude. Mais tu devrais faire attention, surtout là où nous allons.

Hoey respira à fond avant de répondre.

— La Californie est une très jolie région. Les collines sont pleines de cerfs et il y a des montagnes proches de l'océan où on trouve des ours, des cochons sauvages, des dindes et même des pumas. Tout près de l'endroit où nous habitions, il y a des ravines où on peut s'offrir la meilleure chasse aux cailles qui se puisse trouver. La Californie, c'était drôlement agréable.

Une automobile aux lignes aérodynamiques surgit à leur hauteur à pleine vitesse, les dépassa, se rabattit et disparut presque en un instant. Hoey regardait droit devant lui, les deux mains sur le volant. Luther ne quittait pas des yeux le paysage où n'apparaissaient plus que les contours des mesas et d'arbres squelettiques. Dans la faible clarté, l'horizon avait la couleur d'ossements usés par le temps.

Dans son rétroviseur Hoey surveillait un semi-remorque qui dévalait la pente derrière eux dans un rugissement de moteur, tous phares allumés.

— Ils possèdent de puissants pouvoirs, ces Pueblos, déclara Luther. Tu le sens, hein ? Tu as remarqué l'oiseau, tout à l'heure, celui qui est venu nous regarder ?

Hoey fit non de la tête, se pencha encore davantage sur le volant.

— Je croyais que tu savais rien sur eux.

Luther repoussa son chapeau noir plus haut sur son front et parut écouter.

— Arrête-toi, ordonna-t-il tout à coup.

Hoey freina et fit rétrograder en seconde la fragile boîte de vitesses. Là où auparavant ne se trouvait personne, une silhouette se dressait au bord de la route, main levée comme pour les saluer. Tandis qu'il se garait sur l'accotement et recevait les turbulences causées par le passage du poids lourd, Hoey fut frappé par la ressemblance du vieillard au visage maigre, dont le profil était souligné par la lueur jaune des phares, avec Oncle Luther. Les longs cheveux gris étaient tirés en arrière et serrés dans ce qui ressemblait à une queue de cheval enveloppée d'un tissu, sous un chapeau à calotte haute et à large bord. Sa veste Levis était boutonnée jusqu'au cou et son jean d'aspect raide tombait tout droit sur des jambes grêles.

— Il veut qu'on le prenne, annonça Luther.

— D'où il sort ?

Hoey étudia le paysage derrière le vieil homme. Il n'y avait ni buisson ni rocher assez important pour cacher un poulet, et pourtant il avait donné l'impression de sortir de ce décor. Luther lui adressa un signe de la main et l'homme s'approcha de la portière côté passager. Quand Luther l'ouvrit, l'homme ôta son chapeau et leur fit un large sourire, découvrant les dents jaunes qui lui restaient.

— *Ya'hey*, dit-il. Je crois qu'on ferait mieux d'enlever ces grands chapeaux.

— C'est aussi mon avis, répondit Luther en s'écartant pour faire de la place tandis que l'homme montait dans le pick-up et posait son propre couvre-chef sur ses genoux. Bienvenue.

— Ce n'est qu'à trois kilomètres. Pourquoi vous avez mis aussi longtemps ?

Leur passager désigna de la bouche et du menton la

route devant eux, et Hoey parcourut rapidement le visage aux rides profondes et aux yeux envahis d'ombre.

— Ce n'est qu'à trois kilomètres, répéta Luther en regardant Hoey. Juste devant, sur la droite. On a crevé et mon neveu, il a pas de cric.

L'auto-stoppeur hocha la tête pensivement.

— C'est important d'avoir un cric. Mon frère faisait toujours monter sa voiture sur les rochers et il changeait ses pneus comme ça, n'empêche. Je lui ai donné un cric et il l'a troqué contre du whisky. Après, quand il avait une crevaison, il était forcé de rouler sur la jante et il déchiquetait son pneu. Il avait aussi troqué sa roue de secours. Et après ils sont aussi venus lui prendre la voiture. Et après il est mort.

— Nous avons un cric, maintenant, tu te souviens, Oncle Luther ? J'en ai acheté un. Content de faire votre connaissance, Grand-père.

Hoey adressa un signe de tête au nouvel occupant puis ramena le pick-up sur la chaussée.

— Notre hôte rentre chez lui, précisa Luther.

Le vieil homme sortit un foulard rouge de sa poche revolver, s'essuya le visage, et Hoey vit qu'il portait une grosse bague avec une turquoise.

— Pour sûr que vous y avez mis le temps.

L'auto-stoppeur se tourna vers Luther pour le regarder avec le même sourire édenté.

— Tu es bien vieux, Grand-père. Je parie que t'as cent ans.

Luther acquiesça.

— Le camion aussi est vieux. Hoey en prend bien soin, alors il ne roule pas vite. Quel âge as-tu, galopin ?

— C'est un bon camion. Ça se sent. C'est pas comme ces quatre roues motrices que les jeunes ils achètent maintenant. Des 4X4 qu'ils appellent ça. Ils parcourent toute la réserve en buvant de la bière et en jetant les boîtes n'importe où, avec leur musique qui joue à fond. Ça fait peur aux moutons. L'hiver, ils se saoulent dans ces voitures et après ils meurent de froid. Prends cet embranchement, là, devant.

Le vieil homme désigna l'endroit du menton. Hoey ralentit jusqu'à une bretelle de sortie qui donnait sur une étroite route goudronnée se dirigeant vers les parois noires d'un canyon.

— Continue vers le nord, Petit-fils. C'est pas loin. On pense que je dois avoir dans les soixante-dix ans parce que je suis né juste après qu'ils ont fait leur Première Guerre mondiale. Pas celle où y avait ceux qui parlaient en code.

— C'étaient des Choctaws qu'ils avaient, pour codifier les transmissions pendant cette Première Guerre, mais tout le monde l'a déjà oublié, affirma Luther. Mon cousin, il faisait ça. Hoey, lui, il a pris part à l'autre grande guerre. Ils en font d'autres en ce moment ?

Lorsque Hoey lui jeta un coup d'œil, leur passager l'examinait fixement, penché en avant pour que Luther ne bouche pas son angle de vision.

— C'est un brave garçon, dit-il à Luther en montrant Hoey. Ils en font sans arrêt d'autres quelque part. Tu es choctaw, tu viens de là-bas.

« J'ai soixante et un ans », s'apprêtait à dire Hoey, mais il se contenta d'observer la route.

En silence, ils poursuivirent vers le nord. Près de la chaussée, d'étroits lits de torrents à sec et des canyons d'un marron doré défilaient et disparaissaient dans l'obscurité, et le vieux camion commença à peiner dans la côte. Une lune brouillée se leva et resta en équilibre au-dessus de l'horizon.

— C'est un beau pays que tu as là, dit Luther.

— Le pays indien, répondit le vieil homme. Tu peux regarder partout, la terre est navajo, pueblo, hopi. Il y a des montagnes sacrées dans toutes les directions et des histoires pour nous dire où nous sommes. Tu sais, ces histoires qui nous apprennent comment nous devons vivre ici. Une géographie sacrée, elle appelle ça, ma petite-fille. Elle est allée à cette université qu'ils ont, là-bas...

Il fit un geste vague du revers de la main en direction de la nuit.

— Mais maintenant, les Blancs ont des cartes à eux et des histoires différentes. J'en ai regardé une de près, de leurs cartes officielles, et j'ai voyagé, et ça se voit très bien. Ils ont Los Alamos, là-haut, dans le nord, où ils ont dépossédé les Cochitis de leurs terres pour préparer la bombe A. Ils ont le laboratoire Sandia à Albuquerque, là-bas à l'est, où ils fabriquent leurs bombes nuquellaires. Ils ont White Sands au sud, où ils lancent leurs bombes et leurs missiles nuquellaires pour voir si ils marchent.

Il regarda Luther et secoua la tête :

— Et ils ont leur mine d'uranium, à Laguna, où ils ont fabriqué le poison pour l'eau ; ça, c'est à l'ouest. Alors tu vois qu'ils ont bien quelque chose dans chacune des quatre directions comme nous, les Indiens, mais eux c'est tout pour tuer. Et les Blancs, ils ont aussi leurs histoires. J'ai visité le musée qu'ils ont là-bas, à Albuquerque, qu'est consacré aux bombes nuquellaires. Ils ont ces bombes qu'ils ont lâchées sur le Japon avec des petites étiquettes pour chacune qui raconte son histoire et combien de gens elles ont tués. Ils leur ont donné un nom. Fat Man et Little Boy, comme on fait pour les chiens et les chevaux. Ils ont l'avion qu'a transporté ces bombes. On peut y rentrer dedans et s'imaginer qu'on y était. Ils ont des missiles de toutes les couleurs avec des fiches qui indiquent ce qu'ils feraient ou ce qu'ils pourraient faire. Pour le musée, ils ont un vieux hangar d'avions avec le plafond peint en noir et des petites lumières comme des étoiles. C'est comme dans l'histoire de la maison du joueur où il a mis les nuages d'orage. Ils ont fait une histoire sur la mort.

— Notre chef à nous il essaie de convaincre les Choctaws d'accepter qu'ils installent une décharge empoisonnée sur nos terres, renchérit Luther.

— Une décharge de produits toxiques, précisa Hoey tout en surveillant prudemment la route. Jusqu'à présent, on a voté contre.

— Il y a des tas d'Indiens qui font ça. Exactement comme les Blancs, ils vont tuer la terre pour un peu d'argent. Ils ont mis notre vieux chef du conseil tribal en prison. Il se faisait plein d'argent. Maintenant ils ont un truc qu'ils appellent un hantavirus qui nous décime. La grippe navajo, qu'ils l'appellent. Ils disent que ça vient des souris et des écureuils, mais nous, les Navajos, on sait bien que ça vient de leurs labos qui sont installés à Los Alamos. De quelque chose qui s'en est échappé.

— C'est drôle, dit Luther. Ce mot, *hanta,* c'est un mot choctaw qui veut dire blanc. C'est un virus blanc qui vous tue. C'est drôle comme toutes les choses sont reliées.

— Elles l'ont toujours été.

Ils roulèrent en silence un moment puis le vieil homme annonça :

— Là.

Hoey l'aperçut au moment où le mot était prononcé. Un coyote au milieu de la route, la tête tournée vers eux, les yeux rouges flamboyant de colère. Il écrasa le frein et le véhicule, roues bloquées, partit dans un dérapage strident.

— Ne t'arrête pas, ordonna le vieil homme.

Au moment où le camion aurait dû le heurter, le coyote disparut.

Hoey regarda sur la droite et la gauche de la route, essayant d'apercevoir l'ombre de l'animal en plein bond.

— Poursuis ton chemin, Petit-fils.

— La dernière fois, c'était une chouette, dit Luther.

— Je m'appelle Robert Jim.

Le vieil homme tendit la main à Luther qui la garda un instant dans la sienne. Robert Jim répéta son geste vers Hoey qui était repassé en seconde. Hoey tendit la main devant Luther, sentit le contact léger des doigts du vieil homme, leur surface aussi douce et lisse qu'une peau de serpent. Le passage en troisième s'accompagna d'une plainte aiguë au moment où ils franchissaient une ondulation de terrain.

— Nous sommes très heureux de te connaître, Robert

Jim. Je m'appelle Luther Cole et voici mon neveu, Hoey McCurtain.

— Celui-là traîne presque toujours dans les parages. Ils attrapent tout ce qu'ils trouvent au bord de la route, je crois. Mais ils sont partout maintenant. Il faut être capable de les identifier. Des gens de notre peuple disparaissent. Il y en a toujours eu qui partaient et qui ne revenaient jamais, mais ça va plus loin que ça maintenant. Ils partent pour aller boire et personne les revoit plus. Je crois que tout est lié, ce qu'ils font ici sur la réserve et là où vous allez. C'est à cause de ça que vous venez, tous les deux. Vous pouvez me laisser là, près de cette barrière. J'habite sur cette route.

Il eut un signe de tête pour désigner une vague piste qui partait à angle droit derrière une barrière de fil de fer barbelé vers un haut et sombre canyon.

Hoey arrêta le camion. Le vieil homme ouvrit la portière et descendit. Une fois à terre, il se redressa et sortit quelque chose de la poche de devant de sa veste.

— J'allais oublier, dit-il en tendant la main vers Luther.

Luther aussi tendit la main et le vieil homme déposa au creux de sa paume une pierre translucide. A côté du quartz il plaça une petite bourse en peau pas plus grosse qu'une pièce de un dollar en argent.

— Range ça avec ta medicine, Grand-père, dit-il.

Il montra le petit sac :

— C'est du pollen. Je l'ai conservé pour toi. Maintenant, rebroussez chemin et roulez jusqu'à Gallup ce soir. Faites un petit tour à pied là-bas et vous verrez ce que je veux dire.

Luther acquiesça.

— On va aller à Gallup, petit frère.

Il rangea les présents dans la poche de sa grosse veste et tendit la main en direction du vieil homme. Par la pointe de la lame, il tenait un gros couteau à manche noir que Robert Jim accepta avec un sourire épanoui.

— Méfiez-vous de ce coyote qu'on a vu, les mit-il en garde. Ne le laissez pas vous jouer un tour.

Il s'écarta tandis que Hoey effectuait sa manœuvre sur la route déserte. Une fois qu'ils eurent repris vers le sud la direction de l'autoroute, Hoey demanda :

— C'était quoi, tout ça ?

Luther prit son chapeau sur ses genoux, l'ajusta bien droit sur sa tête.

— C'était Robert Jim. Fais attention à pas écraser de sorciers.

Dans la cabine sombre du camion, Hoey eut le sentiment que son oncle se moquait de lui mais il ne pouvait distinguer les traits du vieil homme.

— Tu l'avais déjà, ce couteau, quand j'étais gamin, remarqua-t-il.

— Autrefois, Hoey, il y avait des cloisonnements. Nous, les Choctaws, on se faisait du souci pour les Chickasaws qu'étaient nos frères dans le temps, mais on connaissait rien du reste. Après, les Espagnols sont arrivés et ils ont commencé à nous tuer. Ils sont sortis personne savait d'où, ils nous ont tués, ils ont disparu pendant deux siècles et ils sont revenus. Depuis, les choses elles ont fait que devenir de plus en plus graves. Tu te souviens du dévoreur d'âmes ?

Hoey fit signe que oui.

— Le dévoreur d'âmes il est partout. Il a été libéré.

21.

Cole avait tiré la porte derrière lui, l'avait verrouillée et s'était dirigé vers le pick-up avant de l'apercevoir. Au bout du sentier menant de la porte à l'allée, le bâton se dressait presque à la verticale, dépassant d'un mètre au-dessus du sol. S'en détachaient des lignes bleues et rouge vif et des objets qui étaient plutôt de couleur marron.

Il jeta un coup d'œil alentour avant de s'en approcher à grands pas. Les fragments colorés étaient des plumes de geai de Steller et plusieurs plumes de tête de pic d'un rouge éclatant. Dans les intervalles se trouvaient des lambeaux de chair d'un marron tirant sur le rouge. Il arracha le bâton, le posa sur le plancher du pick-up devant le siège du passager. Pendant qu'il faisait le tour pour gagner sa portière, autre chose encore attira son attention.

Imprimée en creux dans la terre meuble et humide à proximité de l'avant du véhicule, se trouvait une trace d'ours. Il fixa l'empreinte quelques instants. Il avait vu quantité de traces d'ours mais celle-ci était différente. Elle semblait posséder une largeur de trente centimètres et il en estima la longueur entre vingt et vingt-cinq. Seule, en Californie, une espèce de plantigrade pouvait laisser ce genre de traces.

Il les suivit sur la terre puis dans l'herbe dont les brins écrasés conduisaient aux séquoias. Sous les arbres, les empreintes disparaissaient.

En arrivant à son bureau, il appela Alex Yazzie chez lui et à l'université. Alex répondit de l'université.

— C'est un bâton de prière, répondit-il dès que Cole le lui eut décrit.

— Je le sais, que c'est un bâton de prière, mais j'ai besoin d'en connaître la nature et la raison.

— J'arrive tout de suite.

La voix d'Alex révélait son vif intérêt.

— Autre chose, dit Cole. Est-ce qu'il reste des ours dans ces montagnes ?

Il sentit qu'Alex réfléchissait un moment.

— Il n'est pas censé y en avoir dans les monts Santa Cruz. Il y en avait beaucoup mais ils ont été exterminés il y a longtemps.

— Eh bien, j'ai trouvé des empreintes d'ours autour de ma maison.

— Je suppose que tu sais les reconnaître ?

— Ouais.

— Ecoute, il en existe un peuplement au sud de Big Sur. Il ne serait pas impossible que l'un d'eux soit remonté aussi loin au nord, peut-être un jeune chassé par les mâles adultes.

— Aucune chance qu'il y ait des grizzlis par ici ? insista Cole qui connaissait la réponse.

Au terme d'un silence plus prolongé, Alex expliqua :

— Le dernier grizzli aperçu dans cette région de la Californie a été tué par un fermier de Bonny Doon il y a quatre-vingt-cinq ans. Une vieille femelle qui lui dévorait son cochon. Personne n'a revu ne serait-ce qu'une seule empreinte depuis.

— Eh bien, je te serais très reconnaissant de venir jeter un coup d'œil à ce bâton. A propos, Abby est arrivée.

Il raccrocha, oppressé par le poids du rêve de la nuit et de ce nouveau mystère. C'était à l'âge de dix-huit ans que le monde s'était ouvert à lui. Il avait accompagné les ossements de son frère pour les ramener chez eux, au Mississippi, avait découvert l'existence réelle d'Oncle Luther et d'Onatima, un univers choctaw qui vivait en marge de celui-ci comme les ombres de Black Elk, de la même façon que son propre sang indien semblait assombrir la blancheur de son autre ascendance. Il semblait maintenant que ce monde d'ombre menaçait de subsumer l'existence qu'il avait bâtie à partir de livres.

Ressentant l'épuisement de la nuit envahie de rêves, il parcourut du regard le dessus de son bureau et prit une enveloppe marron arrivée au courrier du matin. Par habitude, il l'ouvrit et s'apprêtait à jeter le feuillet dans la recycleuse quand les premiers mots accrochèrent son regard.

> La région de Santa Cruz est située de façon périlleuse en l'un des sept lieux de la planète où les faisceaux de radiations magnétiques traversent l'atmosphère et balaient silencieusement la Terre Mère. Les créatures douées de pensée, c'est-à-dire les humains, les animaux et les plantes, sont attirées vers cette zone comme le fer l'est par l'aimant. Les individus, en particulier, ressentent plus fortement cette particularité et s'efforcent de s'exprimer sous de multiples formes créatrices. Beaucoup de gens ont pareillement entrepris d'exprimer un sentiment de grande intensité spirituelle : le désir de fusionner avec l'Être Universel. Bien que les formes d'expression soient nombreuses, le but est absolument identique sous tous ses aspects : saluons tous l'Esprit Unique !

Il s'appuya au dossier de son siège, se demandant comment il avait abouti sur la liste d'adresses d'un certain Enseignement par correspondance Stoneybrook.

— Saluons tous l'Esprit Unique, dit-il à haute voix. Ça fait cinq cents ans qu'ils essaient d'y parvenir.

Il jeta un regard sur le bâton, repensa à l'empreinte d'ours et au rêve de la nuit, se remémorant les lanières qui lui fouettaient le dos, le manche du fouet dans sa main, la fille, le vin renversé et le soleil ardent. *Padre Quintana. Venancio Asisara.*

Alex frappa deux fois et poussa la porte. Il entra, referma derrière lui, parcourant la pièce des yeux sans s'arrêter sur Cole. Avec son gilet en peau de mouton, sa chemise de batiste, son Levis et ses bottes western, il paraissait imposant et massif dans la pièce exiguë. Repérant le bâton de prière, il se baissa pour le ramasser, s'assit sur la chaise libre et le tint à l'horizontale tout en le faisant tourner à bout de bras.

— Aucun doute là-dessus, c'est un bâton de prière. Il ressemble beaucoup à ceux que, paraît-il, fabriquaient les Ohlones.

Pour la première fois, il regarda Cole :

— Où l'as-tu trouvé ?

— A côté de mon pick-up. Qu'as-tu fait de ta robe ?

Alex sourit :

— Quelle robe ?

— Qu'est-ce que tu en penses ?

Alex approcha le bâton de son visage, examina les plumes et les fibres de chair. Il le tint près de son nez, inspira longuement et lentement par les narines puis le rejeta brusquement vers Cole qui le laissa choir sur le sol.

— Ce n'est ni du bœuf ni du cerf.

— Quoi ?

— Regarde de près. Même desséchée comme ça, on voit bien que ce n'est pas de la viande de cervidé. Ça ne ressemble pas non plus à du bœuf ou à du porc, c'est trop fin, avec de longues fibres.

— Aucune idée de ce que c'est ?

— Ce qui est sûr, c'est que quelqu'un trucide les pics, une espèce protégée. Et on dirait une branche de laurier de Californie, ce qui est probablement conforme à la tradition. Les Ohlones utilisaient le laurier pour ce genre de choses. Ça donne de belles tiges bien rectilignes.

Cole appuya le bâton contre sa table de travail.

— Il a peut-être été laissé à l'endroit où tu l'as trouvé par un disciple d'*Iron John* qui errait dans les bois. Robert Bly a ramené les Indiens cent ans en arrière.

— Cole, ce n'est pas des conneries style new age, ça.

Alex fit des yeux le tour de la pièce, considérant livres

et affiches, s'arrêtant sur un vase de couleur claire à demi rempli d'une eau marron qui contenait un bouquet de marguerites fanées ayant perdu la moitié de leurs pétales.

— Tu pourrais peut-être me parler de tes rêves, suggéra-t-il.

— Tu es devenu homme-medicine ?

Alex haussa les épaules.

Cole le considéra un moment. Avec la chemise de travail bleue, le jean et les bottes, ses longs cheveux ramenés en une petite queue de cheval chongo relevée et maintenus par un cordonnet, il avait retrouvé ses allures de cow-boy navajo.

— Pourquoi pas ?

Quand Cole eut fini de relater ses rêves, Alex resta longtemps silencieux avant de dire :

— Tu sais, je crois que j'ai de la chance d'avoir reçu une éducation européenne pendant toutes ces années. Ça a dû me désensibiliser pour les choses fondamentales.

— Ce qu'il y a de plus bizarre, poursuivit Cole, c'est que je suis les deux à la fois. C'est comme si j'étais tout le monde et toute chose en même temps. Je suis le prêtre qui fouette le dos de l'Indien jusqu'à ce qu'il soit en sang et j'en ressens chaque seconde intégralement. Et j'aime ça. J'ai envie de les tuer tous et d'étaler leurs entrailles pour les faire sécher au soleil, je les hais parce que leurs âmes sont en un lieu que je ne peux atteindre et tout le temps où je manie le fouet je prie et je pense à la fille. Je connais son parfum et sa saveur et j'ai envie d'elle. Et c'est moi qui suis lié à l'arbre et dont le dos est lacéré, j'ai l'impression que quelqu'un déchire la chair sur mes os avec des griffes d'acier, j'exècre le prêtre et tout ce qui m'entoure. C'est moi qu'on appelle dans le verger et c'est moi qui appelle. Et c'est moi qui domine le tout, je le vois comme quelqu'un qui regarde un fichu film. Et tout le temps j'ai l'impression qu'il y a quelqu'un ou quelque chose d'autre qui me regarde, juste hors du champ. Je m'éveille tout tremblant, en sueur, et croyant respirer l'odeur du sang partout.

Il se tut, fixa un moment le tableau d'affichage envahi au-dessus de son bureau.

— Je vois des choses, j'entends des voix, je tire sur des hallucinations.

Le téléphone sonna dans la pièce voisine et ils écoutèrent une douzaine de sonneries retentir dans le vide. Alex prit la parole.

— Il y a des gens qui pourraient dire que tu as la maladie du fantôme. Les fantômes envoient des rêves. Ils prennent aussi la forme d'animaux, comme les chouettes. Regarde-toi. Tu es malade.

Cole repoussa ses cheveux de ses deux mains.

— Je ne me sens pas trop mal, argumenta-t-il, mais sa voix le trahit. Et je m'y connais un peu en maladie du fantôme. J'ai lu Silko et Hillerman. Il est navajo, n'est-ce pas ?

— Ce n'est pas le moment de plaisanter, Cole. Quelqu'un veut que tu sois au courant de ces choses, que tu les éprouves. Qui sait pourquoi ? Mais il faut que tu réagisses. Tu as une tête épouvantable.

— Tu devrais être conseiller, Alex. Tu as une étrange façon de remonter le moral des gens. Tu sais, les Choctaws croient en deux espèces différentes de ce que tu nommes les fantômes, une ombre intérieure et une ombre extérieure. Elles peuvent être dangereuses. Mais les vivants aussi peuvent envoyer des rêves.

— Qu'est-ce que tu vas faire ?

— Je ne sais pas. Je pense que je vais prévenir la police mais tu sais ce que cela donnera. Ils sont tellement habitués à voir des cinglés qu'un bâton comme celui-ci leur paraîtra normal.

— Il y a des cinglés qui tuent les gens, dans le coin.

— Je pense que je vais avertir la police.

— Tu as des proches qui peuvent t'aider ?

Cole pensa à Onatima et à Luther, se représentant soudain en esprit le vieux couple avec une grande netteté. Devant son silence, Alex dit :

— En attendant, il te faudrait un chien de garde.

— Non.

— Je t'assure. Tu devrais avoir un chien, surtout maintenant qu'Abby est là. Tu le laisses monter la garde autour de la maison. Un gros chien bien méchant. Et souviens-toi, les chiens n'aiment ni les fantômes ni les sorciers. Chez nous, nous en avons toujours autour de nos hogans, pour cette raison.

— Pas question d'avoir un chien. Je t'invite à boire un café.

Au moment où ils se levaient, Alex ajouta :

— Ah, oui. Encore une chose. Un de mes oncles vient ici célébrer un service de l'Eglise des Premiers Américains. Je me demande si nous pourrions l'organiser chez toi. Ma maison se trouve légalement sur un domaine universitaire et ils pourraient avoir de drôles de réactions s'ils l'apprenaient. Je ne suis pas titulaire de mon poste, tu sais.

— Avant ou après le bain de vapeur ?

— Ben, lui, il a lieu ce week-end, et Oncle Emmet n'arrivera sûrement pas avant un certain temps.

— L'usage du peyotl est tout aussi illégal chez moi que chez toi, Alex.

— Selon la loi, oui.

— Merde, pourquoi pas ? Mais ne compte pas sur moi pour manger du cactus.

— C'est parfait. Oncle Emmet pourrait être ici dans à peu près une semaine.

— Heure indienne, je me trompe ?

— Non. Demain, le mois prochain, l'année prochaine.

En passant devant le bassin aux poissons de l'université, Alex montra une grosse carpe tachetée.

— En voilà une qui ne ferait pas long feu sur une réserve.

— Ne compte pas sur moi pour manger du peyotl, répondit Cole. Pas de drogues.

— Le peyotl n'est pas une drogue. Il te fait du bien. (Il agita les mains pour insister.) C'est un excellent antibiotique et un antiseptique dont l'efficacité inhibitrice est reconnue contre dix-huit souches de staphylocoques résistant à la pénicilline. Ce n'est absolument pas toxique et c'est nourrissant pour l'esprit, c'est le moins que l'on puisse dire. On s'en sert depuis des siècles au Mexique pour les accouchements. Ça va, ton entraînement au tir à l'arc ?

— Pas du tout. D'où sors-tu ces précisions didactiques, Alex ?

— Tu devrais t'entraîner au tir à l'arc. Je lis des livres. J'ai toujours été très curieux de ce que je mange, surtout à l'église.

Ils se turent pour regarder un jeune homme qui passait en courant. Avec pour tout vêtement un sac pour porter des livres et sa peau très bronzée, ce garçon aux cheveux longs rayonnait de santé et traversait le quadrilatère d'une foulée souple. Alex haussa les sourcils en regardant Cole.

— Au fait, dit-il, tu devrais demander aux flics d'examiner ce bâton de prière. Je crois que c'est de la chair humaine. J'ai l'impression que tu as un loup sur les bras.

22.

Au-delà du cercle de lumière, l'obscurité était presque totale. Un brouillard cotonneux était monté de la ville et formait un halo autour de l'unique lampadaire à l'arrêt du bus qui desservait le campus. Les deux jeunes femmes, côte à côte, se tenaient par le bras. La plus grande se pencha vers sa compagne, se blottit contre son oreille et elles se rapprochèrent encore l'une de l'autre.

La voiture arriva du centre du campus, soulignant lentement chaque virage de ses phares, dans le brouillard. Quand elle s'arrêta sous la lumière, elles distinguèrent l'autocollant **A** sur le pare-chocs avant. L'une d'elles fit un petit saut en l'air.

— C'est bon, murmura-t-elle.

Elles s'engouffrèrent sur le siège arrière.

Des ouvriers découvrirent les corps décapités, quinze jours plus tard dans les monts Santa Cruz.

— Je n'oublierai jamais, déclara l'un des cantonniers face à la caméra de télévision.

23.

Abby descendit la pente raide en enfonçant profondément les talons de ses chaussures de randonnée dans la terre souple afin d'éviter de glisser, tenant la canne à mouche loin des branches. Au fond du petit canyon, la rivière plongeait et formait des trous d'eau gagnés d'ombre, et d'en haut elle voyait les remous sombres où devaient se trouver les truites. Lasse d'attendre le retour de Cole, elle était sortie ce matin-là une fois son père parti pour l'université, lui empruntant sa tenue de pêche et choisissant dans sa boîte à mouches les rares Adams n° 20 pour les ajouter à ses propres moucherons et éphémères. Dans pareil torrent, les truites seraient minuscules, de dix-huit à vingt centimètres au plus s'il y en avait vraiment, mais elles seraient également méfiantes, vigoureuses et difficiles à tromper. Dans les profondeurs du canyon, elles devaient se nourrir à longueur de journée, mais dans un si petit cours d'eau, elles seraient prudentes et rapides.

Elle descendit en zigzags, s'arrangeant pour arriver juste au-dessus d'une chute d'eau qui jaillissait sur un rebord rocheux avant de tomber dans une mare noire d'un mètre quatre-vingts de large. Il ne semblait pas qu'on eût jamais pêché dans ce cours d'eau et, tout en se déplaçant, elle libéra le court bas de ligne et sentit l'excitation de l'attente tendre ses muscles.

Elle s'arrêta deux mètres au-dessus de la mare, s'appuya

à la pente et laissa descendre le bas de ligne de telle sorte que la minuscule mouche grise se pose sur l'eau presque sans mouvement. La mouche avait commencé sa trajectoire incurvée au bord de la cascade lorsqu'elle disparut en laissant une faible risée. Le poisson traversa la mare telle une flèche vibrante. Abby descendit vers la rive du cours d'eau avant de sortir une arc-en-ciel de dix-huit centimètres qui resta suspendue à frissonner au bout du fil presque invisible. Mouillant sa main, elle referma sa paume sur le magnifique poisson et dégagea l'hameçon de sa bouche. Lorsqu'elle le remit dans la mare, il disparut dans un frémissement d'ombre.

Elle entreprit de se frayer un chemin vers l'aval, courbée en deux pour que le bas de ligne oscille devant elle au-dessus de l'eau, prenant des truites dans presque chaque trou d'eau avant de les relâcher, créant une explosion de vie inattendue. Après avoir libéré la sixième, elle posa la canne sur la berge et s'allongea sur le versant abrupt, une main derrière la tête, puis ferma les yeux, à l'écoute de la rivière. L'atmosphère était fraîche et calme dans le canyon, sans même un appel d'oiseau pour rompre le silence.

Elle pensa à son père. Quand ses parents se disputaient, elle allait à l'écurie caresser l'encolure de l'appaloosa et écouter les corneilles qui jacassaient dans les pins pignons. Elle allait sur les hauteurs des monts Ortiz voir le double coucher de soleil, d'abord sur le versant où ils vivaient puis sur l'autre qui dominait Albuquerque, à l'ouest de la ligne de faîte des Sandia. Lorsqu'étaient survenues les fortes pluies d'été, elle s'était accroupie sous les genévriers aux branches épaisses jusqu'à ce que ces averses d'après-midi se fussent éloignées, ressentant dans ses os l'écho des coups de tonnerre, éprouvant de l'envie pour ces merveilleux candélabres d'éclairs qui illuminaient le ciel, essayant d'imaginer d'autres possibilités. Puis il s'était mis à boire, à disparaître de la maison pour de longues expéditions de pêche, à partir en randonnée dans des régions reculées du Sud-Ouest. Sa mère s'absorbait dans ses récentes études de droit, se levait tôt, rentrait tard comme si elle tentait de rattraper le temps.

Proche de l'apitoiement, elle se souvint de la fillette qu'elle était deux ans auparavant. Elle avait commencé à fréquenter les jeunes gens excités de l'Institut des Indiens d'Amérique avec leurs cheveux longs, qui mélangeaient alcool, drogue, et les poussées d'adrénaline de l'indianité. Sans même que ses parents s'en aperçoivent, elle avait commencé à participer aux danses des powwows, se satisfaisant d'abord d'exécuter les modestes évolutions féminines traditionnelles. Mais ce qui l'attirait était la frénésie des danseurs masculins en costumes avec leurs tourbillons de couleurs et l'extase de la danse du scalp. A chaque powwow (à Albuquerque, Santa Fé, Taos, Gallup, Flagstaff ou Phoenix), elle restait sur le bord, regardant et enviant ces danseurs aux riches costumes, sachant que ce pour quoi ils dansaient en martelant le sol de leurs pieds et de leur rage n'était rien moins que la fin et le début du monde. C'était comme si les femmes, avec leurs pas lents et mesurés, et leur précision extrême tandis qu'elles évoluaient soigneusement et inexorablement dans leurs cercles, portaient le fardeau d'un monde fragile alors que les hommes, une fois de plus, jouissaient de la liberté furieuse de la passion et du feu. Elle appelait de tout son être cette liberté, une danse en costume, ou, mieux encore, une Danse des Esprits, la violence indispensable qui enflammerait les étoiles. Mais comme cela lui était refusé, elle s'était arrêtée de danser, avait cessé de fréquenter le garçon de White Mountain ou les autres du groupe de l'Institut et n'avait plus répondu au téléphone. Elle avait commencé à savourer la solitude, le plaisir sensuel de n'être pas touchée.

Ça avait été lors d'une partie de pêche, un week-end, sur la Black River, que son père lui avait parlé de son nouveau poste en Californie et lui avait demandé de l'accompagner. Elle s'était contentée de secouer la tête et, furieuse, s'était dirigée en amont vers un endroit où l'eau était profonde et verte sous une berge herbeuse en surplomb. Par le passé, elle s'était efforcée de ne pas prendre les grosses truites marron qui y frayaient, mais ce jour-là, elle les avait voulues.

Après qu'il eut abîmé son camion et qu'il fut parti, elle avait attendu que les eaux de la fonte des neiges aient diminué puis s'était mise à pêcher à la mouche avec ardeur, préparant les modèles les plus perfectionnés qu'elle pouvait trouver, chaque mouche ressemblant à un minuscule danseur en costume, se levant à trois heures du matin pour gagner les rivières du nord du Nouveau-Mexique que son père lui avait indiquées, délaissant les garçons et le sexe au profit du silence et de la ruse. Enfoncée jusqu'à la poitrine dans les eaux placides de la San Juan, une truite arc-en-ciel de cinquante centimètres au bout de sa ligne, elle avait ressenti l'étreinte suprême du courant et avait eu le sentiment qu'elle regagnait un lieu qu'elle n'avait jamais imaginé. Lors d'un lancer roulé pour atteindre un poste d'attente à l'entrée des rapides sur la Chama, elle savait qu'elle avait échappé à un péril mortel. Elle partait en randonnée et campait seule, et seule elle pêchait dans les eaux les plus prometteuses, descendant des falaises pour s'avancer dans le Rio Grande aux eaux rapides et brunes du canyon de Taos, là où de grosses truites vivaient dans les remous autour des rochers.

Tandis qu'elle regardait les flèches des séquoias se dresser vers un ciel vague, elle en était à se demander si elle allait continuer à pêcher sur quatre cents mètres encore dans la petite rivière ou rentrer à la maison de son père lorsqu'elle entendit un bruissement dans les feuilles humides.

Elle se redressa. A trois ou quatre mètres d'elle, une silhouette sombre se détachait sur le gris du sous-bois.

Une voix connue lança :

— Bonjour.

Il s'approcha.

— J'aime remonter le cours de cette petite rivière. Elle passe près de l'endroit où j'habite.

— Robert ?

Son visage devint reconnaissable quand il se dressa devant elle, les mains dans les poches d'un sweat-shirt, lui souriant à demi sous la capuche.

— Je suis désolé si je t'ai fait peur, dit-il. Je ne m'attendais pas à ce que quelqu'un vienne par ici.

Il repoussa la capuche qui se mit en rouleau sur son cou.

— La pêche est bonne ?

Elle acquiesça.

— Des petites arc-en-ciel. Tu les as vues ? Elles sont presque noires.

Il s'assit près d'elle sur la pente, replia les genoux et les entoura de ses bras.

— Je ne pêche pas mais je les ai vues très souvent d'en haut. Elles sont magnifiques. On dirait des petites flèches noires. Je me suis toujours plu à penser qu'elles vivaient ici, très haut, dans ce canyon reculé, dans l'obscurité, et que personne ne savait même qu'elles y étaient, qu'elles pouvaient passer toute leur vie ici sans que personne le sache jamais.

— Alors à cause de moi, c'est fichu, hein ? Maintenant nous sommes au moins deux à le savoir, et elles savent que je sais.

Il se saisit d'une brindille et commença à l'enfoncer dans le sol, comme s'il réfléchissait aux paroles d'Abby.

— Cela ne fait rien, dit-il enfin, parce que toi et moi nous sommes différents de tous les autres. Les poissons, ça leur est égal.

Elle sourit.

— Ça ne leur est sûrement pas égal d'être pris. Mais j'essaie de ne pas leur faire mal.

Il passa les mains derrière sa tête pour défaire l'attache de sa queue de cheval, tira davantage ses longs cheveux bruns avant de remettre l'élastique.

— Faire mal n'est pas toujours mauvais, commenta-t-il en lui jetant un coup d'œil avant de regarder à nouveau la rivière. La création a toujours pris naissance dans une matrice de douleur. Quand un puma terrasse un cerf, la douleur est si violente qu'elle investit la forêt entière. Elle est perceptible, elle flotte dans l'air pendant des jours. C'est ce qu'il y a de plus beau et, quelque part, dans la douleur déchirante qui s'apparente à la musique, le cerf aussi doit comprendre. C'est l'expression de l'amour la plus terrible. Comme l'enfantement. Dieu n'aurait pas pu faire autrement, n'est-ce pas ? Comment pourrait-il supporter de voir de telles choses se produire à chaque fraction de seconde si cela ne s'inscrivait pas dans un plan d'ensemble ? Il a créé le monde de façon telle que toutes ses créations doivent se sacrifier à chaque instant de chaque jour. C'est comme la façon dont ton peuple sait que les animaux s'offrent au chasseur.

— J'ignorais que tu étais aussi chrétien, Robert. Tu sais, les Choctaws croient que le Créateur a fait le monde puis qu'il est retourné à d'autres tâches.

Il s'était tourné de sorte qu'il la scrutait maintenant avec intensité.

— Je ne suis pas chrétien. Peut-être devrais-je dire le Grand Esprit ou le Créateur au lieu de Dieu. Mais tu parles maintenant de tradition orale. Les récits qui enseignent aux gens qui les racontent qui ils sont. Les Indiens sont dans le vrai. Si nous ne connaissons pas les histoires, nous ne savons pas comment nous comporter, n'est-ce pas ? Nous commettons des erreurs. Et souvent nous ne savons même pas que nous en avons commis avant qu'il soit trop tard et que tout aille de travers. Quelquefois, cela paraît injuste. Comment pouvons-nous être tenus pour responsables d'avoir enfreint les règles si on n'a pas commencé par nous dire ce qu'elles sont. Nous cheminons dans un monde qui nous est étranger et sommes frappés par la foudre. Alors, seul le secours d'êtres purs peut nous venir en aide. N'est-ce pas ce que nous enseignent les histoires ? Et ce n'est pas uniquement nous-mêmes que nous bousillons, c'est le monde entier car rien n'existe indépendamment du reste.

Il s'arrêta et la scruta comme s'il attendait son approbation. Devant son silence, il reprit :

— Voilà ce que j'ai appris des Indiens. Chaque atome est inextricablement lié à tous les autres et si nous bousillons la moindre parcelle, nous bousillons tout l'ensemble. Il nous faut ensuite rétablir l'équilibre d'une manière ou d'une autre, faire des offrandes et nous concilier les seules forces qui puissent nous secourir, comme les Indiens ont toujours su qu'il fallait le faire. Les esprits nous guident.

Elle contempla sa silhouette ramassée sur elle-même, puis la rivière.

— On dirait un mélange de Black Elk et de l'Ancien Testament, Robert.

Il rit.

— Tu dois avoir raison. Eh bien, chacun a des traditions orales.

Elle observa le cours d'eau un moment puis dit :

— Alex va organiser un service de l'Eglise des Premiers Américains chez nous. Il t'inviterait peut-être si je lui demandais. Tu pourrais apprendre beaucoup de choses.

— J'aimerais bien.

Il s'adossa davantage à la pente. La lumière mouvante projetait des ombres sur son visage.

— Tu es remarquablement belle, Abby, dit-il doucement. Je ne veux pas dire seulement extérieurement, mais totalement. Ton regard semble venir d'une grande profondeur et fixer le lointain.

Elle l'observa avec une expression de surprise. On ne voyait pas ses yeux.

— Merci.

— Est-ce que ça te dirait de dîner avec moi un de ces jours ? Ce serait agréable de parler à nouveau. Je n'ai rencontré personne à l'université avec qui je pourrais parler... ton père excepté, bien entendu.

Elle se leva, fit tomber de son pantalon les aiguilles de séquoia piquantes.

— Ce serait avec plaisir un de ces jours. Mais il faut que

je rentre maintenant. Mon père attend mon retour. Il ne va pas tarder à partir à ma recherche.

Il se leva à côté d'elle.

— En ce cas, je te téléphonerai.

— Alors comme ça, tu n'as qu'à suivre la rivière pour rentrer chez toi ?

Il acquiesça.

Elle ramassa sa canne à mouche.

— Ça a été une agréable coïncidence de te rencontrer, dit-elle.

Robert sourit :

— Certains croient que les coïncidences n'existent pas, que tout fait partie d'un plan. Sois prudente en rentrant chez toi. J'admire une femme qui, comme toi, peut aller seule dans les bois, surtout après tout ce qui s'est passé. Beaucoup de femmes auraient peur.

— Beaucoup d'hommes auraient peur aussi. Bon retour, Robert.

Il la regarda escalader la pente, déclenchant dans son sillage de petites avalanches de feuilles et de brindilles. Lorsqu'il cessa de la voir, il fit demi-tour et entreprit de suivre le cours de la rivière pour rentrer chez lui, tête baissée, perdu dans ses pensées.

24.

On découvrit le jeune couple dans une cabane de montagne, une mère et sa fille dans une autre. Dans le parc naturel, une centaine de mètres au-dessous du panorama du Jardin d'Eden, quatre adolescents jonchaient le sol autour de leur campement dans des poses inconfortables, comme si un vent violent les avait éparpillés telles des graines.

La pleine lune se leva, blanchissant la pelouse et la petite maison. Depuis la crête, à l'ouest, l'immense ombre se dressa de toute sa hauteur, obscurcissant un coin de l'habitation, les séquoias denses et la pente qui descendait vers la baie, effaçant les vagues qu'illuminait la lune.

25.

Le joueur est là, accroupi dans la clairière. Les yeux d'Onatima embrassent la forêt dense, les troncs d'arbres étrangement rectilignes qui semblent cousus sur le rideau de la nuit. Elle respire l'air âcre et voit le visage éclairé comme par des flammes. Elle crispe sa main sur la bourse accrochée à son cou et entend la rivière, toute proche de la caravane argentée, qui s'enfonce dans les ténèbres.

Que veux-tu, vieil homme ? demande-t-elle, perdue dans son propre rêve pour la première fois depuis sa jeunesse. L'air est mordant et terriblement froid. Elle sent son sang se figer.

Les yeux du joueur sont aussi foncés que la cape couleur corbeau qui l'enveloppe, ses lèvres serrées. Il tend les mains devant lui, montrant les os, l'un clair, l'autre sombre.

Ton monde a disparu, vieil homme, dit-elle, et ses paroles prononcées d'un ton égal sont lourdes comme la pierre. Tes enfants t'ont quitté, Grand-père. Tu devrais dormir. Et elle capte sa haine farouche qui vibre dans l'air nocturne alors qu'il entonne un chant en remuant les mains, la fixant dans les yeux.

Ça ne sert à rien, dit-elle. Ça ne sert à rien, et les mots ressemblent à un chant. Nous ne pouvons pas t'aider. Tu ne peux regagner ce monde-là, Grand-père. Elle secoue la tête en réponse aux mains qui ondulent, et refuse de parier. Nos mondes ont disparu, vieil homme.

La nuit devient encore plus froide. Elle sent le poids de la mort dans l'atmosphère et ferme les yeux. Elle perçoit un soudain mouvement précipité et elle marche maintenant à travers des graminées mortes qui ploient jusqu'à ses genoux et forment un tapis enchevêtré.

Au-dessus de sa tête, une colombe lance des appels répétés et elle entend un bruit assourdi d'ailes de pigeon. La piste des cerfs serpente entre arbres et buissons, traverse des terrains couverts de frondaisons et de feuilles mortes humides qui amortissent ses pas. Elle s'apprête à faire demi-tour lorsqu'elle perçoit un son ténu, juste devant elle.

En quelques minutes elle y parvient. Au centre d'une clairière plane, à peine plus grande que sa caravane, se dresse une souche noire et massive. Accroupi au pied de la souche, le joueur.

Le chant du pari emplit la clairière de sons si faibles et indistincts qu'on pourrait le prendre pour le vent à la cime des arbres. Mais elle le sent qui la pénètre jusqu'à la moelle, vibration qui entre en elle, puis passe dans la terre, puis de vibration se retransforme en son.

Elle s'approche, une main sur la bourse pendue à sa lanière en cuir, entre ses seins, et lorsqu'elle peut tendre le bras pour caresser les cheveux noués, passer la main sur la moustache et la barbe drues et peintes, suivre d'un doigt la ligne de séparation entre noir et blanc qui va des cheveux noués au pénis flasque, elle s'assied sur le sol. Elle replie ses jambes sous elle, pose ses mains jointes sur ses genoux et garde les yeux sur le joueur, sans battre des paupières.

La tête suit le rythme du chant, de haut en bas, d'avant en arrière. Les yeux regardent à travers elle, au-delà du cercle d'arbres, au-delà des poings fermés, ce sont des oiseaux dans leur vol en boucles, des saumons dans des rivières qui ne coulent plus depuis un siècle, des oiseaux de nuit.

Elle sort d'une poche de sa chemise un lambeau de lainage rouge, un carré de huit centimètres sur huit qu'elle place devant le joueur. *Immisa,* dit-elle. Une offrande. Ses lèvres désignent la main droite du joueur. Je viens de loin, Grand-père.

Les mains s'immobilisent, et les yeux du joueur sortent du vague et se posent sur elle. Ses deux mains s'ouvrent. L'os peint est dans le creux de la droite, l'os blanc dans la gauche.

Elle entend les cris, les piétinements précipités, voit le verger plongé dans l'obscurité et la mort.

Santísima Trinidad. Dios, Jesu Cristo, Espíritu Santo. Los padres españoles eran muy crueles con los indios. Un feu et des danses. Jesús la muerta, para siempre... eran muy crueles. Et elle vit les rivages où pullulaient grands ours et oiseaux aux cris perçants, les nuées d'oies au-dessus des marais, les cervidés disséminés par les prairies, le peuple des antilopes et les poissons d'argent bondissants. Et le vieux prêtre fouettant avec ses lanières de métal le désir et la mort consommés... Trois fois ils l'ont appelé, los neófitos. Padre Quintana. D'une blancheur livide, elle fila au-dessus de la large baie où de grands poissons plongeaient, inexplicable merveille, leurs dos sombres arqués à la surface de l'océan. Et l'y ont pendu. Eran muy crueles. Le sang versé s'unit à la terre comme les racines déployées des grands arbres. Il a apposé ses lèvres sur les dos ensanglantés, ses mains sur le corps dur et indivisible.

Le jeu de l'os.

Et dans la profondeur des ombres elle entend les rivières danser et chanter comme elles ne l'ont pas fait depuis trois siècles, l'élan divin...

Elle pleure et pense à l'autre joueur. Le désir et la mort. Le jeu de l'os. Elle est seule dans la petite caravane, la nuit se referme.

— Il veut son monde, murmure-t-elle.

26.

Ils roulèrent une heure en silence. Hoey observait la lune qui se levait derrière des lambeaux de nuages chargés d'humidité. Le vieil homme était appuyé contre le dossier, le chapeau rabattu sur les yeux.

Ils arrivèrent à un relais poids lourds avec un immense panneau électrique sur lequel se déroulaient des publicités lumineuses. Hoey s'arrêta aux pompes à essence et fit le plein de carburant, d'eau et d'huile. D'énormes semi-remorques sortaient en haletant de l'autoroute avec leurs freins à air comprimé qui chuintaient et Luther resta assis sans bouger, le visage abrité sous son chapeau.

Une fois qu'ils furent repartis et que les lumières du relais eurent disparu, Luther dit, sous son couvre-chef :

— La ville dont Robert Jim a parlé n'est plus loin. Il faut que nous y passions.

— L'autoroute passe juste à hauteur de Gallup, Oncle Luther.

Celui-ci se redressa et souleva son chapeau. Dans le haut faisceau des phares d'un dix-huit roues qui fonçait sur eux, ses cheveux étaient tout illuminés.

— C'est là, dit-il en montrant du doigt un flot de lumières au loin. On va juste la traverser et y jeter un coup d'œil.

Hoey détourna les yeux pour échapper à l'éclat éblouissant des phares dans le rétroviseur et soupira :

— Peut-être qu'on devrait chercher une chambre pour dormir un peu.

Luther se tourna pour bien regarder son neveu, et son visage ne portait aucune trace d'amusement. Il reprit sa position et désigna une rampe de sortie.

— C'est une bonne idée. Autant prendre celle-là.

— Je ne sais pas qui est le plus fou, de toi ou du vieil homme de tout à l'heure, fit Hoey en freinant pour quitter l'autoroute et prendre un souterrain.

La voie décrivait une courbe pour continuer parallèlement à l'autoroute et, deux minutes plus tard, ils furent en ville, longeant des boutiques pour gens de passage, des stations-service, des motels avec cactus clignotants et coiffes de plumes. Hoey se rendit compte que son oncle devenait tout à fait vigilant lorsque l'ancienne grand-route les eut amenés au cœur de la ville où la circulation se fit soudain dense et ralentie, voitures et camions semblant se déplacer comme dans un rêve. Ils commencèrent à passer devant des officines de prêteurs sur gage aux vitrines avec des portraits et des motifs indiens, condamnées par des barreaux. Alentour, des bars s'alignaient des deux côtés de la rue, chacun possédant son enseigne lumineuse et une entrée sombre en retrait. Des silhouettes inclinées y pénétraient et en sortaient, d'autres trébuchaient dans les allées étroites qui séparaient les bâtiments.

— Gare-toi là-bas, dit Luther en montrant une place libre le long du trottoir au milieu d'un pâté de maisons. On va faire un petit tour à pied comme Robert Jim nous l'a suggéré.

— Tu es fou, Oncle ?

Hoey se rangea le long du trottoir et se tourna vers le vieil homme.

— Y a des gens ici qui te trancheraient la gorge rien que pour le chapeau que tu portes.

Luther le prit sur ses genoux et le plaça avec soin sur sa tête.

— Ces Indiens-là ont de plus beaux chapeaux que le

mien. Tu pourrais peut-être rester dans le camion un moment. Le protéger des Indiens, peut-être.

Il ouvrit la portière, fit pivoter ses jambes doucement vers le trottoir.

— Verrouille la portière, dit Hoey. Laisse tomber. Elle se verrouille pas.

Lorsqu'ils furent tous deux sur le trottoir, Luther exécuta lentement un tour complet sur lui-même, observant avec attention dans toutes les directions.

— Le Teepee Room, lut-il sur une enseigne de l'autre côté de la rue. Ça doit être un bar d'Indiens.

— Je crois que ce sont tous des bars d'Indiens. Tu vas nous faire tuer. (Hoey vint se placer aux côtés du vieil homme.) Cette ville, elle s'est enrichie en tuant des Indiens.

— C'est une ville riche, ça ?

Luther regarda un jeune homme aux cheveux noirs allongé sur le côté contre un mur, un sac en papier dans une main et des traces de vomi sur la manche.

— Ces magasins de gages, expliqua Hoey, c'est des Blancs riches vivant dans les collines qui tiennent ces commerces. Ils sont aussi propriétaires des bars. Comme ça, ils ramassent tout.

Deux hommes portant des chapeaux de cow-boy se penchaient sur une femme dont les cheveux noirs descendaient jusqu'à la taille. Le trio avait une posture étrange à l'angle d'un bâtiment. Un lampadaire projetait leur ombre contre le mur.

— Ecoute.

Luther s'était arrêté, visage levé, yeux clos. Hoey perçut les échos lointains des battements d'un tambour et d'un chant. Luther reprit sa marche, la tête dressée comme s'il suivait les sons à la trace.

Hoey allongea le pas pour ne pas se laisser distancer par le vieil homme aux longues jambes. Le tambour et le chant devinrent plus distincts. Finalement, Luther fit halte à l'entrée d'une ruelle et tous deux scrutèrent les ténèbres, dans l'espace enserré par des bâtiments d'un étage.

A mi-distance, un homme tapait de ses deux poings sur un baril d'huile. Des flammes s'échappaient d'un deuxième baril, à proximité, rougissant le torse nu de l'homme, son visage en sueur, et frangeant de lumière l'extrémité de ses longs cheveux. Les vibrations de tambour se réverbéraient contre les murs tout proches et l'homme interprétait un refrain nasal et aigu, quelques sons qui se répétaient interminablement. Son visage était brûlant, comme si la chair elle-même avait pris feu et se consumait. Puis il se mit à danser, tournant le dos au feu, levant ses pieds nus, coudes écartés, avant-bras et poings ramenés vers le bas, tout près de son corps, dos arrondi, tête penchée vers le sol. Chaque fois qu'il levait haut le pied et le laissait retomber en silence, il commençait à décrire un cercle, les coudes sortis, les poings serrés, la tête s'agitant près du sol.

— Il chasse, là, expliqua Luther qui fit demi-tour et revint vers le pick-up.

Hoey observa un long moment l'ombre qui dansait et le feu. A l'autre extrémité de l'allée, une fenêtre du premier étage s'illumina tout à coup puis replongea dans l'obscurité. Sous la fenêtre, se détachant un instant, apparut ce qui ressemblait à un homme avec une tête de coyote. Pris d'un sentiment proche de la terreur, Hoey concentra son regard sur la zone d'ombre où il avait aperçu cette silhouette. Une main lui empoigna le biceps.

— Celui-là, nous ne pouvons pas l'aider, déclara Luther.

Hoey se détourna et suivit son oncle en direction du pick-up. Dans son esprit, la silhouette au fond de l'allée se mua lentement en celle d'un homme au visage et au torse nus dont le front et les épaules étaient drapés d'une peau de coyote. Il sentit un frisson glacé courir dans son dos et se hâta pour accorder son pas à celui de Luther.

— Le Teepee Room, dit le vieil homme. Allons-y. Je crois que nous avons bien besoin d'une bière.

— Tu ne bois pas, fit Hoey.

Luther le regarda en plissant les yeux.

— Mais toi, oui.

La porte du bar matelassée de vinyle s'ouvrit vers l'extérieur et deux jeunes gens sortirent en chancelant, se tenant mutuellement par l'épaule. Tous deux portaient des chapeaux noirs à calotte haute avec une plume de rapace passée sous le ruban, tous deux avaient un grand sourire et ricanaient.

Hoey s'écarta pour les laisser passer dans leur marche titubante, mais en voyant Luther ils s'immobilisèrent et pivotèrent pour lui faire face.

— Hé, Grand-père, dit celui qui avait les cheveux longs. Tu t'es trompé de chapeau.

Il se tourna vers son ami :

— Il s'est trompé de chapeau.

— Trompé de chapeau ? répéta l'autre d'un ton morne, et son sourire s'effaça derrière un froncement de sourcils perplexe.

Hoey remarqua que celui-là avait les cheveux coupés court qui lui dégageaient les oreilles, de sorte qu'elles dépassaient de manière comique sous son chapeau.

— Y doit être ute, dit le plus ivre des deux. Un chapeau ute.

— Nous sommes chahtas, corrigea Luther en les dévisageant. Et nous sommes vos anciens.

— Pas mes anciens à moi, vieil homme, reprit celui qui avait les cheveux longs mais l'autre retira son bras des épaules de son compagnon et le saisit par le coude.

— La ferme, Raymond, ordonna-t-il d'une voix dure.

Il adressa un signe de tête à Luther :

— Je suis désolé, Grand-père. Mon frère a bu.

Luther hocha la tête et Hoey intervint :

— Dans ce cas, vous feriez mieux de ramener votre frère chez vous.

Les deux jeunes se tournèrent vers lui comme s'ils venaient de le remarquer. Ils le dévisagèrent un moment puis se souvinrent des convenances et détournèrent le regard. Immédiatement, celui qui avait les cheveux courts pressa son frère de battre en retraite sur le trottoir en titubant.

Hoey en entendit un qui murmurait :

— T'es pas un peu fou, non ? Putain, t'as pas vu, ou quoi ?

Luther les suivit des yeux un instant puis tira à lui la porte capitonnée et l'ouvrit. A l'intérieur, le bar était bondé d'Indiens, des grands et des petits, certains avec de longues nattes ou des cheveux noirs qui pendaient librement, d'autres avec les cheveux coiffés en arrière ou en brosse. On entendait des accents nasillards de musique country et, dans l'atmosphère bleue, des hommes et des femmes fumaient, levaient des bouteilles à long goulot et s'interpellaient. A une table de billard, un grand costaud avec des tresses et un tee-shirt noir sans manches était penché dans la préparation d'un coup. Un jeune homme qui avait plusieurs doubles mentons et un énorme ventre se tenait sur le côté, une queue de billard dans la main droite tandis que, de la gauche, il se grattait sous sa chemise de flanelle. Sa tête rasée se tourna très lentement pour observer les deux hommes qui venaient d'entrer puis revint à la table de billard.

Luther observa la scène. Ses yeux se posèrent un instant sur un groupe de quatre jeunes femmes, serrées dans un box étroit, qui gloussaient et fumaient. Elles le regardèrent du coin de leurs yeux outrageusement fardés puis se blottirent les unes contre les autres avec des rires aigus.

— Tu as envie de t'asseoir, Grand-père ?

Un petit homme trapu qui portait une veste de cuir noir et dont les longs cheveux tombaient librement se tenait devant eux, un sourire d'un blanc éclatant dans son visage cuivré.

— Oui, Petit-fils, répondit Luther en hochant la tête.

Derrière son oncle, Hoey parcourut la salle des yeux afin de trouver une table disponible, en vain. Il s'aperçut que le barman les examinait. Grand, la peau claire et le cheveu court clairsemé, il portait des petites lunettes de soleil foncées posées devant ses yeux comme des pièces de monnaie. Ses lèvres charnues semblaient avoir une teinte bleutée et il y passa la langue tout en les observant.

— Excusez-moi.

L'Indien aux larges épaules se retourna et se dirigea vers une table proche où trois hommes et une jeune femme étaient assis à siroter leur bière en évitant de regarder Luther et Hoey. Pendant que son oncle scrutait la salle, Hoey vit le groupe se lever et, emportant les bouteilles, se diriger vers le fond de la salle. La femme surveillait Luther du coin de l'œil.

— Quelques-uns de mes amis se préparaient à partir, dit l'homme en leur montrant la table du bras. Bienvenue à Gallup, mes grands-pères. C'est un long voyage que vous faites.

Il sourit, repartit et, à ce moment-là, Hoey sentit un frisson le parcourir.

Ils s'installèrent à la table ronde et aussitôt une serveuse grassouillette posa deux bouteilles devant eux. Quand Hoey porta la main à sa poche, elle secoua la tête et fit un geste vers l'arrière du bar.

— Il a déjà payé, dit-elle avec une rapide esquisse de sourire avant de ramasser deux bouteilles vides et de retourner au comptoir.

Hoey avala une longue gorgée et considéra Luther qui posait son regard tout autour de lui.

— Qu'est-ce qui se passe, ici, Oncle Luther ?

Luther concentra son attention sur la bouteille devant lui, la fit tourner entre le pouce et l'index.

— Nous ferions mieux de partir, Hoey, annonça-t-il. Y faut qu'on se lève vraiment tôt.

Hoey reposa la bière et se passa la main sur le front.

— De toute façon, je n'ai pas envie de boire de bière, dit-il.

Luther se leva, se dirigea vers la porte d'un pas si faible, si traînant, que Hoey le prit par le coude.

Sans mot dire, le vieil homme appuya sur la porte de vinyle, mais celle-ci refusa de bouger avant que son neveu, d'une main, lui eût donné une poussée.

Une fois dehors, Luther décrivit un demi-cercle pour observer la rue dans les deux sens et dit, d'une voix remplie d'étonnement :

— Je ne savais pas, Hoey. Je ne m'en suis jamais douté. C'est ici que cela commence.

— Qu'est-ce qui commence ?

— On va prendre ton camion pour trouver un endroit où dormir, reprit Luther en s'avançant précautionneusement vers le Dodge. Il doit bien y avoir un hôtel indien dans une ville comme ça.

Ils montèrent dans le véhicule, suivirent la rue principale et, lorsqu'ils s'arrêtèrent à un feu rouge, Luther leva une main et pointa le doigt à travers le pare-brise.

— Regarde. C'est comme le nom de ton fils. Coal Avenue.

Hoey suivit la direction indiquée par le doigt osseux.

— Mais ça s'écrit autrement.

— C'est une indication, Hoey.

— Ça indique juste le nom de la rue.

— Pourquoi pas l'un de ceux-là ? demanda Luther en désignant de la main quelques enseignes de motels peu éclairées qui ponctuaient l'alignement des bars et des prêteurs sur gages.

Hoey secoua la tête à nouveau.

— Ceux-là, ils louent les chambres à l'heure.

— Ça nous irait peut-être, Hoey. Il est tard et il faut qu'on se mette en route très tôt, alors on pourrait peut-être en prendre une pour trois ou quatre heures.

— Je crois qu'il y en avait des mieux à l'est de la ville.

27.

Ils quittèrent le motel une demi-heure avant le lever du soleil et remontèrent dans le pick-up.

— Il me faut du café, déclara Hoey pendant que le camion reprenait vie en hoquetant.

Luther finit de se passer un peigne dans les cheveux puis leva les deux bras pour se faire une queue de cheval.

— On va en trouver bientôt.

— Il y avait une aire de repos, à l'entrée de la ville. Ils sont sûrement ouverts.

Hoey fit marche arrière, tourna et reprit la rue déserte vers l'autoroute. Les lampadaires à la sulfureuse clarté orangée jetaient des ombres sur les façades mortes des bars et des motels.

— C'était un hôtel indien, dit Luther. Le gérant, hier soir, il a dit qu'il était indien.

— Il t'a dit qu'il était originaire des Indes, Oncle Luther. C'était un Indien venant des Indes.

— Il ressemblait à l'aîné des fils Pike, là-bas à Satartia. Les Pike, c'est un mélange de Chickasaws et de Cajuns. C'est agréable de rouler vers l'est à cette heure du jour, pas vrai ?

— De la nuit, corrigea Hoey. Voilà le relais routier. C'est ouvert.

Une fois que Hoey fut entré dans l'établissement puis en fut ressorti avec deux gobelets de café, ils continuèrent à rouler vers l'est pour rejoindre l'autoroute, atteignant rapidement la limite de la ville où les immeubles cédaient la place à de hautes herbes et de maigres buissons de part et d'autre de la chaussée. Au nord, un large arroyo dont les berges s'éboulaient creusait une entaille profonde vers de lointaines voies ferrées. Cinq cent mètres plus loin, de l'autre côté des rails, de rares véhicules circulaient sur l'autoroute dans la lumière indécise.

Hoey conduisait lentement, observant la clarté grandissante de l'aube, respirant l'air frais et odorant en dépit des vitres fermées. Une brume s'élevait des herbes et stagnait le long de la route droite déserte. Hoey sentit le vieil homme se crisper et, lorsqu'il quitta la route des yeux pour regarder son oncle, il le vit, assis très raide, comme s'il prêtait l'oreille, le café à mi-chemin de sa bouche.

— Tu ferais bien de t'arrêter là, dit-il doucement en montrant un refuge en bordure de chaussée avec son café. Il va se passer quelque chose.

Hoey quitta la route pour le refuge.

— Gare-toi dans l'axe de l'autoroute, qu'on puisse observer.

Hoey braqua lentement pour se trouver parallèle aux voies de circulation et coupa le moteur. Le camion fut secoué d'un tremblement et se tut.

— Observer quoi ?

Luther goûta le café et recula rapidement les lèvres, gardant les yeux fixés sur l'extérieur.

— Je ne sais pas, neveu. Fais attention. Ce café est vraiment brûlant.

Il tint le gobelet à hauteur de sa bouche et souffla dessus avant de parler.

— Jobe, lui, il le verse dans une soucoupe pour qu'il refroidisse, et après il le boit à même la soucoupe.

— Si tu n'expliques pas ce que nous attendons, vieil homme, je remets le moteur en marche et je repars immédiatement vers la Californie.

Luther avait le regard braqué à travers le pare-brise.

— En réalité, Hoey, on y va pas tout de suite, en Californie. Regarde.

Ils observèrent une lumière bleue qui venait de l'est, s'élevait lentement au-dessus du sol, recouvrait les rochers rouges et les arbres rabougris sur le versant, au sud de la route, se déversait telle de l'eau dans l'arroyo déchiqueté de l'autre côté. Des formes indistinctes semblables à des fantômes commencèrent à émerger de l'herbe jonchée de détritus et des buissons qui frangeaient l'asphalte.

— Je crois que Robert Jim voulait que nous voyions ça, dit tranquillement Luther.

A quinze mètres d'eux, un homme sortit des buissons, sa longue chevelure noire brillant d'humidité, et malgré la faible lumière, ils virent que ses traits étaient vides et affaissés tandis qu'il regardait autour de lui, comme s'il essayait de se souvenir d'une chose irrémédiablement perdue.

— Des ivrognes, dit Hoey. Quand ils quittent les bars, ils ne vont pas plus loin.

— Oui, répondit Luther tout bas. Ils s'imaginent qu'ils rentrent chez eux. Maintenant, regarde.

Une camionnette noire avançait lentement sur la route, près de l'accotement. A une centaine de mètres, une forme humaine se dressa dans l'herbe en vacillant et Hoey distingua une silhouette féminine. La portière latérale de la camionnette s'ouvrit, deux hommes solides bondirent à l'extérieur, se saisirent de la silhouette éthérée, la tirèrent vers le véhicule. La jetant à l'intérieur, ils y sautèrent à leur tour et claquèrent la portière. La camionnette s'éloigna rapidement sur l'autoroute.

— Ce sont eux les sorciers, dit Luther.

— Ils enlèvent cette femme.

Hoey tendit son gobelet à Luther et démarra. Les roues patinèrent au moment où le Dodge braquait sur l'asphalte pour revenir vers la ville.

— Il faut qu'on prévienne la police.

Un gobelet dans chaque main, Luther tourna la tête pour regarder par-dessus son épaule plusieurs ombres encore debout dans les herbes, toutes tournées du côté où la camionnette était partie. Avec la lumière du soleil qui gagnait depuis l'est, il quitta le pick-up, s'envola au-dessus de la terre ocre et des rochers rouges en direction des canyons, s'éleva jusqu'à un relief d'un noir bleuté, à l'est, et jusqu'aux quatre montagnes sacrées, à l'ouest. Dans le désert du haut pays, des kilomètres au nord, une habitation ronde était tapie sous une fine couche de neige, la fumée de pin pignon et de genévrier traçant ses volutes dans l'air. Un vieil homme et une vieille femme se tenaient devant l'habitation, les yeux rivés vers l'est, humant l'aube grise et écoutant. Deux chevaux rouans arpentaient un corral proche de la maison. De la vapeur sortait de leurs naseaux, et un chien de berger noir et blanc rôdait le long de la barrière du corral. Quinze cents mètres plus loin, deux aigles royaux se laissaient porter le long des parois du canyon par les courants d'air ascendants, scrutant la terre quiète où coyote faisait halte, langue pendante, secoué par le rire. L'air était doux, empreint de l'odeur du genévrier et de la sauge. La neige soulignait les strates rouges et jaunes des flancs du canyon.

— Ça servira à rien, dit Luther. De prévenir la police.

— Qu'est-ce qu'on peut faire d'autre ?

— Continuer notre route.

— On peut téléphoner du relais routier, proposa Hoey en entrant sur le parking du café.

Luther secoua la tête.

— Les sorciers se sont emparés de cette femme. La police se fiche pas mal des Indiens. Cette ville est peuplée d'Indiens ivres. En te regardant, ils verront que tu es indien, toi aussi. Sang-mêlé ou Indien de sang pur, c'est du pareil au même.

Hoey considéra son oncle pendant une longue minute.

— Il faut que nous fassions quelque chose, finit-il par dire.

— Nous sommes censés essayer d'arriver en Californie, expliqua patiemment le vieil homme. Onatima y est déjà.

— Tu dis n'importe quoi.

Hoey passa sur son front la main qui ne tenait pas le volant puis dit :

— Je commence à en avoir rudement assez de ne pas savoir ce qui se passe.

— J'en sais rien non plus, Hoey. Coyote est là-bas, à se moquer de nous, je viens de le voir.

— Est-ce qu'ils vont la tuer, cette femme ? demanda Hoey sans grand espoir en démarrant une fois de plus.

Luther but une petite gorgée de café.

— Ils l'ont déjà tuée un milliard de fois au moins.

— Il y a quelqu'un pour arrêter ces types ?

— Je pense que ça peut être nous.

28.

Alex freina à mort pour éviter la BMW qui surgit d'une route transversale droit devant eux.

— *Chinga tu madre, pendejo,* dit-il tout bas.

Se tournant vers Robert, il ajouta :

— L'espagnol est une langue parfaite pour jurer. L'ennui avec la langue navajo c'est que nous n'avons pas de mots comme ça. Et ça paraît trop cru en anglais, tu ne trouves pas ? Regarde la plaque d'immatriculation.

Robert se pencha et lut tout haut les lettres :

— U R O K 2 B U[1].

— Je préfère encore être en vie. Ce sale con a failli nous tuer.

Alex, la tête rentrée dans les épaules à l'intérieur de son gilet en peau de mouton, ajouta :

— Jette un coup d'œil à l'autocollant du pare-chocs.

— Un bienfait n'est jamais perdu, lut Robert avant que la BMW ne disparaisse dans un virage serré.

— Ça résume tout, Robert. Les mots ont cessé d'avoir un sens dans le monde occidental. Le sens de la responsabilité n'existe plus.

Les séquoias, des deux côtés de la route 9, se refermaient pour emprisonner la chaussée sinueuse à deux voies. Tous

1. U R O K 2 B U, « You are O.K. to be you », vous êtes quelqu'un de bien. (*N.d.T.*)

les cinq cents mètres, de frêles cascades tombaient d'anfractuosités dans la paroi au-dessus d'eux et disparaissaient dans des conduits sous le bitume. Robert se pencha vers la vitre latérale, essayant de voir en contrebas la rivière San Lorenzo dans la profonde vallée dominée par la route.

La Volvo cahota en franchissant des rails et Robert montra une piste qui grimpait sous les arbres le long de la voie ferrée.

— On peut suivre cette piste pour rejoindre le campus, dit-il. Elle débouche sur le côté nord.

Alex approuva d'un sourire.

— Tu connais à fond la région où tu vis, hein, Robert ? Je parie que tu connais tous les sentiers de cette petite chaîne.

— Je crois que oui. Il existe des kilomètres et des kilomètres de chemins qui partent du campus et qui vont jusqu'au Grand Bassin, à trente kilomètres au nord. Presque personne ne les utilise.

— Où es-tu né, Robert ?

— Ici. J'ai toujours vécu ici. Mes parents y sont nés.

Alex hocha la tête.

— Chacun devrait connaître le paysage de ses rêves, pas vrai ?

— De ses rêves ?

— Abby t'a parlé de la cérémonie du peyotl.

Robert fit signe que oui :

— Elle m'a dit que tu me laisserais peut-être me joindre à vous.

— Te joindre à nous ? Voilà une façon intéressante de s'exprimer.

Alex se tourna complètement vers Robert pendant un instant, avec un visage sérieux.

— Abby pense que ça pourrait te faire du bien. Tu es d'accord ?

Robert hocha la tête.

— Oui, je crois.

— C'est un service de l'Eglise des Premiers Américains,

Robert. Pourquoi aurais-tu envie de prendre part à un service religieux indien ?

— Je désire m'instruire. Les Amérindiens ont beaucoup à nous enseigner, à tous.

— Comme par exemple ?

— Comment vivre en harmonie avec l'univers, avec notre environnement.

— T'as déjà vu une réserve, Robert ? Vas-y, un de ces jours, et tu verras des carcasses de voitures, des arroyos pleins de réfrigérateurs démolis, de bouteilles cassées, de boîtes de conserve... exactement la même misère sordide qu'ailleurs, peut-être pire. Pas très harmonieux, tout ça.

— Tu sais que ce n'est pas pareil, répondit Robert. Tu me mets à l'épreuve. Ça, c'est la pauvreté, c'est la même chose partout. Je parle de la façon de considérer l'univers. Ce que je veux dire, c'est que les Ohlones ont vécu tout autour de la baie de Monterey pendant peut-être dix siècles sans détruire leur environnement, mais regarde ce que nous autres Blancs nous avons fait en tout juste deux siècles. Cette rivière, en contrebas, était pleine de saumons et de truites arc-en-ciel il y a cinquante ans et maintenant elle est morte. Les Amérindiens savent vivre en maintenant l'équilibre, ils acceptent leur responsabilité vis-à-vis de leur environnement.

— Les adolescents amérindiens ont le taux de suicide le plus élevé du monde entier, Robert, cent fois plus important que chez les adolescents blancs.

— C'est parce qu'ils ont perdu la voie, répondit Robert d'un ton égal. Ils ont perdu l'enseignement sacré des anciens.

Alex lâcha un soupir. Ils dépassèrent un grand panneau jaune avec un point noir au centre qui annonçait le Point Mystérieux, un endroit de Santa Cruz où les lois de la nature sont chamboulées, où les arbres poussent perpendiculairement au versant de la montagne et où l'eau remonte la pente.

— La cérémonie du peyotl n'est pas une distraction, Robert. Tu en as bien conscience ?

— Absolument.

— Il faut l'aborder avec le cœur sincère et respectueux.

Robert fit oui de la tête.

— Je comprends.

— Le chef du peyotl sait que rêves et réalité ne font qu'un, Robert. Cela peut être dur.

Alex gardait les yeux sur la route sinueuse.

— Tu peux me laisser devant cette allée, annonça Robert en désignant une boîte aux lettres devant une grande porte de jardin faite de barres de fer noires.

A travers les arbres, Robert pouvait distinguer le contour imprécis d'une vaste maison, et comme s'il répondait à une question, Robert précisa :

— Ma cabane est derrière la maison, en bas, sur la rivière.

Tandis qu'il ouvrait la portière et sortait, Alex lui dit :

— Tout le monde sera content que tu viennes assister à la cérémonie, Robert. Abby t'indiquera la date.

— J'en serais heureux. Et merci de m'avoir raccompagné.

— C'était avec plaisir. Et souviens-toi, Robert. Tu es quelqu'un de bien.

Pendant quelques secondes, Alex resta assis dans la voiture, regardant Robert qui franchissait la grille et disparaissait le long de l'allée pavée.

29.

Le temps que le bruit de la voiture d'Alex ait disparu, Robert se tenait en équilibre sur un pont suspendu. Constituée de planches brutes de séquoia de cinq centimètres sur vingt clouées verticalement, la petite habitation était posée sur une plate-forme qui surmontait une souche de séquoia. Une cheminée en fer-blanc sortait de guingois d'un toit de bardeaux et les petites fenêtres, dans chacun des murs, ressemblaient à des carrés noirs dans la pénombre de la forêt. Un cours d'eau peu profond se divisait pour contourner la souche, et le pont de cordes et de planches enjambait trois mètres de vide pour aboutir devant sa porte.

Il s'arrêta devant une note punaisée au châssis de la porte et la fourra dans sa poche.

— Il faut que je surveille la maison du beau monde, dit-il tout haut en se parlant à lui-même.

— Du beau monde ?

Il pivota brusquement vers la voix. Une jeune femme brune sortit de derrière une haie, bras croisés sur son tee-shirt, avec un sourire provocant.

— Salut, Brett, dit-il. Une petite plaisanterie qui sort tout droit de *Huckleberry Finn*.

— Je sais. On l'a étudié l'an dernier.

Il changea de position, redressa les épaules. Fille du riche voisin, elle l'avait vu construire sa cabane l'été précédent.

— Joan et Peter sont partis skier, dit-elle en parlant de ses parents comme s'il s'agissait de voisins.

— Où sont les jumelles ?

— A la maison. Je les garde pendant le week-end.

— Toute seule ?

D'un air écœuré, elle répondit :

— J'ai seize ans, au cas où tu ne t'en serais pas rendu compte.

Il regarda la vaste maison grise avec sa grande pelouse bien tondue et son court de tennis. Ils l'avaient autorisé à raccorder un tuyau PVC sur un point d'eau du jardin, et à utiliser les toilettes et la douche à côté du court de tennis. Pour avoir de l'électricité, il s'était branché sur une boîte de dérivation du tennis, avait fait passer un fil sous le pont jusqu'à la cabane. Excepté de l'arrière de la demeure, la petite habitation était totalement dissimulée au monde extérieur.

— Je ne suis jamais entrée chez toi, dit Brett dont les yeux se portèrent sur la porte d'entrée.

— Tu n'oublies pas Ashley et Sarah ? Tu crois qu'il est prudent de les laisser seules ?

— Elles regardent Kermit à la télé.

Il contempla l'eau limpide dont le fond était tapissé de galets rouge et marron, comme des feuilles d'automne. Parfois il passait des après-midi entiers à observer les jeunes truites qui restaient immobiles dans l'ombre de sa maison et les araignées d'eau qui dessinaient des motifs erratiques à la surface. La nuit il demeurait éveillé, imaginant que des ratons laveurs fouillaient les rives à la recherche d'écrevisses. Toute sa vie il avait rêvé d'habiter un endroit de ce genre, un îlot environné d'un mouvement régulier, une demeure suspendue au-dessus du cœur de l'univers, inviolable. Dans l'ombre, il lui suffisait de traverser à gué le cours d'eau peu profond pour découvrir sur l'autre rive des traces de cerfs qui grimpaient vers la chaîne côtière, qui suivaient les canyons du petit cours d'eau et remontaient jusqu'à la ligne de faîte. Quelquefois, la nuit, son cœur se gonflait de tant d'amour qu'il le sentait près d'éclater.

— Entre, l'invita-t-il enfin en admirant l'harmonie parfaite de son jeune visage.

Elle regarda autour d'elle dans la pénombre et s'exclama :

— C'est vraiment super. Et tu as installé tout ça tout seul.

Elle examina la planche qui soutenait son réchaud Coleman à deux brûleurs, s'approcha de la table faite de planches sur laquelle étaient posés son ordinateur et sa lampe de bureau. Elle passa la main sur les touches de l'ordinateur, alla regarder par la petite fenêtre à quatre vitres.

— C'est exactement comme le Robinson suisse[1].

Elle jeta un coup d'œil sur les rayonnages de livres qui couvraient un mur du sol au plafond puis son regard alla plus loin.

— Je voudrais vivre comme toi.

Elle effleura les livres du doigt avec un bruit rythmé :

— Je déteste ma vie

— Tu as une vie merveilleuse. Tes parents t'adorent.

Il se souvint à quel point sa peau paraissait dorée l'été, comme si elle avait absorbé et gardé le soleil après les innombrables heures passées au bord de la piscine.

— Mes parents adorent leur Mercedes. Ils adorent être Joan et Peter. Tu as lu tous ces livres ?

— A peu de chose près.

Elle sourit tristement.

— Je parie que tu écris des poèmes.

Il secoua la tête.

— Un peu.

— Je parie que tu restes allongé la nuit sur ce lit bien fait et que tu composes des poésies. Je peux essayer ton lit ?

---

1. *Le Robinson suisse*, livre d'un pasteur helvétique, Johan David Wyss, dans la lignée de *Robinson Crusoé*. (*N.d.T.*)

Elle croisa son regard et s'assit au bord du cadre en séquoia puis bascula sur la couchette, les bras le long du corps et les jambes étalées sur l'édredon en duvet. La pièce minuscule était emplie de son parfum.

— Ma mère te trouve brillant parce que tu fais semblant d'apprécier sa poésie. Elle pense aussi que tu es homo et je crois que ça la déçoit. Tu la branches.

Elle lui décocha un regard suggestif :

— On parle de toi au dîner. Mon père dit que tu es une inoffensive tapette mais je vois bien qu'il est content que tu vives ici. Comme s'il avait son propre vassal ou quelque chose d'approchant.

— Je ne suis pas homo.

— C'est pas grave. Un de mes meilleurs amis est homo. Enfin, plutôt bisexuel en réalité, parce que je sais qu'il aime aussi les filles, et c'est vrai.

Elle sourit et il vit que sa dentition était parfaite, le genre de dentition que les gens riches font rectifier préventivement, de même qu'ils s'occupent du choix du groupe préscolaire qui convient avant même la naissance du bébé. Des deux mains elle répandit sa chevelure sur l'oreiller.

— Nous formons une famille très bizarre. Je dirais que nous sommes pleins de tensions freudiennes, mais Freud est vraiment dépassé, n'est-ce pas ? Très années quatre-vingt. Parfois, mon propre père me répugne. Parfois, je déteste mes parents.

— Tes parents t'aiment beaucoup, Brett. Tu dois comprendre que leur existence est nerveusement très fatigante. Faire du ski ou avoir une voiture, ce sont des moyens d'affronter le stress. La vie peut être très dure.

— Tu dis des conneries. Tu n'as rien de tout ça. Ta voiture est vieille comme le monde et tu vis comme un des nains de Blanche-Neige au sommet d'une souche. Je m'attends toujours à voir apparaître Dormeur, Grincheux et tous les autres.

Elle repoussa ses cheveux de devant son visage.

— C'était pour rire. J'adore ta maison.

— L'amour entre parents et enfants est très particulier.

Elle fit une grimace.

— Ciel ! Robert, tu te rends compte, quelquefois, de ce que tu dis ? Tu n'as pas besoin de me sortir ce genre de conneries débiles.

Sa grimace se transforma brusquement en sourire.

— Tu n'invites jamais de filles ici, n'est-ce pas ? Je n'en ai jamais vu. C'est pour ça que ma mère pense que tu es homo. Elle espionne.

Ses doigts parcoururent l'avant-bras de Robert sur toute sa longueur. Avec délicatesse, il frôla la joue de la jeune fille du dos de la main. Elle tourna la tête pour lui saisir la main entre ses dents.

En le libérant, elle déclara :

— Tu es doux, pas comme ces maladroits de terminale. Je t'aime bien.

Elle l'attira vers elle et il se laissa aller jusqu'à ce qu'ils s'embrassent, les lèvres de Brett se précipitant sur les siennes puis aspirant sa langue dans sa bouche. Il sentit ses hanches qui commençaient à bouger sous les siennes.

Brusquement il raidit ses bras, poussa dessus pour s'écarter et sauta presque au bas de l'étroite couchette.

— Je suis désolé, mais il vaut mieux que tu partes.

Il ouvrit la porte et demeura sur le seuil, écoutant le cours d'eau et regardant vers l'endroit où les ombres avaient commencé à descendre des grands arbres.

— Tu comprends, je... J'ai quelqu'un.

30.

Ils rattrapèrent la camionnette sur une aire de repos à quinze kilomètres à l'est de Holbrook.

— La voilà, annonça Luther. Je crois que tu ferais mieux de t'arrêter.

Hoey quitta l'autoroute et se rangea sur le parking.

— Y a personne d'autre alentour, dit Luther. Ça tombe bien. T'as ton fusil de chasse ?

Hoey, qui observait la camionnette, se tourna pour dévisager le vieil homme.

— Tu sais qu'il est derrière le siège.

— Bon. En ce moment, ces gars-là, ils se paient une sacrée longue séance de pisse. Alors tout ce que t'as à faire c'est entrer avec le Krag et les descendre.

— Les descendre ? Tu veux dire entrer là-dedans et les tuer ?

— Bien sûr.

— Mais il est pas question que je tue des gens.

— Pourquoi pas ?

— T'as déjà tué quelqu'un, Oncle Luther ?

Le vieil homme se frotta le menton avec le dos de la main droite. Il parut réfléchir un moment.

— Ben, moi, j'ai jamais tué personne. Mais toi, t'as fait cette guerre, là.

— Plus jamais, Oncle.

— C'est ce qu'il y a de plus pratique, Hoey. Tu descends

ces sorciers et plus jamais y feront de trucs comme ça. D'autres le feront, y sont tellement nombreux, mais plus ceux-là.

— C'est délirant. La loi interdit le meurtre.

Luther ôta son chapeau et le regarda.

— Bon, vaudrait mieux qu'on fasse quelque chose avant qu'ils aient fini de pisser. Ça va bientôt leur paraître anormalement long.

— C'est toi qui as arrangé les choses comme ça, hein ? Tu savais qu'on les rattraperait ici.

Luther tendit la main vers la poignée.

— Ils ont dû boire trop de bière et maintenant y sont forcés de pisser comme des chevaux de course chickasaws.

Ils ouvrirent leur portière et mirent pied à terre en même temps. Hoey rabattit le dossier du siège vers l'avant, extirpa le gros fusil de chasse.

— Cache-le contre toi, des fois qu'y ait quelqu'un dans la camionnette qui nous regarde. Mais je crois pas.

Hoey appliqua l'arme le long de son corps et, les jambes raides, ils se dirigèrent vers les toilettes, le vieil homme observant son neveu d'un œil amusé.

— J'ai l'impression de faire le con dans un défilé, remarqua celui-ci.

— T'es sûr que tu veux pas les descendre une bonne fois pour toutes, ces sorciers ? insista Luther.

Ils tournèrent l'angle de la petite construction et Hoey releva le Krag 30-40, enlevant le cran de sûreté et actionnant la culasse.

— Reste derrière moi, murmura-t-il.

Ils contournèrent le mur de parpaings qui masquait l'entrée des w.-c. pour hommes et Hoey fit halte juste avant le seuil. A l'intérieur, une voix disait :

— J'ai jamais pissé aussi longtemps de toute ma vie, Emo. T'as déjà pissé autant ?

— Nom de Dieu, répondit une autre voix. Tu veux bien la fermer.

— Je te vois pas non plus qu'es sur le point d'en finir. Je parie que j'ai bien pissé sept litres.

Hoey passa la porte, braquant le fusil sur les trois hommes alignés devant l'urinoir.

— Hé, là, cria l'un d'eux en effectuant un bond en arrière et en expédiant un jet d'urine en travers de la jambe de son voisin.

Dans son dos, Hoey entendit Luther glousser.

— C'est mon neveu et il dit qu'y veut pas vous descendre. Mais je lui ai assuré que c'est ce qu'il y a de plus pratique. Vous pouvez tous arrêter de pisser maintenant, si vous voulez.

Les regards incrédules des trois hommes allèrent de Luther au fusil puis s'abaissèrent sur eux-mêmes. Subitement, l'urine avait fini de couler.

— Déshabillez-vous.

Hoey fit signe avec le fusil afin de donner plus de poids à ses paroles.

Immédiatement, tous trois commencèrent à s'activer avec les boutons et les fermetures éclair. En quelques secondes, ils se retrouvèrent nus dans les toilettes carrelées.

— Oncle Luther, garde-les en joue. Et ne tire pas.

Il tendit le fusil au vieil homme qui le regarda d'un air interrogateur puis souleva l'arme et, fermant l'œil à moitié, les visa chacun son tour le long du canon.

— Mon neveu, y veut pas qu'on vous descende, dit-il, la bouche tout près du fût. Même si je lui assure que c'est la bonne solution. Cette histoire de « déshabillez-vous », il a dû voir ça à la télé.

— Qui vous êtes, bordel ? dit enfin l'un des trois hommes en surveillant le fusil qui allait de l'un à l'autre. Si c'est de l'argent que vous voulez, vous allez être déçus.

Il était de petite taille, avec la peau mate, des cheveux noirs coupés ras et des yeux noirs. Ceux qui l'encadraient étaient tous deux beaucoup plus grands, blancs de peau, avec des ventres mous et des cheveux clairs.

— Le petit qui parle, là, il est indien, dit Luther pendant que Hoey prélevait les ceintures sur les pantalons. Tu remarques que sa quéquette elle est bien plus grosse que celle des autres. J'ai toujours entendu dire que les Noirs ils en ont des plus grosses que les Blancs, mais je l'ai jamais entendu dire de nous autres, les Indiens. T'as déjà entendu dire ça, toi, Hoey ?

Tous les regards se portèrent vers l'entrejambe de celui qui se trouvait au milieu. Il baissa les yeux sur son corps, tout surpris.

— Tu te demandes pas pourquoi les Blancs ils ont jamais raconté d'histoires sur le fait qu'on a des grosses quéquettes, neveu ? Ça donne à réfléchir.

— Nom de Dieu, fit Hoey.

Il agita la main qui tenait les ceintures en direction du trio.

— Allongez-vous sur le ventre et mettez les mains derrière le dos.

— Ce carrelage de merde il est plus froid que la mort, geignit l'un des Blancs.

— La ferme, ordonna le petit à la peau mate. Tu préfères qu'y te descendent ?

Une fois les trois hommes allongés par terre, Hoey leur lia les poignets avec les ceintures.

Lorsque le trio fut attaché, il se releva et commença à ramasser leurs vêtements.

— Pourquoi tu les as liés comme ça, Hoey ? Nus comme y sont, on dirait un groupe de porcelets attachés ensemble.

Hoey haussa les épaules.

— A ce qu'il m'a semblé, il fallait bien qu'on s'occupe de ces salopards. Garde le fusil pointé sur eux pendant une seconde. Si l'un d'entre vous décide de se relever, ce vieil homme vous tirera dessus, c'est sûr et certain. Ça le démange.

Une fois Hoey sorti, Luther dit :

— Je sais ce que vous êtes et je sais ce que vous faites. Vous alliez faire quelque chose à la femme que vous avez enlevée ce matin, mais vous n'allez plus jamais faire ce genre de choses. Y en a d'autres qui le feront, mais pas vous.

— Quel genre d'Indien tu es, vieil homme ? demanda celui qui avait le teint le plus foncé en se démanchant le cou pour le voir.

— Chahta, répondit Luther. Ce que les gens appellent choctaw. Tu dois être un Indien de la région. Pourquoi tu fais ça à ceux de ton peuple ?

Le petit homme grogna, paraissant sur le point de cracher quand il dit :

— Des ivrognes, des droguées et des sales putains pour fumiers de Blancs. Appelle pas ces pourritures mon peuple.

Il se tortilla pour jeter des regards furieux à Luther et commença à ramener les pieds sous lui.

— Bon, tu ferais bien de pas bouger, parce que ce fusil, y rate jamais. C'est un peu comme les missiles qu'ils ont montrés à la télé, ceux qui suivent la cible qu'ils visent partout. Ces balles elles te lâchent pas jusqu'à ce qu'elles t'atteignent. Ce fusil, il possède un peu de la magie *fappuli*. Une fois, j'ai vu Hoey le pointer vers le ciel qu'était vide, y avait même pas un nuage, et quand il a tiré, y a un avion qu'est tombé du ciel, en vrille. Y s'est écrasé en plein sur une église qu'était bondée de Blancs et de mauvais Indiens. Une centaine de morts.

— Tout ça c'est des conneries d'Indien taré du Sud, fit l'individu à la peau mate avec une moue de mépris. Y a un sacré tas de cons dans ton genre, là-bas d'où tu viens.

Hoey réapparut avec de petites sections de corde.

— Y a personne là-bas à part la fille, dit-il. Allez, tous les trois, en route pour votre camionnette.

— Nus ? demanda l'un des Blancs en tournant la tête pour regarder Hoey.

— Je lui avais dit de vous descendre et qu'on en parle plus, commenta Luther.

Les prisonniers se relevèrent avec difficulté derrière Hoey, suivis de Luther et du fusil.

Hoey fit glisser la porte du véhicule.

— Montez là-dedans, tous les trois, dit-il.

Ils grimpèrent par la portière ouverte, gardant difficilement leur équilibre avec leurs mains liées.

— Allongez-vous.

Lorsqu'ils furent à nouveau sur le ventre, Hoey leur attacha les pieds à l'aide d'une corde qu'il relia aux ceintures entourant leurs poignets de telle sorte que pieds et mains étaient indissociables.

— T'as pas trop serré la corde ? s'enquit Luther.

Hoey fit signe que non.

— Je ne leur ai pas coupé la circulation du sang.

— Qu'est-ce que tu veux faire de ces sorciers ?

— On est pas des sorciers, protesta l'un des hommes d'une voix étouffée à cause du matelas qui couvrait le plancher.

Hoey regarda son oncle et secoua la tête.

— Je veux bien être pendu si je le sais.

— On pourrait les brûler.

Luther inclina la tête et contempla le trio :

— Onatima m'a dit que les Blancs ils faisaient ça aux sorciers.

— On est pas des sorciers, bon Dieu de merde, fit l'autre Blanc du coin de la bouche.

— Qu'est-ce que vous aviez l'intention de faire à cette Indienne ? demanda Hoey.

— Rien, répondit le plus grand. Y a des gens en Californie qui les achètent.

— Ferme ta gueule, putain, siffla l'Indien. Espèce de couillon.

— On pourrait les attacher à un pieu planté dans une de ces grandes fourmilières qu'ils ont dans le coin, proposa Luther. J'ai vu ça dans un film. Les Indiens de par ici, paraît que c'est ce qu'y font.

Hoey regarda le vieil homme et secoua la tête.

— Je parie que les Navajos y savent comment se débarrasser des sorciers, poursuivit Luther. Où elle est ?

— Je l'ai installée dans le pick-up. Je suppose qu'on peut pas se contenter de livrer ces types à la police, hein ?

Luther fit non de la tête.

— Les flics, ils diraient que c'est qu'une Indienne ivre et deux Indiens débiles du Mississippi qui font des histoires.

— Si vous savez où est votre intérêt, vous allez nous libérer, bordel, dit l'un des Blancs.

Hoey descendit de la camionnette et referma la porte coulissante.

— Si seulement tu pouvais conduire ce machin.

Luther tendit le fusil à Hoey et, par la vitre, regarda à l'intérieur.

— Pourquoi je pourrais pas le conduire ?

— Tu ne sais pas conduire, la voilà, la raison. Et tu m'as dit que tu es pratiquement aveugle.

Hoey jeta un coup d'œil sur la colonne de direction entre les sièges baquets, aperçut les clefs sur le contact :

— C'est une boîte automatique, ce qui fait que t'aurais pas à changer de vitesse. Tout ce que t'as à faire, c'est tenir le volant. Tu crois que tu pourrais ?

— Pffft. Remonte donc dans le Dodge et laisse-moi me charger de ce truc.

— O.K. On peut essayer. Laisse simplement le levier de changement de vitesse sur D. Si t'as besoin de reculer, ce qui n'arrivera pas, tu passes sur R.

Il regarda le vieil homme s'installer au volant, les doigts frêles posés avec précision en deux points diamétralement opposés.

— Il faut que tu passes devant puisque tu dis que tu sais où elle habite. Une chance qu'ils aient juste refait le plein.

Hoey marqua une pause devant la vitre et regarda vers les w.-c. de l'aire de repos.

— Tu as déjà vu quelqu'un pisser aussi longtemps ?

— Jamais. C'est comme si quelqu'un avait jeté un sort à ces types, qui les force à pisser. C'est extrêmement curieux.

— Bon, je vais te suivre. J'espère qu'on aura pas à rouler trop longtemps sur cette route.

Hoey monta dans le Dodge et démarra, tout en observant le vieil homme dans le rétroviseur. La femme était calée, inconsciente, contre la portière côté passager, complètement tassée dans l'angle. Sa peau cuivrée était bouffie et brouillée par l'alcool. Sa chemise de flanelle empestait le vomi et son pantalon en fibres synthétiques était déchiré et répugnant. Ses longs cheveux noirs étaient emmêlés. Il hocha la tête et pensa qu'il leur faudrait acheter quelques vêtements avant de la reconduire chez elle, puis il se rangea sur le bord de l'autoroute et s'arrêta.

La camionnette le dépassa dans une embardée tandis que ses pneus projetaient des graviers, elle dérapa en décrivant un demi-cercle rapide et s'immobilisa en travers, quelques dizaines de centimètres devant le pick-up. Dans le grand rétroviseur extérieur, il vit Luther qui le saluait de sa main levée.

Lorsque aucun véhicule ne fut en vue, dans un sens comme dans l'autre, elle effectua un bond d'un petit mètre jusqu'à la chaussée, s'arrêta puis repartit dans un à-coup tandis que l'arrière chassait. Hoey attendit qu'elle ait parcouru une centaine de mètres puis accéléra pour regagner l'autoroute à son tour, reprenant la direction par laquelle ils étaient arrivés. Devant lui, la camionnette faisait de furieuses embardées et une souris fila vers l'accotement, la queue dressée à la verticale.

Hoey augmenta sa vitesse afin de passer en troisième, surveillant continuellement l'autre véhicule qui fonçait devant lui puis ralentissait avant de repartir de plus belle avec des à-coups, et il voyait le bord du chapeau noir tressauter par la vitre latérale.

— Ces gars-là sont vraiment pas à la noce, se dit-il en surveillant une énorme bétaillère apparue subitement à l'horizon derrière lui.

La camionnette sembla presque s'arrêter et, tandis que Hoey écrasait les freins, le semi-remorque qui roulait à pleine charge déboîta brutalement pour les dépasser avec un coup d'avertisseur retentissant. Hoey poussa un long soupir et parcourut du regard le désert du haut pays de chaque côté de l'autoroute à quatre voies.

31.

— Mais qu'est-ce que c'est que cet endroit ?

Allongé sur la chaise longue, Cole avait un verre de citronnade en équilibre sur le quotidien posé en travers de ses genoux, et il semblait adresser cette question au journal.

— Dangereux.

Alex, qui portait une robe bain de soleil bleu clair à motif de fleurs imprimées, des chaussures de sport blanches et ses longs cheveux relevés en chignon, était installé dans un transat semblable et tenait un verre identique. Le soleil avait fait évaporer le brouillard et, accroché désormais avec indifférence au-dessus du sommet des arbres, il imprégnait la terrasse d'une odeur de végétation chaude.

Cole avait le regard fixé sur le *Santa Cruz Sentinel* posé en travers de ses cuisses. On avait aperçu un puma noir dans les monts Santa Cruz.

« Pour moi, cela ne fait aucun doute, avait déclaré au journaliste un chef de chantier de la région. C'était un authentique puma noir. » Des experts de la faune sauvage réfutaient le fait que ce lion des montagnes avait été aperçu en quatre occasions. « Alors que l'existence de félins noirs est avérée en Amérique du Sud, disaient-ils, il n'existe aucun témoignage digne de foi attestant de la présence d'un tel animal en Amérique du Nord. » Un biologiste spécialiste expliquait que « ça pouvait être un gros chat domestique ».

Cole ferma les yeux et repensa au Mississippi. Les experts n'interrogeaient jamais les Choctaws qui depuis toujours connaissaient l'existence des panthères noires. Il ouvrit les yeux et chercha le soleil à travers les branches des chênes. La panthère qui avait hurlé près de la cabane d'Oncle Luther, vingt ans auparavant, et continuait à rôder dans les rêves de Cole, était noire. *Nalusachito,* l'avait appelée le vieil homme, le Dévoreur d'âmes. En dépit de la chaleur croissante du soleil, il frissonna.

— Ce n'est qu'un félin, dit Alex.

Cole leva les yeux du journal.

— Je vois que cette histoire tourne à l'obsession chez toi, poursuivit Alex. Ce n'est qu'un puma. Quelquefois, tous les vingt ans peut-être, ou tous les cent ans, il peut y en avoir un qui est noir de naissance. Ça arrive. Tous les savants s'imaginent qu'ils ont réduit l'univers à des diagrammes et des graphiques. Ce qu'ils ne voient pas, ils le nient, et la plus grande partie de l'univers leur est invisible. Ils n'ont pas la moindre imagination.

Par la fenêtre, on entendait la télévision qui continuait de fonctionner.

— Les meurtres de l'assassin boucher sont tout à fait à part, disait la commentatrice d'un ton bien informé. La décapitation et la mutilation des membres sont effectuées avec une habileté qui, aux dires de la police, confine au professionnalisme médical. Le schéma que suit l'assassin commence à émerger. Il ne semble frapper qu'une fois la nuit tombée. Il parcourt certains itinéraires de Santa Cruz, de préférence les routes qui sont en bordure du campus. Il possède des connaissances en anatomie qui, selon les adjoints du shérif, sont suffisantes pour révéler un pathologiste. Quelle que soit son identité, il connaît les voies principales qui traversent les monts Santa Cruz et les connaît très bien. La police privilégie l'idée qu'une perversion sexuelle est à l'origine de ces boucheries. Les policiers, au même titre que les hommes du shérif, reconnaissent qu'ils n'ont enregistré aucun progrès et qu'ils ne disposent d'aucune piste.

— Tu crois à toutes ces conneries ?

Cole se tourna vers Alex et sa question.

— Quelles conneries ?

— Sur les connaissances médicales de professionnel.

— Non, fit Cole en secouant la tête. Ils font dans le sensationnalisme, comme d'habitude. Elle ne tient aucun compte du fait qu'au moins la moitié des victimes n'ont pas subi la moindre mutilation. Une douzaine d'entre elles ont été purement et simplement abattues et abandonnées là où elles sont tombées.

— Les flics ont vraiment dit que ces lambeaux de chair avaient été prélevés sur elle ?

Alex posa le verre sur l'un de ses seins et observa une buse à queue rousse qui décrivait des cercles.

— C'est ce qu'ils ont dit. Sur une des étudiantes disparues.

Les yeux fixés sur le ciel, la tête d'Alex suivait très lentement l'arc décrit par le rapace.

— Sur un bâton de prière ? Seigneur.

Il se tourna vers Cole :

— Ils ont dit ce qu'ils allaient faire ?

— Envoyer une voiture de patrouille sur la route, de temps en temps. Ils craignent de fiche une peur bleue à tout le monde.

— La vérité, c'est qu'ils ont peur de perdre leur boulot. Ces flics, ils seraient pas capables de trouver leur rectum s'il ressemblait pas au trou dans un doughnut. Tu en as parlé à Abby, du bâton de prière ?

Cole ayant fait signe que non, il reprit :

— Tu devrais. Il faudrait qu'elle soit au courant de ce qui se passe. Tu ne la protèges pas en ne lui disant pas.

— Tu as peut-être raison. Je vais lui en parler en rentrant ce soir.

— Je crois que ce serait une bonne chose. Tu sais comment on appellerait ça, chez nous ?

Cole inclina son verre jusqu'à ce qu'il fût vide.

— Des porteurs-de-peaux, même si personne n'utiliserait vraiment ce mot-là.

— Et qu'est-ce que vous feriez ?

— On chercherait une medicine plus puissante, on organiserait une cérémonie, ou davantage. Pour trouver qui fait ça.

— Et après ?

— Eh ben, il faut régler ce genre de chose. Ça ne s'arrête pas tout seul. Il faut y mettre un terme.

Ils restèrent assis un moment en silence puis Alex ajouta :

— Tout cela est très grave, Cole. Dans le meilleur des cas, le scénario indique que tu es la cible d'un psychopathe.

— Un, ou une.

Il jeta un regard sur la robe bain de soleil d'Alex.

— Peut-être que nous ferions mieux de partir tous les deux, Cole. Enfin quoi, il y a des bâtons de prière de cannibale et des traces d'ours qui se matérialisent devant ta maison. Il y a un psychopathe quelque part dans la nature qui tue les gens. Je pourrais te faire avoir un poste au collège communautaire navajo. Cinq classes de composition littéraire.

— J'aime mieux la mutilation. De plus, nous pourrions partir, mais ça n'empêcherait pas ces choses de continuer.

— Tu as raison, mais tu as pensé à Abby ? Je crois que tu avais raison pour elle aussi. Elle ne devrait pas être ici. (Alex se leva.) Tu es prêt à partir ? La réunion débute dans une demi-heure. A propos, où est Abby ?

— Elle regarde les infos.

— Ces infos-là ? Nous devrions l'emmener avec nous.

— J'ai essayé de la persuader, mais elle refuse.

Alex tourna les yeux vers la maison.

— Je devrais peut-être essayer.

— Abby est fatiguée et elle veut se reposer, affirma Cole. Elle sera en sécurité. Elle est habituée à rester seule au milieu des montagnes, chez nous, et elle sait se servir d'un fusil. Elle est meilleure que moi au tir.

— Bon, tu la connais mieux que moi.

— Tu as l'intention de changer avant la réunion ?

— De vêtements, tu veux dire ?

32.

Abby regarda le pick-up de son père suivre l'allée de graviers et disparaître. Lorsqu'elle ne perçut plus le bruit aigu du moteur, elle s'étira, se dressant sur la pointe des pieds et bâillant. Elle éteignit la télévision d'un coup de télécommande et alluma la radio portable dans la cuisine. Puis elle entra dans la chambre à coucher, s'assit sur le lit et se débarrassa de ses bottes tout en admirant la vue par la grande fenêtre de la pièce. Une prairie herbue s'étendait de la terrasse jusqu'au mur formé par les arbres à une centaine de mètres de distance. Elle ouvrit un tiroir et fouilla à l'intérieur pour en sortir un Levis propre, des sous-vêtements et un tee-shirt qu'elle entassa sur le lit. Enfin elle se déshabilla et entra dans la salle de bains.

La baignoire à l'ancienne était longue et profonde, faite pour des géants, et elle pensa comme il serait merveilleux de s'allonger dans cette baignoire remplie à ras bords d'eau bien chaude. Au lieu de cela, elle fit couler vingt centimètres d'eau et s'assit au fond, se lava avec le carré de tissu éponge en réfléchissant à l'état de son père. Il avait une mine épouvantable, était maigre et pâle, bien pire qu'avant son départ du Nouveau-Mexique. Il ne courait plus et il était évident qu'avant qu'elle n'arrive, il buvait trop. C'était comme s'il avait baissé les bras. Et il paraissait si seul. Il n'y avait absolument aucun signe dans la maison pour indiquer que quiconque y venait jamais, aucune trace laissée par une femme, aucune de ces petites attentions que requiert la venue d'invités, pas même de lettres traînant sur les rayonnages ou la table basse. On aurait dit qu'Alex Yazzie excepté, il n'avait parlé à personne depuis qu'il avait chargé le pick-up et quitté les monts Sandia du Nouveau-Mexique.

Elle passa le tissu entre ses orteils, le long de ses jambes, se demandant ce que son père avait en tête. Manifestement, il lui cachait quelque chose. Quelque chose qui était source d'inquiétude. Elle leva le gant au-dessus de ses épaules et le pressa, savourant la chaleur de l'eau sur ses seins et son torse. Etendue de tout son long, elle étala ses cheveux de sorte qu'ils flottent en éventail derrière elle. Les poils sous ses aisselles étaient piquants là où elle les laissait pousser et elle passa la main sur une jambe, se demandant si elle devrait aussi laisser repousser ceux-là. Elle revit le fusil à l'endroit où elle l'avait découvert dans la cuisine. Son père lui avait enseigné à tirer et à entretenir les fusils, et elle savait qu'il ne nettoierait pas une arme s'il ne s'en était pas servi.

Pendant plusieurs minutes elle demeura allongée, songeant à Alex Yazzie et profitant de la chaleur et du silence. Alex était une énigme. Il donnait une impression de virilité plus forte qu'aucun des hommes qu'elle avait rencontrés, lui communiquant parfois un sentiment de vertige. Même son odeur était virile. Et néanmoins il arrivait en robe, les cheveux retenus par un fermoir garni de perles, avec des pendants d'oreilles et les yeux maquillés.

— Alex est cinglé, lui avait dit son père lorsqu'elle l'avait interrogé. Dieu sait ce qu'il fabrique.

— Mais c'est ton ami et il me plaît, lui avait-elle répondu.

Son père l'avait regardée avec attention et avait dit :

— Mon ami est un mystificateur, Abby. Ne l'oublie jamais.

Elle s'assit dans la baignoire et se savonna les cheveux avec le shampooing bon marché de son père, mettant la tête sous le robinet haut placé pour les rincer. Finalement elle se leva et se frotta rapidement les cheveux et le corps avec la serviette. Une fois à moitié séchée, elle s'en fit un turban, sortit de la salle de bains en frissonnant et entra dans sa nouvelle chambre à coucher où le miroir en pied sur la porte du placard refléta l'approche d'un corps qui, au cours de l'année écoulée, avait pris maturité et formes arrondies, et ne correspondait plus à la silhouette ferme d'un danseur en costume.

A l'orée de la forêt, une silhouette émergea de l'ombre et s'assit jambes croisées sur le sol. La moitié droite du corps replié sur lui-même était couverte d'une peinture d'un blanc mat, la gauche était noire. Les cheveux tirés en arrière, attachés derrière la tête, étaient divisés par le milieu, mi-blancs, mi-noirs. Les yeux fixés sur la maison, la silhouette nue tendit ses deux poings en prolongement des avant-bras rigides, les déplaçant d'un côté et de l'autre en décrivant des lignes sinueuses, chantant une mélopée à voix basse. Une main s'ouvrit. Dans le creux de la paume reposait un fragment de couleur blanche, une fibre de chair adhérant encore à l'os. La silhouette se leva. Avec des enjambées souples et décidées, elle s'approcha de la maison.

Abby était penchée en avant et s'épongeait les cheveux avec la serviette lorsqu'elle perçut le mouvement dans l'angle de son champ de vision. Elle se redressa et vit la silhouette nue, cauchemardesque, s'approcher de la fenêtre d'un pas régulier, à quinze mètres d'elle. Sans hésiter, elle lâcha la serviette et courut dans la chambre de son père, s'empara du fusil rangé dans le placard. Elle introduisit une cartouche, alla au téléphone dans la cuisine. Après avoir appelé, elle resta debout, le dos nu appuyé contre le réfrigérateur, le fusil prêt à tirer, les yeux fixés sur le cadre béant de la fenêtre du salon.

33.

Onatima regardait par la vitre du taxi tandis qu'ils escaladaient les contreforts de la chaîne côtière au-dessus de Santa Cruz. Elle voyait les arbres de son rêve, d'un vert tirant sur le noir, avec des troncs droits et des branches pendantes écailleuses. L'air hivernal était chargé d'une odeur de pourriture humide, et lorsqu'ils passèrent devant l'embranchement qui menait à l'université, elle vit sept cervidés qui broutaient dans un champ près d'une clôture. Regardant par la lunette arrière, elle distingua la baie voilée de brume et une ligne de montagnes floues de l'autre côté de l'eau.

— Vite, s'il vous plaît, dit-elle.

Tout au long du trajet depuis l'aéroport, à trente minutes à l'est, dans la ville grouillante, elle avait perçu des vibrations d'avertissement, celles d'un moment qui arrivait avec une vitesse mortelle.

— La route est dangereuse.

Le chauffeur regardait alternativement la chaussée sinueuse et le rétroviseur dans lequel la vieille femme aux longs cheveux argentés et à l'ample robe rouge, coiffée d'un turban rouge, paraissait presque transparente. Sous les plis de son propre turban blanc, il fixait, fasciné, l'illusion qui au travers de sa passagère lui offrait une image indistincte de la mer et des vertes pentes du relief. Quand leurs yeux se croisèrent, il détourna brusquement les siens comme s'ils s'étaient brûlés.

Elle sentit le taxi donner un à-coup en accélérant légèrement. Trois kilomètres après avoir dépassé l'université, ils bifurquèrent sur une route secondaire creusée d'ornières qui serpentait en grimpant le versant de la chaîne de montagnes jusqu'au moment où, contournant un bouquet d'arbres luisants à l'écorce rouge, ils débouchèrent devant la maison qu'elle reconnut comme celle de ses rêves.

Elle descendit du taxi à l'instant où il s'arrêtait. Sans un regard derrière elle, elle se hâta de remonter l'allée de graviers et frappa à quatre reprises avant de pousser la porte.

— Bonjour, dit-elle. Ça va, Abby ?

— Qui est là ?

La jeune fille sortit de la cuisine, contourna le bar, le fusil plaqué contre son corps, sous ses seins.

— Tout va bien, maintenant.

Onatima tendit le bras pour prendre l'arme et, de l'autre, entoura les épaules d'Abby.

— Tu n'as plus rien à craindre, désormais.

Le visage barbu du chauffeur apparut à la porte.

— Vous me devez...

Il se pétrifia, regarda un instant la jeune fille et le fusil avant de disparaître.

Elles s'assirent sur le canapé, le fusil posé par terre. La plainte d'une sirène commença à retentir au loin, se rapprocha en s'amplifiant jusqu'à ce qu'elle soit juste devant la maison.

Le chauffeur passa à nouveau la tête par la porte, prenant soin de garder les yeux baissés vers le sol.

— La police est là. Est-ce que ça va ?

Onatima lui fit signe de partir.

— Viens, Petite-fille, dit-elle. On va t'habiller avant que ces crétins de policiers n'entrent.

Pendant que les deux adjoints au shérif prenaient des notes, parcouraient les alentours et allaient jusqu'à la lisière des bois, Onatima paya le chauffeur de taxi qui conserva l'argent dans sa main comme s'il n'avait pas remarqué qu'il s'y trouvait, et garda ses immenses yeux marron fixés sur la maison.

— S'il y a quelque chose que je puisse faire, commença-t-il en détachant chaque mot.

Elle posa la main sur son épaule et secoua la tête.

— Vous êtes un brave homme. Mais tout va bien maintenant.

Après son départ et celui des policiers, Onatima prit le fusil par terre et entra dans la cuisine. Abby était assise à la petite table, les bras croisés sur la poitrine.

— On va le garder à portée de main, dit la vieille femme.

— Ils ont cru que j'étais droguée, répondit Abby.

— Sous traitement médical ? C'est pour ça qu'ils ont posé toutes ces questions stupides ?

— Sous hallucinogènes. Acide ou autre. Tu crois que je l'ai rêvé ?

Onatima la contempla avec curiosité.

— Non. Il y a des empreintes sous la fenêtre. Ce n'était pas un rêve.

— Qu'est-ce que c'était ?

— Un homme, d'après ta description et les empreintes que j'ai trouvées.

— Il doit être fou.

Onatima pinça les lèvres et la regarda intensément.

— Ça ne fait aucun doute. Tu sais, la dernière fois que je t'ai vue, tu n'étais encore qu'une petite fille. Après ton départ, j'ai communiqué avec toi par les rêves. Tu t'en souviens ?

Abby ouvrit de grands yeux.

— Je me souviens avoir rêvé de toi.

— Il y avait des choses que j'essayais de te dire.

Abby fit un effort de réflexion.

— Je ne me souviens que de ton visage dans ces rêves.

— C'était trop difficile.

Onatima joignit ses mains osseuses sur la table et fixa les articulations aux veines apparentes.

— Je suis si âgée maintenant que cinq années sont comme cinq minutes. Tu es venue me voir il y a cinq minutes alors que tu étais petite et maintenant nous voici assises ici et tu es une femme. Ce que je voulais t'enseigner concerne les pouvoirs. Je voulais t'épargner les années qui m'ont été nécessaires pour apprendre certaines choses. Mais évidemment, cela ne marche jamais. Lorsque j'étais une petite fille, je voulais ressembler à ma mère qui était française. Je l'aimais tellement. Mon père était un homme important chez les Choctaws. Il possédait une grande maison, des champs, des chevaux, et il était plus riche que tous nos voisins, les Blancs y compris. J'étais fière de lui mais quand nous étions avec des Blancs, je le voyais rapetisser. Ma mère m'emmenait avec elle à Vicksburg où personne ne nous connaissait et nous faisions comme si j'étais en tous points semblable aux riches enfants blancs de la ville. Mon père ne nous accompagnait jamais à Vicksburg. Ma mère et moi descendions dans un grand hôtel et nous nous parlions en français. Même toute petite, je comprenais ce qu'elle faisait, et je crois que j'ai dû vouloir la même chose qu'elle. Et puis, un jour que j'étais à la maison à jouer avec mes poupées, j'ai regardé dans un miroir et je n'ai rien vu. Il a fallu bien des années avant que je puisse me voir à nouveau, et maintenant, comme tu peux t'en rendre compte, je suis encore en train de disparaître.

Elle leva la main et la lumière, tombant de l'applique au plafond, traversa la chair et les os frêles.

— Les parents de mon père sont morts avant ma naissance. La mère de mon père, ma grand-mère indienne, venait me voir par les chaudes nuits d'été, quand j'entendais les champs de coton onduler comme de l'eau tout autour de la maison. Elle m'appelait *chahta alla*, son enfant choctaw. Elle était très âgée et très grosse et lorsqu'elle s'asseyait au bord de mon lit, il s'affaissait presque jusqu'au sol. Elle adorait les noix de pécan et restait assise là avec un sac de papier qui en était rempli, les craquant entre la base de ses paumes et laissant tomber les coquilles par terre, de sorte que plus tard il fallait que je farfouille partout et que je les récupère afin de ne pas marcher dessus pieds nus. Elle chassait les cheveux de mon visage et me racontait des histoires des temps anciens, mais ses paroles coulaient comme l'eau que nous essayons de retenir entre nos mains. Bien des années plus tard, j'ai tout raconté à Luther et il m'a dit que j'avais appris trop d'histoires à l'école et dans les livres pour être éduquée correctement par un fantôme qui avait la bouche pleine de noix de pécan. Luther Cole n'a jamais eu assez de respect pour l'école pas plus que pour les fantômes. Finalement, lorsque j'ai commencé à devenir femme, ma grand-mère a cessé de venir.

« L'homme qui t'a effrayée aujourd'hui désire peut-être que tu voies uniquement par ses yeux de telle sorte que tu puisses seulement te voir de l'extérieur de la fenêtre en regardant à l'intérieur. Ainsi, chaque fois que tu regarderas dans un miroir, tu ne verras que ce que cet homme voit. Tu te trouveras toujours à l'extérieur de toi-même et ton reflet sera un piège. Lorsque cela se produit, nous devenons comme des fantômes incapables de discerner notre propre corps. Alors nous devons faire en sorte que les autres nous voient pour savoir que nous existons, ou bien nous devons utiliser les vies des autres comme si c'étaient les nôtres. C'est ce qu'ils veulent. C'est une question de pouvoir. Ils nous garderaient prisonniers de leur vision et de leurs histoires, et nous ne pouvons les laisser faire. Nous devons avoir nos propres histoires. C'est ce que ma grand-mère essayait de me dire.

Onatima plaça les deux mains sur les épaules de la jeune fille et la regarda au fond des yeux.

— Il y a beaucoup de souffrance dans ces montagnes. Je le sens de la même façon que l'on perçoit le froid au-dehors quand on est dans une pièce chaude. Je la sens fondre sur cette maison. Pourquoi es-tu venue ici ?

— Je pensais que mon père avait besoin de moi.

Onatima se recula contre le dossier, croisa à nouveau les mains sur la table.

— Il a besoin de toi. Il a besoin de nous tous. Quand il était un petit garçon de quatre ou cinq ans, je le voyais jouer avec son frère près de la rivière, et ils se ressemblaient tellement qu'on les aurait crus jumeaux. Cole observait chacun des gestes de ton oncle afin de pouvoir l'imiter. Il aimait son frère plus que tout au monde.

— Il ne m'a jamais parlé de lui. Tout ce que je sais, c'est qu'il est mort au Vietnam.

Onatima leva brusquement les yeux.

— C'est ce que t'a dit ton père ?

— Ce n'est pas vrai ?

— D'une certaine manière, si.

Elle donna une petite tape sur le bras d'Abby et secoua la tête.

— Maintenant, regarde-moi donc. Je suis outrageusement vieille. Mes dents sont neuves et j'avais déjà les cheveux blancs avant la naissance de ton père.

Elle sourit et Abby constata que ses dents étaient effectivement trop régulières et trop blanches.

— C'est une bonne chose que j'aie mes plantes médicinales. Est-ce que tu fais de l'aérobic en même temps que la télé ?

34.

Abby, enveloppée dans un peignoir, était assise avec Onatima à la table de la cuisine où elles buvaient du thé.

— Grand-mère !

Cole se précipita pour jeter ses bras autour de la vieille femme et elle se leva avec raideur afin de lui permettre de la serrer contre lui. Puis elle le repoussa et le regarda un long moment avant de se tourner vers Abby :

— Ton père est presque aussi maigre que Luther.

— Et toi tu es plus jeune que tu ne l'étais il y a cinq ans. (Il se tourna vers sa fille.) Onatima fait de la sorcellerie.

— Tu dis des bêtises. J'ai cent ans, annonça la vieille femme en reportant son regard de Cole à Abby. J'ai appris à lire à ton père quand il était encore jeune et ignorant.

— Onatima m'a appris à réfléchir, ajouta-t-il.

— On ne réussit pas forcément à tous les coups, dit Onatima qui se retourna vers Cole. Ta fille a eu une belle frayeur. Le joueur est venu à sa fenêtre.

Le sourire de Cole disparut.

— Quel joueur ? Ça va, Abby ?

— Celui du rêve. On en reparlera plus tard mais il va falloir que tu veilles sur elle de plus près à partir de maintenant.

— Je ne suis plus une enfant qu'il faut garder le soir, protesta Abby d'un ton à demi convaincu.

— Ça va ?

— Oui. J'avais le fusil. Et puis Onatima est arrivée. Et la police.

— La police ?

— J'ai fait le 911.

— C'est bien, dit-il en s'asseyant. Raconte-moi ce qui s'est passé.

Quand elle eut terminé, il regarda Onatima qui hocha la tête imperceptiblement.

— Comment as-tu fait pour venir aussi vite, Grand-mère ?

— J'ai volé, évidemment.

Elle marqua une pause :

— Luther et Hoey arrivent dans le vieux camion de Hoey, mais j'ai bien peur qu'ils se soient égarés en chemin. Luther Cole n'a jamais été capable de suivre une seule idée à la fois. Dieu seul sait s'ils parviendront jusqu'ici un jour.

— Pourquoi n'as-tu pas appelé d'abord pour qu'on vienne te chercher à l'avion ?

Elle le fixa dans les yeux pendant un moment.

— Je me suis dit que les choses étaient déjà allées trop loin sans moi. J'ai volé dans un 747. Il y a des téléphones à l'arrière des sièges. On peut appeler les gens pendant le vol. J'ai été tentée, mais il faut avoir une carte de crédit. L'argent ne suffit plus. N'empêche, cela m'a plu d'imaginer ces mots planant comme des oiseaux dans le vent. Le progrès peut être très pittoresque. Où est-ce que je vais dormir ?

Cole fit des yeux le tour de la cuisine comme si une chambre supplémentaire allait se matérialiser. Au bout d'un moment, il dit :

— Tu peux dormir dans ma chambre. Moi, je dormirai sur le canapé.

— C'est généreux de ta part, Petit-fils. Mon Airstream me manque déjà.

De la petite cuisine où ils se tenaient, elle posa un regard sceptique sur le salon, au-delà du bar :

— Tu as le câble ?

Il fit non de la tête.

— Une parabole.

Elle opina.

— Luther aime regarder l'émission où le héros change tout le temps de corps.

Elle regarda Abby :

— Quand il se regarde dans un miroir, il voit l'autre personne qu'il est censé être, et il est obligé de vivre la vie de l'autre personne dans chaque épisode Luther dit que c'est la seule émission réaliste à la télévision. Je crains que ce vieil homme n'ait pas la capacité de brider son incrédulité.

Abby bâilla.

— Je crois que je vais aller me coucher, annonça-t-elle.

Quand elle fut partie dans sa chambre, Cole et Onatima restèrent assis à la table, sans se regarder. Finalement, Onatima prit la parole.

— Cette situation est dangereuse, Petit-fils. Je ne sais pas pourquoi Luther l'a laissée se développer aussi longtemps.

— Qu'est-ce qu'Oncle Luther a à voir avec ça ?

— Luther Cole a quelque chose à voir avec tout. Tu devrais le savoir. Celui qui est présent dans ton rêve semble avoir un grand pouvoir et il y a quelque chose en toi qui l'attire. Tu sais, certains d'entre nous sont plus réceptifs que d'autres à ce genre de choses. C'est comme ça. Et tu sais que je ne te parle pas de métaphores ou de projections psychiques. Cet homme qui parie sur les os ne veut peut-être pas être mort. Il y a différentes sortes de morts, tu sais. Certains se sentent seuls et veulent de la compagnie. Tu le sais, ça.

« D'autres refusent d'accepter la mort ; ils sont perdus. Tu pourrais dire que ceux-là veulent seulement se servir de ta vie pendant un petit moment. Quand ça arrive, tu le sais parce que c'est une exaltation qui ne ressemble à rien de ce que tu connaîtras jamais. Imagine l'impression que cela doit faire de se retrouver tout à coup à nouveau en vie après l'avoir désiré pendant si longtemps. Tu te sens incroyablement fort, puissant, tu as le sentiment d'être fait de lumière, de t'élever jusqu'aux étoiles.

— Tu l'as déjà ressenti ?

— Bien sûr. Ce genre de chose se produit lorsqu'un esprit ne trouve pas le chemin, quand il est coincé entre les deux. Mais cet envoyeur de rêves est différent. Il se passe quelque chose de plus, ici, quelque chose que je ne comprends pas bien. Par moments ça donne l'impression d'être de la haine et à d'autre moments de l'amour.

— Tu es au courant pour les meurtres ?

Elle glissa son menton dans le v que faisaient son pouce et son index et l'étudia longtemps.

— Je suis très curieuse, mais chacun doit affronter ses propres fantômes. Les meurtres sont liés, certainement, mais chaque chose en son temps.

Elle but son thé et fit la grimace.

— Luther prétend que je parle trop. Mais tu es face à un problème complexe, là, beaucoup plus que ce qui t'est arrivé la dernière fois. Ce qu'Abby a vu aujourd'hui n'était pas un rêve et ce n'était pas un fantôme. Les traces vont vers les bois. Je ne les ai pas suivies, mais même moi, j'ai bien vu que ce ne sont que les traces d'un homme.

— Mais la description d'Abby était comme mon rêve.

Entourant son thé de ses deux mains, elle le leva à mi-chemin de sa bouche.

— D'autres rêves aussi, dit-elle. Peut-être y a-t-il plus d'acteurs dans ton rêve que tu n'en as conscience. Je veux assister à ton cours.

— Quoi ?

— Je n'ai pas mis les pieds dans une salle de classe depuis trente ans. Je crois que ça me plairait de t'entendre faire cours. Ce sont les anciens qui transmettent le savoir et je veux te voir dans le rôle d'un ancien. Je ne ferai pas peur à tes étudiants, si ? (Elle sourit.) J'ai téléphoné à ta femme, la semaine dernière.

— Mon ancienne femme. Pourquoi ?

— Mara est mon amie, et les femmes doivent s'aider

pendant que vous, les hommes, vous fichez tout par terre. Elle avait l'air relativement heureuse. La vie est comme ça, Petit-fils, et plus tu t'adaptes vite, mieux ça vaut. Il est temps que tu prennes du recul sur cette crise de la quarantaine et que tu cesses de te lamenter sur ton sort. Tu as beaucoup de chance. Tu as une fille merveilleuse et une ancienne femme merveilleuse qui restera ton amie si tu lui en laisses la possibilité. Tu es instruit. Si j'avais un doctorat, je serais à Washington D.C. et je leur en ferais voir de toutes les couleurs. L'andropause de l'Indien est une chose épouvantable.

— Et j'ai un fantôme. Tu as oublié de mentionner ça.

— Nous en avons tous, Petit-fils.

Elle se leva, lissant sa robe de ses mains frêles.

— Tu ne trouves pas que c'est merveilleux que la vie soit intéressante ? A propos, tu vas aussi arrêter de boire de l'alcool. C'est le pire de tous les clichés attachés aux Indiens. Il est temps d'arrêter de pleurer sur ton sort et de commencer à réfléchir à la situation. C'est ton histoire, après tout, et il y a des gens qui meurent.

35.

La jeune fille ploie sous lui telle une branche de saule, assouplie par la terreur. Le vin répandu s'insinue comme du sang dans les fentes du sol de pierre. Un coq tardif chante dans la cour derrière les barreaux de la fenêtre, ses notes disparaissant dans la longue sonnerie des vêpres. En dépit d'une vie donnée à des contrées étranges, en dépit de cette déchirante piste où se succédaient les croix, en dépit de tout, l'âme s'égare avec tant de facilité entre les cuisses des bêtes. *Venu au monde sur une terre de violences.* Il prononce ces mots dans sa tête. Désormais, nul recours n'existera plus.

36.

Cole coupait du bois quand il entendit la voiture. Le temps qu'il fasse le tour de la maison, Alex était là avec l'arrière de la Volvo ouvert. Il tenait une grosse corde attachée à quelque chose qui se trouvait à l'intérieur, et il s'arc-boutait sur les talons de ses bottes. Deux épaisses pattes fauves dépassèrent de la voiture.

Il agita sa main libre, jetant un bref regard à Cole tout en gardant son attention sur la voiture.

— Salut, Cole.

Celui-ci tenta de voir dans la Volvo.

— Bon après-midi, Alex. C'est quoi ?

Abby se tenait dans l'allée et regardait. Derrière elle, Onatima observait, les yeux plissés et les bras croisés.

— Un chien.

Alex tira sur la corde et un gigantesque animal d'un brun-jaune dévala sur le sol en grondant.

— Assis ! hurla Alex en effectuant un bond en arrière.

Le chien s'assit, les yeux noirs rivés d'un air menaçant sur la main au bout de la corde.

— Ne t'inquiète pas, fit Alex en agitant une main dans la direction de Cole. Il s'assied toujours quand on lui dit de le faire. Il adore s'asseoir.

— C'est quoi, comme race ?

— Un bull mastiff. Splendide, non ? Soixante kilos au bas mot.

Un grondement profond prit naissance dans la poitrine de l'animal dont la tête se tourna vers Cole.

— Il est génial, dit Abby en venant se placer à côté de son père. Est-ce que je peux le caresser ?

Alex secoua la tête.

— Je crois qu'il vaut mieux le laisser s'habituer d'abord à sa nouvelle maison. Je crois qu'il est un peu nerveux.

— Sa nouvelle maison ? fit Cole. Comment ça, sa nouvelle maison ?

— Il est pour vous. J'ai repensé au problème qu'Abby a eu l'autre jour et j'ai décidé qu'il vous fallait un chien de garde, alors je suis allé à la fourrière. C'est un cadeau de pendaison de crémaillère.

— Alex, ça fait huit mois que j'habite ici. Elle est déjà pendue.

— Ben, je ne me sentais pas bien parce que je ne t'avais jamais accueilli par une cérémonie du don, de bénédiction ni rien. Ça compense.

— Tu n'as pas besoin de compenser, Alex. Je t'ai dit que je ne voulais pas de chien.

— Les Indiens et les chiens, ça va de pair, Cole. C'est une alliance ancienne, honorable. Un bon chien, ça réchauffe le tipi pendant les longs et rudes hivers et ça te prévient de l'approche furtive de l'ennemi. Et Custer est une brave bête ; regarde cette tête. Il est juste un peu nerveux, là. Elle est pleine de cahots, ta route, et sa maison d'avant lui manque sûrement.

— Custer ?

Cole et Abby avaient parlé en même temps.

— Tu l'as appelé Custer ? fit Abby d'une voix qui se fit plus aiguë.

— Ben, non. C'est le flic.

— Quel flic ?

— Celui qui a arrêté le propriétaire.

— Custer ? fit Cole en regardant l'énorme tête de l'animal avec ses mâchoires suffisamment fortes pour briser un petit chêne, et son cou qui paraissait indissociable du thorax. Pourquoi ?

— Ben, je ne sais pas, mais le flic était lakota et c'était à San José. Il y a beaucoup de flics indiens, là-bas, tu sais. Peut-être que c'est à cause de ses poils. Ils sont dorés, comme ceux du général George Armstrong Custer, tu sais, Cheveux Jaunes. Les gens de la fourrière disent qu'il n'avait pas de nom avant. Son propriétaire était un revendeur de crack qui l'appelait seulement Chien. Il a eu une éducation dépravée, un chien sans nom qui gardait un temple du crack, et je me suis dit que je pourrais faire d'une pierre deux coups, pour ainsi dire, en te l'offrant. C'est un chien de garde de profession. Ils m'ont dit qu'il avait fallu qu'ils s'y mettent à cinq avec des filets pour le sortir de la maison où il était. Le flic lakota a dit qu'ils voulaient l'abattre. Il a vraiment dû se prendre pour Custer en voyant tous ces gens arriver. Mais ce qu'il lui faut c'est une vraie maison comme environnement, ce que tu as ici. Ça le remettra sur de bons rails, comme une thérapie. Tu peux le garder dans la maison pendant un certain temps, et une fois qu'il sera habitué, tu pourras le laisser patrouiller dehors et personne ne viendra t'embêter. Custer te protégera de toute attaque.

La tête du chien pivota pour regarder Cole tandis que son grondement se faisait plus grave.

— J'apprécie ta prévenance, Alex, mais nous n'avons pas besoin d'un tueur pour nous protéger des tueurs.

Alex leva les yeux, s'aperçut de la présence de la vieille dame et agita la main en disant :

— Bonjour, Grand-mère.

Cole regarda Onatima puis Custer.

— Alex, je te présente ma grand-mère, Onatima Bois Bleu.

Il se tourna vers elle :

— Grand-mère, un de mes collègues de l'université. Un travesti navajo un peu fou.

— Arrête, Cole. Ce n'est pas une façon de me présenter

à une personne aussi distinguée que ta grand-mère. De plus, regarde ma garde-robe.

Il s'adressa à Onatima avec un sourire :

— Je lui ai expliqué que travesti n'est pas le terme approprié. C'est un honneur de faire votre connaissance. Cole m'a dit des choses merveilleuses sur vous.

Onatima répondit par un petit signe de tête avec un amusement visible.

Abby se rapprocha.

— Oh, Papa, on ne peut pas le garder ? Regarde comme il se tient assis, sans bouger. Il est bien dressé. Et si Alex le remmène à la fourrière, ils vont peut-être l'endormir.

— Ça, c'est sûr qu'ils le feraient. La chambre à gaz. Vous ne les trouvez pas détestables, ces euphémismes qu'ont les Blancs ? Il est difficile de croire que les gens ne se jetteraient pas sur un animal de compagnie comme celui-là, mais ils m'ont dit que c'était sa dernière chance, le dernier sursis avant exécution. C'est le cadeau que je fais à ta famille. J'ai déjà payé les gens qui s'occupent de contrôler les animaux, les vaccinations, les certificats et tout ça, et je ne récupérerai pas mon argent. Ça fera un chien gentil une fois qu'il se sera habitué à vous.

Faisant un pas vers l'animal, il tendit la main et susurra :

— Bon chien, Custer.

Le grognement monta d'intensité et le chien gronda, sa salive volant dans les airs. Alex retira brusquement la main.

— Pourquoi tu ne le fais pas entrer dans la maison pour qu'il commence à s'habituer à son nouveau domaine ?

Il tourna les yeux vers la clairière et la montagne, à l'ouest :

— Tu sais, c'est le lieu rêvé pour un chien comme Custer. Un environnement sain et propre, beaucoup de place pour se dérouiller les pattes. Ça me rappelle chez moi.

— Il y a des séquoias à Chinle ?

— Je t'en prie, Papa ? On pourrait juste essayer un peu ?

— Abby, ce chien est asocial, probablement psychopathe. Probablement le cerveau démoli par la drogue.

L'animal s'appuya sur ses pattes de devant et s'assit plus confortablement.

— Je suis très heureuse de faire votre connaissance, dit Onatima en se dirigeant vers la voiture.

Tandis qu'elle approchait, Alex la regarda avec intérêt.

— Donnez-moi la corde, dit-elle en tendant la main.

Quand il la lui tendit, elle lui laissa du jeu et s'avança vers le chien. Le grondement se mua à nouveau en grognement.

— Arrête de faire l'idiot, fit-elle en se penchant légèrement pour regarder l'animal bien en face. Un chien qui porte le nom de Custer ne peut pas se permettre de se mettre quelqu'un à dos. Arrête. Maintenant, viens avec moi.

Custer se releva, atteignant une taille invraisemblable sur ses hautes pattes, puis il la suivit dans la maison.

A l'intérieur, elle le conduisit jusqu'à un tapis tressé, au milieu du séjour.

— Assis, ordonna-t-elle, et Custer s'assit.

— Où est-ce que tu le préférerais ? demanda-t-elle à Cole dans un sourire.

C'était ce même sourire, exactement, qu'il avait vu pour la première fois vingt ans auparavant dans la cabane de Luther quand le fantôme de son frère était sorti du coin de la pièce. C'était lui qui faisait les frais de la plaisanterie et cela amusait beaucoup Onatima.

— Là où il est, je suppose. Tu pourrais peut-être lui dire de s'allonger sur le tapis.

Elle défit la corde du collier.

— Couché, dit-elle.

Custer la regarda, alla vers le canapé, monta maladroitement sur les coussins et s'allongea de tout son long sur le flanc. La tête posée à l'horizontale sur un coussin, les babines pleines de salive pliées en accordéon, il les fixa un moment d'un regard furieux puis ses paupières battirent et ses yeux se fermèrent. Sa respiration se fit profonde, son halètement douloureux, et rapidement le tout se transforma en un ronflement rauque.

— Est-ce que tu peux le faire descendre ? demanda Cole. C'est mon lit, tu te souviens ? Il a déjà bavé dessus.

Onatima secoua la tête.

— Je ne crois pas. Custer n'est pas un chien particulièrement intelligent, Petit-fils, et il n'est assurément pas heureux. Nous devrions sûrement le laisser se reposer pour l'instant.

— On dirait qu'il dort, remarqua Alex. Ils m'ont dit qu'ils l'avaient trouvé sur le canapé, dans le temple du crack. Il doit avoir l'habitude d'être sur un canapé.

Il adressa un sourire épanoui au chien :

— Pas vrai, qu'il est superbe ? Regardez ces épaules. Vous devriez peut-être lui donner à manger. Comme ça, il s'attachera plus vite.

Il se dirigea vers la porte :

— Il faut que je retourne faire cours. Amusez-vous bien avec lui.

— Est-ce que tu pourrais m'emmener avec toi, Alex ? s'enquit Abby. Ça m'embête de laisser Custer, mais il y a un cours du soir où je vais en auditrice libre.

— Tu vas nous laisser avec ce chien ? s'insurgea Cole avec un regard qui allait du mastiff à sa fille.

— Donnez-lui de la viande, du pain frit ou n'importe quoi, conseilla Alex en reculant vers la porte. Oh, un peu plus et j'oubliais.

Il tira un flacon de sa poche :

— Vous allez en avoir besoin. Ses pilules pour la thyroïde.

— Ses pilules pour la thyroïde ?

Cole contempla le chien dont le flanc massif se levait et se rabaissait lentement avec régularité.

— Les mastiffs ont un problème de thyroïde. Il faut lui en donner huit par jour. La dose, c'est une pour un être humain, mais c'est un très gros animal que tu as là. Ces pilules pour la thyroïde le calment vraiment bien. Mais ne t'inquiète pas ; quand il est réveillé, c'est un tueur.

Il lança le flacon à Cole et alla jusqu'au seuil avant de faire halte une fois de plus.

— Tout bien considéré, il vaut mieux ne pas lui donner de pain frit. A la fourrière ils m'ont dit que les mastiffs, il leur faut une alimentation très particulière. La nourriture des hommes leur donne la diarrhée. Ça peut être très désagréable.

Cole les regarda partir puis il se tourna vers Onatima. Les lèvres minces de la vieille dame étaient fermement serrées l'une contre l'autre et ses yeux brillaient.

— Tu trouves ça drôle ? demanda-t-il.

Elle posa un regard sur le chien, le reporta sur Cole tandis que les commissures de ses lèvres esquissaient un sourire :

— C'est bien de voir que tu as des amis, dit-elle enfin.

Quand ils furent sur la route principale et qu'ils plongèrent vers le campus, Abby dit :

— C'est très gentil de ta part, de nous avoir acheté un chien.

Il lui adressa un grand sourire.

— Ça vous fera un super chien dès qu'il se sera habitué à son nouvel environnement. Ta grand-mère est quelqu'un de très impressionnant.

— Ce n'est pas vraiment ma grand-mère. Nous l'appelons juste Grand-mère comme ça.

Il hocha la tête.

— Nous faisons la même chose.

— En fait, elle est l'amie du grand-oncle de mon père, mais ils ont toujours été tous les deux comme ses grands-parents. C'est compliqué.

— On a tous des liens de famille les uns avec les autres. Tout est compliqué. Ta grand-mère est une femme-medicine.

Abby haussa les épaules.

— Une fois, mon père a dit qu'elle était *apoluma*. Je crois qu'en choctaw c'est quelqu'un qui possède des pouvoirs, mais il y en a de plusieurs sortes. C'est la personne la plus intelligente que j'aie jamais rencontrée.

Elle contempla un moment le bas-côté puis reprit :

— Custer fait un petit peu peur, mais il est magnifique. C'est un merveilleux cadeau d'anniversaire pour mon père.

— Un cadeau d'anniversaire ?

— C'est la semaine prochaine. Je vais lui faire un gâteau. Tu viendras ?

— Je ne voudrais pas rater ça.

Il lui jeta un coup d'œil puis reporta son attention sur un lit de rivière à sec envahi de branches de sumac vénéneux dénudées, en bord de route.

— Il est très heureux que tu sois là. Ta présence fait déjà une grosse différence.

— Tu l'aimes vraiment bien, mon père, hein ?

— Oui. Je pense qu'il se sent très seul.

— Et toi ? fit-elle en lui effleurant le bras. Tu te sens très seul ?

Quand il se tourna pour la regarder, pour la première fois elle aperçut son visage sans aucune trace de rire.

— Je me sens seul à en pleurer.

37.

Il la sent remuer sous lui. Très profondément, elle tremble et se rompt, tressaillant jusqu'à la surface en une secousse qui les secoue dans leur sommeil. Quand ce mouvement s'arrête, il se lève et sort dans la nuit, ses pieds nus enserrent la terre, il marche vite sur l'étroite piste, l'œil à l'affût, entend la voix et accélère en une course bondissante à flanc de montagne. Un torrent dévale le long de la piste, et les étoiles tracent des lignes glaciales entre la cime des arbres. Le froid frôle sa chair et frissonne dans son sang. Et quand il bouge à nouveau, il est tout en haut sur la crête, seul dans un espace entre de grands arbres, les bras écartés pour embrasser la nuit pendant qu'il écoute ses cris. Il sent l'ours et s'accroupit. Quand arrivent les rêves, il est soulevé dans les airs, emporté dans un tourbillon de ténèbres, offert à cette douceur.

La terre tremble. Venancio envoie des rêves. L'ours attend maintenant.

38.

A quelques kilomètres à l'est de Gallup, Luther quitta l'autoroute, ignora le panneau de stop en bas de la rampe de sortie et dérapa au moment où la camionnette prenait vers le nord en empruntant un passage souterrain.

Derrière lui, Hoey regarda avec horreur le véhicule basculer, hésiter sur deux roues et retomber sur la route. Quand il eut repris sa progression sur ses quatre roues, Hoey redémarra prudemment après le stop et le suivit. A ses côtés la jeune femme dormait toujours, la tête posée sur la veste qu'il avait pliée contre la portière du passager, ses vêtements sales cachés par la couverture militaire verte.

De l'autre côté du passage souterrain, un adolescent émergea d'une station-service qui paraissait abandonnée pour les regarder, ses longs cheveux noirs retenus par un bandana bleu enroulé sur lui-même. Recroquevillé dans un blouson doublé, il porta une barre chocolatée à sa bouche et suspendit son geste pendant qu'ils passaient.

Une heure durant, Hoey regarda le camion vaciller d'un bord de la route à l'autre, les pneus serpentant dans le sable profond ou dans les éclats de grès à la limite de l'asphalte. Dans toutes les directions, des mesas rouges et noires jetaient vers l'horizon des ombres géométriques. Un coyote jaillit d'un arroyo peu profond à cent mètres de la chaussée et commença à trotter à travers le paysage à la végétation pauvre, un lièvre inerte entre les mâchoires.

Aussitôt, un corbeau apparut au-dessus et se laissa tomber sur le sol à quelques pas de lui. L'oiseau se mit à sautiller dans les airs en agitant les ailes et en feintant des coups, bec ouvert. Le coyote laissa tomber le lièvre et se précipita vers l'oiseau mais fit instantanément volte-face au moment où un second corbeau surgissait de nulle part pour fondre sur le repas. Une fraction de seconde plus rapide que lui, le coyote referma à nouveau les dents sur sa proie et s'immobilisa, le lièvre pendant entre les mâchoires, la tête baissée tournée vers les deux corbeaux qui lui barraient maintenant le passage.

Hoey ralentit et regarda le quadrupède se tourner et s'élancer de son trot déterminé vers l'est, s'écartant de sa direction initiale. Les deux oiseaux prirent immédiatement leur envol à sa poursuite.

Quand Hoey reporta son attention sur la route, la camionnette disparaissait en haut d'une côte, quatre cents mètres devant lui. Il appuya sur l'accélérateur et sentit le vieux pick-up qui bataillait dur.

Lorsqu'il eut rattrapé Luther, il déboîta et se porta à sa hauteur. Le vieil homme le regarda en faisant un large sourire. D'un geste du bras Hoey lui indiqua le bord de la route puis accéléra pour le dépasser.

Luther tourna le volant pour gagner l'accotement et, dans son rétroviseur, Hoey vit le lourd véhicule déraper roues bloquées, arriver sur de la pierraille et franchir le bas-côté pour finir dans un buisson de créosote.

Quand Hoey s'approcha à pied de la camionnette, ce fut le fusil à la main. Luther regardait les roues enfoncées dans le sable.

— Faut que je m'en trouve un pour chez nous, dit-il. Tu vas les tuer, les sorciers, maintenant ?

Hoey contempla la tranchée que le véhicule avait forée et secoua la tête.

— Je suppose que tu le sais, ce que je vais faire maintenant ?

— Ben, c'est pas comme si je t'avais pas élevé moi-même

personnellement, fit le vieil homme en tentant d'étouffer un sourire. Mais peut-être que tu ferais mieux de me le dire.

— Tu te souviens de ce que tu as toujours dit sur le mal ? répliqua Hoey. Qu'il est impossible de le tuer, et qu'essayer, c'est se comporter comme les Blancs ? Que tout ce qu'on peut faire c'est en avoir conscience ?

Luther regarda au loin vers la mesa et ne répondit rien.

— A mon avis ils sortiront le véhicule du sable et ils retourneront en Californie où ils auraient dû rester. Ce qui est important c'est que nous savons qu'ils existent, et qu'elle le sait aussi. D'ici peu, tout le monde le saura.

Luther sourit.

— Je pense à une histoire, là, pour eux trois. Ils vont se les geler avant d'arriver à remettre ce bidule sur la route. On est pas les seuls à savoir pour eux, en plus. Ils vont avoir de la visite, et leur méchanceté va se retourner contre eux. Maintenant nous pouvons reconduire cette femme chez elle. Cole va là-bas pour le voir, mais il est pas prêt.

Hoey lâcha un soupir.

— Pour voir qui ? Qui est-ce qui n'est pas prêt ?

— Voir le joueur. Il faut que je pense à lui maintenant. Il peut pas y arriver tout seul, là.

— On peut y être en un jour si on ne s'arrête pas. Tu le savais que je ne les descendrais pas, ces trois-là. Et tu ne l'aurais pas fait non plus. Bordel, c'est même pas la peine que je pose la question. Tiens le fusil pendant que je détache ces salopards.

39.

— Imagine comment ça aurait pu être si nos ancêtres avaient eu CNN.

Alex était assis au bout du canapé, Abby à côté de lui. La forme inconsciente de Custer était étalée sur le reste du siège. Abby était penchée vers Alex pour échapper aux bajoues humides et massives du chien.

Une haute lampe projetait un cercle de lumière autour d'Onatima qui lisait un livre de poche dans le fauteuil rembourré. En entendant les mots d'Alex, elle leva la tête et tendit la main pour abaisser sur son nez ses lunettes cerclées de fer. Ses tresses reposaient sur chacune de ses épaules, l'argent des cheveux prenant un reflet plus foncé sur la chemise de lainage noir qu'elle portait boutonnée jusqu'au cou. De larges bretelles rouges retenaient un informe pantalon de laine noire tandis que de hautes pantoufles en laine loqueteuses cachaient ses pieds.

— Quelle idée épouvantable, dit-elle en posant un regard sévère sur Alex par-dessus ses lunettes.

— Réfléchis, renchérit Cole de l'autre côté du bar entre la cuisine et le séjour. Ils couvriraient tous les raids, les quêtes de visions réussies, les expéditions de chasse et d'échanges, la politique tribale.

Cole se tenait au-dessus de la cuisinière, remuant le contenu d'une grande casserole avec une cuillère en bois.

— Exactement.

Alex appuya sur la télécommande pour passer sur une autre chaîne où des soldats portant des casques bleus couraient se mettre à l'abri pendant que des Africains de différentes ethnies agitaient des fusils dans les airs. Il revint au reportage sur le tremblement de terre et plaça la télécommande devant sa bouche comme s'il s'agissait d'un microphone.

— Ici Ours Pesant qui vous parle de chez les Pikunis du Sud où les gens sont encore sous le choc d'un raid massif mené par des Crows voleurs de chevaux. Les derniers chiffres connus indiquent que les pertes des Pikunis se monteraient à vingt animaux, dont deux magnifiques bêtes dressés pour la chasse au bison. De source bien informée on indique que ce raid pourrait avoir été lancé par représailles à la suite d'actions récentes menées par les Pikunis contre leurs voisins. A vous, Jolie Belette.

De la cuisine, Cole répondit :

— Merci, Ours Pesant, nous allons maintenant retrouver notre correspondant à Chinle, Alex Yazzie.

Un profond grondement commença à résonner dans la poitrine de Custer et la tête du chien se souleva du canapé. Abby se recula davantage encore dans l'étroit espace entre Alex et le dossier au moment où les pattes de l'animal se replièrent et, avec une rapidité surprenante, il fit basculer sa tête et ses épaules au-dessus du canapé.

Assis de la sorte, les pattes avant sur le sol et l'arrière-train replié sur le canapé, il gronda de plus en plus fort et les poils dorés de son encolure se dressèrent.

Il y eut trois coups rapides frappés à la porte et l'animal, d'un bond, se jeta contre le battant dans une explosion de rage.

— Je vais chercher la corde, cria Cole.

Quelques secondes plus tard, l'épaisse laisse était attachée au collier du chien que Cole tirait en arrière. Sentant cette pression, Custer se retourna, grogna, et Cole recula d'un pas en disant :

— Bon chien, Custer.

— Laisse-moi le tenir, dit Onatima en s'emparant de la corde tout près du collier et en emmenant l'animal vers la chambre. Custer regardait par-dessus son épaule, continuant à menacer la présence, derrière la porte, d'un grondement régulier et ininterrompu.

— Ce chien ne peut toujours pas me voir, dit Cole en le regardant disparaître dans la chambre.

Puis il lança vers la porte :

— Une petite minute.

— Ça n'a rien de personnel, répliqua Alex toujours sur le canapé. Il sait juste qu'il ne fait pas le poids avec Onatima. Mais je ne t'avais pas dit que c'est un super chien de garde ? Tu l'avais déjà vu comme ça ?

— Jamais. Ça doit être les flics, vu le passé de Custer.

Cole tendit la main pour ouvrir.

Robert se tenait sur le seuil, les mains dans les poches de sa parka, un sourire penaud aux lèvres.

— Je ne voulais pas causer une pareille panique.

— Robert ! s'écria Cole. Entrez donc.

— Bonsoir Robert, dit Alex en se levant. C'est à cause du nouveau chien de garde de Cole. Une bête absolument terrifiante. Il mord avant d'aboyer.

Le visiteur s'arrêta au centre de la pièce.

— Il n'a pas l'air de m'apprécier, dit-il.

— Custer déteste même son propre maître, le rassura Alex. Qu'est-ce qu'on peut faire ?

— Custer ?

Cole désigna la chambre d'un geste de la main.

— Trop long à expliquer. Robert, j'aimerais vous présenter ma grand-mère, madame Onatima Bois Bleu.

Il le prit par le coude pour le faire pivoter vers la vieille dame qui se tenait devant la porte de la chambre, fixant un regard intense sur le nouveau venu.

— Je suis ravi de vous rencontrer, dit-il.

Quand il la regarda, son visage sembla pâlir.

Onatima s'avança et prit la main du visiteur dans la sienne d'un geste doux. Pendant un instant, elle la tint entre pouce et index, comme pour en tester la température, et plongea le regard dans ses yeux.

— Robert est étudiant en doctorat à l'université, précisa Cole, et il est mon adjoint d'enseignement.

— Je suis ravie de faire votre connaissance, moi aussi, Robert, dit-elle sans lâcher sa main. Vous avez un effet remarquable sur les animaux.

Quand elle lui rendit sa liberté, le sourire penaud réapparut. Il regarda Cole.

— J'ai eu envie d'aller me promener et je me suis dit que j'allais passer vous déposer les dernières copies d'examen.

Il tira de sous sa parka une grande enveloppe en papier kraft qu'il remit à Cole.

— Salut, Robert.

Abby lui adressa un sourire puis se tourna à demi pour regarder par-delà le dossier du canapé, en direction de la chambre où le grondement de Custer conservait son tempo régulier derrière la porte fermée. Quand elle se retourna, elle dit :

— Tu veux dire que tu es venu jusqu'ici dans le noir ? A travers bois ?

— Bonsoir, Abby. J'aime marcher la nuit...

Il regarda vers la chambre où Custer semblait s'étouffer de rage.

— ... C'est paisible.

— Seigneur, Robert, vous venez de les avoir, ces copies, dit Cole en prenant l'enveloppe. Vous ne dormez donc jamais ? Asseyez-vous. Un peu de café ? Sinon nous avons du thé.

— En réalité, je ne dors pas beaucoup. Je voudrais bien du thé, si vous en avez sans caféine.

Il s'assit sur le canapé, à l'extrémité opposée d'Abby, leva les yeux vers Cole.

— Les étudiants se sont bien débrouillés. Il est clair qu'ils travaillent.

— Ça ne te fait pas peur de marcher dehors comme ça la nuit ? demanda la jeune fille.

— Non.

Il ôta sa parka et la posa sur le dossier du canapé.

— Est-ce que les rêves troublent votre sommeil, Robert ? demanda Onatima en retournant à son fauteuil.

Il haussa à nouveau les épaules, la regardant puis détournant rapidement les yeux vers la cuisine.

— Il fait nuit tellement tôt à cette période de l'année, dit-il.

Cole retourna à ses fourneaux, posant négligemment les copies sur la table de la cuisine.

— Nous avons du thé des Indes, dit-il au-dessus du bar qui séparait les deux pièces. Envoyé par colis express par la grand-mère d'Alex. Et je prépare un ragoût au piment vert en l'honneur d'Alex. Pourquoi vous ne restez pas dîner, Robert ? Le thé va vous apaiser l'esprit et le ragoût vous nettoiera les tuyauteries. Le ragoût au piment vert, c'est la véritable explication de la survie des tribus du Sud-Ouest. Ça élimine du troupeau les sujets fragiles.

Dans la chambre, la furie de Custer s'amplifia, son grondement éclata en une explosion de fureur crachotante.

— Merci beaucoup, mais il faut que je rentre. En réalité, il vaudrait mieux que je parte tout de suite.

— Et votre thé ? demanda Cole.

— Merci, mais j'avais oublié que je dois voir quelqu'un.

Il se leva et enfila sa parka en disant :

— J'ai été très heureux de faire votre connaissance, madame Bois Bleu.

— Restez dîner, Robert, insista Cole. Je peux vous ramener chez vous après. Alex a fait du pain frit et nous avons du *hominy* bouilli. C'est l'occasion ou jamais de goûter une vraie nourriture indienne, tribalement authentifiée, reconnue par le Bureau des Affaires indiennes.

Robert sourit.

— Merci, mais j'aime marcher et il faut que je rentre. Je m'étais juste dit que j'allais vous déposer les copies.

Avant que quiconque ait pu ajouter une parole, il s'était glissé dehors et avait refermé la porte derrière lui. Alex alla à la chambre dont il ouvrit la porte, s'écartant prudemment au moment où Custer se ruait en grognant dans le séjour où il s'immobilisa, la tête dressée, les babines retroussées sur les dents, le grondement s'apaisant à nouveau pour n'être plus qu'un grognement. Au bout d'un moment, il tourna lentement la tête dans toutes les directions, s'arrêtant pour grogner en direction de la cuisine, puis il se dirigea d'un pas lourd et lent vers le canapé.

Abby se recroquevilla à l'extrême bord quand le chien se hissa sur les coussins, son embryon de queue pointé vers elle, sa tête sur un oreiller à l'autre bout. Il la souleva une fois pour poser un regard sur la jeune fille, tout au bout de son corps, en émettant un léger ronflement, puis elle plongea dans l'oreiller, ses yeux se fermèrent et il commença à respirer profondément.

— Custer semble nourrir des sentiments agressifs à l'égard de Robert, commenta Alex.

Il était entre le canapé et la chambre, et lorsque le grognement dans la poitrine du chien se mua en un ronflement étranglé, il ajouta :

— Mais je suppose qu'il lui est difficile de conserver longtemps pareille intensité une fois qu'il a ingurgité son traitement.

— Tu le connais bien, Robert ? demanda Onatima en regardant Cole.

40.

Cole descendit du canapé en titubant, redoutant une nouvelle secousse sismique, et alla regarder par la fenêtre du séjour. Un pick-up rouge de sept cent cinquante kilos avec une coque de caravane était garé devant la maison. Une plume de rapace pendait au rétroviseur dans la cabine déserte du véhicule. Il alla à la cuisine préparer du café. Tandis qu'il regardait par la fenêtre en écoutant le bouillonnement agréable dans la cafetière en émail, un grand Indien maigre coiffé d'un feutre noir avec de longues nattes apparut sur le devant de la maison. Mettant un soin extrême dans chacun de ses gestes, le vieil homme tira de l'arrière du camion un carré de toile verte repliée qui paraissait lourd et disparut avec sa charge vers l'arrière de la maison.

Quand le café fut prêt, Cole en remplit une tasse qu'il emporta vers la porte de derrière. La première chose qu'il vit fut la loge à sudation, de jeunes arbres inclinés à leur sommet qui formaient un cercle d'environ deux mètres cinquante de diamètre et d'un mètre cinquante à son point le plus haut. Le vieil homme au chapeau disposait la bâche verte sur cette structure. Derrière l'ossature de troncs, vêtu d'un pull épais et d'un blue jean, Alex tendait les bras pour tirer la bâche et en recouvrir tout l'édifice. Un grand feu brûlait à trois ou quatre mètres de là, et Cole vit que le trou avait déjà été creusé au centre de la loge pour recevoir les pierres.

Il s'approcha et tendit la tasse.

— Bonjour, dit-il. Je me suis dit que vous aimeriez peut-être boire du café.

Allongé sur le flanc à côté du feu, Custer ouvrit les yeux pour jeter un regard vers Cole et émit un faible grondement sans conviction avant de donner l'impression de retomber dans le sommeil.

Avec des bras d'une longueur incroyable, le vieil homme fit disparaître un lourd pli dans la bâche. Quand elle fut bien étalée, il se tourna vers l'est où le soleil était entièrement visible au-dessus du relief, et sourit comme si l'astre venait de l'inviter à prendre le café.

— Ce n'est pas de refus, dit-il en s'adressant aux montagnes.

Cole tourna la tasse afin de présenter l'anse en avant. La chaleur lui brûla les doigts et le vieil homme glissa délicatement son index dans l'anse en lui adressant un large sourire, agréablement surpris de découvrir Cole accroché à l'autre côté de la tasse.

— Merci, Petit-fils.

Il se tourna vers Alex :

— C'est lui ?

— Bonjour, Cole, s'empressa de dire Alex en contournant la loge. J'espère que nous ne t'avons pas réveillé. Voici mon ami, Emil Redbull. Emil, je te présente le docteur Cole McCurtain.

Emil Redbull fit une petite grimace :

— Alex a cru que vous n'alliez jamais vous réveiller. Il a fait redémarrer le camion vraiment fort parce que la première fois ça n'avait eu aucun effet. C'est vraiment un chien méchant que vous avez là. Il nous a dit, à Alex et à moi, qu'il allait nous dévorer pour le petit déjeuner, mais après il s'est plus ou moins écroulé sur place. Custer est un nom approprié. Il aime avoir chaud, je suppose.

Alex expliqua :

— Nous sommes arrivés avant le lever du jour. Je me

suis dit que tu voudrais participer. Tu as senti la secousse, hier soir ? Emil pense que c'est un signe favorable.

Cole tendit sa main.

— Oui, je l'ai sentie. C'est un honneur pour moi de faire votre connaissance, monsieur Redbull. Alex peut vous expliquer pour le chien. Tu préfères le café noir, Alex, c'est bien ça ?

— Sûr, noir c'est bien, mais peut-être avec juste une cuillerée de sucre.

— C'est une matinée magnifique ici, dit le vieil homme au moment où Cole retournait vers la maison. Vous vivez dans un très bel endroit.

— Et un peu de crème, cria Alex.

Quand Cole revint avec deux tasses, en tendant une à Alex, Emil Redbull se tenait au même endroit, la tasse levée à ses lèvres, scrutant de ses yeux sérieux la forêt de séquoias de l'autre côté de la prairie.

— Vous habitez ici depuis très longtemps ? demanda-t-il sans quitter les arbres du regard.

— Huit mois à peu près.

— Vous connaissez ces bois ?

Cole haussa les épaules.

— J'ai été trop occupé pour me balader beaucoup.

— Je vois. Vous n'êtes pas allé là-bas ?

Emil Redbull posa sa tasse vide un peu à l'écart et entreprit de tendre davantage la bâche sur les troncs, s'arrangeant pour que les bords se recouvrent généreusement.

— Quel genre de docteur êtes-vous ? demanda-t-il sans lever les yeux.

— Cole est enseignant, comme moi, expliqua Alex. En plus, il est bon au tir à l'arc.

Emil s'arrêta et les regarda à tour de rôle.

— Tu es docteur toi aussi ? demanda-t-il enfin en s'adressant à Alex. Homme-medicine ?

Les coins de sa bouche s'efforçaient de retenir un sourire.

Le temps que Cole et Alex aient terminé leur café, Emil, armé d'une pelle, plaquait au sol avec de la terre le bord inférieur de la bâche. Honteux, ils posèrent leur tasse et se levèrent pour aider le vieil homme, achevant ce travail en quelques minutes.

Emil regarda alentour.

— Je suppose que c'est toi qui vas être responsable du feu, Alex.

Il se tourna vers Cole :

— Ça va vous faire du bien.

— Pas à moi. Tu ne lui as pas dit, Alex ?

— Vous avez des bois de cerf ? demanda Emil.

Cole fit oui de la tête :

— Il y en a un demi-jeu par terre près de la cabane.

— Très bien. Alex peut s'en servir pour apporter les pierres à l'intérieur. Quand c'est, le petit déjeuner ? Je pourrais avaler ce chien méchant, vous savez.

L'odeur du bacon les envahit lorsqu'ils ouvrirent la porte. Abby était assise à la table, occupée à boire son café. Elle se leva quand elle les vit.

— Monsieur Redbull, je vous présente ma fille, Abby. Abby, Emil Redbull.

— Bonjour, Petite-fille. Vous êtes belle comme l'aube.

— Je suis très heureuse de faire votre connaissance, monsieur Redbull, répondit-elle avec un immense sourire.

Le vieil homme se tourna vers Cole avec un regard soupçonneux.

— Vous autres Choctaws, c'est votre façon traditionnelle d'accueillir les gens ? Combien de chevaux accepterez-vous en échange de cette merveilleuse fille ?

A midi, pendant que Cole était assis sur la terrasse à lire des copies d'étudiants et que le vieil homme dormait sur le canapé, Alex fit le feu pour chauffer les pierres. Une heure plus tard, lorsque le foyer fut une montagne de braises rouges, Emil contourna le coin de la maison, vêtu d'un short de sport et d'un tee-shirt bleu qui proclamait, « Laissez vos soucis, vivez Hopi. » Avec ses jambes maigres comme des pattes d'oiseau, il s'avança délicatement sur les petits cailloux et les branches cassées autour de la maison, levant haut ses pieds osseux et les reposant avec prudence.

— J'espère que vous avez des grandes serviettes-éponge, dit-il. On reconnaît les habitués aux immenses serviettes éponge qu'ils ont. Dans le temps, les bains de vapeur, c'était que pour les hommes, mais maintenant on en fait des spéciaux pour les femmes aussi. Tout le monde a besoin de se purifier, par les temps qui courent.

Il regarda Cole attentivement :

— Vous feriez bien de vous préparer.

Cole secoua la tête.

— Je vais passer mon tour, dit-il.

Emil l'étudia pendant un moment d'un air surpris puis il fit demi-tour et retourna dans la maison. Quelques instants plus tard, Abby et Onatima sortirent. Abby avait une serviette enroulée autour du corps et le haut de son maillot de bain dépassait de la serviette. La vieille femme était enveloppée, depuis le cou jusqu'aux genoux, dans un drap de plage rouge, les cheveux réunis en une seule tresse jetée sur son épaule, les jambes dépassant du drap de bain comme des brindilles sèches. Elle fit halte près de Cole et lui toucha le bras en disant doucement :

— C'est nécessaire, Petit-fils. Ça fait partie du tout.

Vingt minutes plus tard, ils étaient tous blottis sous la petite loge de toile, écoutant Emil Redbull qui priait en lakota. Il arrosa les pierres de gouttes d'eau et les ténèbres s'emplirent d'une vapeur agréable. Cole respira l'odeur du genévrier et de l'herbe douce. Emil chanta, fit passer une pipe en disant doucement à Abby, sur sa gauche :

— Maintenant c'est à toi de prier.

Cole entendit sa fille demander au Créateur d'aider les femmes qui avaient disparu à Santa Cruz, d'aider tous ceux que le mal menaçait. Ses brèves paroles flottèrent dans l'air, puis la pipe fut transmise à Onatima qui prononça une prière en choctaw. Au milieu de ces mots incompréhensibles pour lui, Cole parvint à en reconnaître deux clairement : *ippok nakni* (petit-fils) et *nita* (ours). Et quand elle termina, il entendit le nom de Luther Cole, l'oncle de son père. Le pan de la loge s'ouvrit et Alex apporta une nouvelle pierre rougeoyante sur les bois de cerf. Trois fois Emil chanta et versa de l'eau sur les pierres de lave, et chaque fois la vapeur se fit plus intense jusqu'à brûler la gorge de Cole, sa poitrine, à consumer ses poumons. Quand son tour arriva, il ouvrit la bouche et seul le silence en sortit. Il tenta de rassembler les mots d'une prière dans son esprit, mais ses pensées demeurèrent chaotiques, inarticulées. Un nœud qui s'était formé dans sa poitrine semblait remonter progressivement vers sa gorge. Il ferma ses yeux brûlants et, dans les ténèbres, il vit l'homme peint puis un ours dressé sur ses pattes de derrière, et à ce moment-là l'ours et l'homme se fondirent en une seule silhouette, à plat telle une ombre de marionnette, qui donnait l'impression de vouloir l'atteindre. Il se força à ouvrir les yeux qui aussitôt furent engloutis dans un liquide chaud et mordant. Il tenta une fois encore de penser à des mots et la pression pesant sur sa gorge monta à sa bouche et sortit sans un son. Alex fit passer une septième pierre par l'ouverture de la toile et Cole se prépara en voyant Emil prendre la pipe dans sa main puis lever la louche pour la quatrième fois au-dessus des pierres.

Quand ils furent tous sortis, Cole se tint à l'écart. Il frissonna et tint sa serviette serrée sur sa poitrine en fixant les braises éparpillées qui avaient constitué le feu. Son corps lui procurait une sensation de vide, comme un panier tressé que l'on aurait mis à sécher. Les autres étaient groupés, serrant eux aussi leur serviette sur leur corps. D'un côté, Onatima et Redbull parlaient ensemble très bas, et de l'autre côté du feu, Abby et Alex étaient penchés l'un vers l'autre de telle sorte que leurs épaules se touchaient.

Sur la terrasse, Custer était assis, un sac de tortilla-chips à ses pieds, bavant et observant les humains avec hostilité.

Cole rentra dans la maison, fit couler de l'eau froide dans la baignoire, la remplissant presque entièrement. Il enleva son short de sport, enjamba le rebord et s'assit. L'eau le transperça au niveau de l'entrejambe, se referma tel un poing autour de son cœur et il ouvrit la bouche pour trouver sa respiration. Quand il eut repris le contrôle de ses muscles, il se laissa glisser plus profondément jusqu'à ce que sa tête, elle aussi, fût sous la surface. La grotte qu'était son corps sembla résonner d'échos et il sentit une ombre tomber sur ses yeux fermés.

Il sortit la tête de l'eau et vit le visage d'Emil Redbull. Le vieil homme noueux se tenait les bras croisés sur la poitrine, son chapeau repoussé en arrière lui dégageait le front, il avait les yeux plissés et apparemment sérieux. Il ôta son chapeau, fit courir un doigt sur le pourtour maculé de sueur.

— Les mots ne sont pas toujours importants, dit-il en regardant le mur au-dessus de la tête de Cole. Il faut juste se vider des choses qui gênent, et parfois on ne sait pas si ça a marché avant un bon moment.

Il replaça le chapeau sur sa tête, le positionna bien droit en continuant à fixer le mur.

— Vous avez quelque chose d'important à faire ici. J'ignore de quoi il s'agit, mais n'importe qui peut le sentir. C'est une chance que vous ayez de l'aide.

Sur ces mots il se détourna et sortit de la pièce en refermant silencieusement la porte derrière lui.

Quand Cole fut habillé, il alla à la cuisine, prépara du café, tourna le dos à la cuisinière et découvrit Onatima assise à la table. Elle portait un épais et ample vêtement d'intérieur rouge, et ses longs cheveux peignés bien droits et tout soyeux tombaient en cascade des deux côtés de la chaise.

Il s'assit, posa les deux avant-bras sur la table et joignit les mains.

— C'était le rêve, dit-il. Je ne voyais que ça.

— Je sais. Le moment est peut-être venu, Cole. Tu ne peux peut-être plus repousser davantage.

Elle s'empara d'une épaisse mèche de cheveux qu'elle commença à tripoter :

— Il continue à te tourmenter, pas vrai ?

— Qui ça ?

— C'est très dur, je sais. Ça m'est arrivé aussi. Mais tu as ramené ton frère. Ses os sont là où ils doivent être.

Il contempla ses mains.

— Je ne sais pas...

Elle lui coupa doucement la parole.

— Il n'est pas condamnable de survivre. Je vois tout le temps des Indiens qui ont honte d'avoir survécu, et ils ne s'en rendent même pas compte. Nous avons survécu à une guerre de cinq cents ans qui a fait mourir des millions d'entre nous, de faim, brûlés dans leurs maisons, abattus à coups de feu ou tués par la maladie et l'alcool. C'est un miracle qu'il y ait un seul Indien encore en vie aujourd'hui. Pourquoi nous, c'est la question que nous nous posons. Nous lisons leurs livres et nous comprenons que nous sommes censés mourir. C'est cela l'histoire qu'ils ont écrite pour nous. La culpabilité des survivants est un fardeau terrible, et en conséquence nous nous sentons coupables si nous avons assez à manger, une bonne maison, un compagnon ou une compagne qui nous aime. Il faut simplement que tu comprennes que ce que Luther t'a dit il y a des années est la vérité. Tu portes ton frère en toi ; il ne t'a jamais quitté. Il veut que tu sois heureux.

Devant son absence de réaction, elle ajouta :

— Le moment est venu de s'occuper de l'autre.

Il ferma les yeux.

— Bientôt. Il y a beaucoup...

— Ne t'en fais pas pour Abby, dit-elle d'une voix plus animée. C'est une jeune femme intelligente. Nous, les femmes, nous n'avons pas besoin des conseils d'un homme pour les affaires du cœur.

— Qu'est-ce qui te fait croire...

Elle l'interrompit à nouveau d'un geste de la main.

— Bêtises. Tu t'apprêtais à mentir, exactement comme Luther Cole, comme ton père et comme tous les autres hommes que j'ai connus, et je ne te laisserai pas faire. Tu as des choses plus urgentes à prendre en compte, et tu ferais bien d'agir vite.

— J'ai totale confiance en ma fille, dit-il.

Elle lui répondit par un bruit méprisant.

— Encore des mensonges. Aucun homme n'a confiance en sa fille.

41.

Un vent mordant soulève le sable et coupe la cime des vagues, Venancio a le goût du sel sur les lèvres. Il tient son enfant nu entre ses mains immenses, regarde le soleil étendre ses rayons sur le visage du nouveau-né. Ici, sur ce rivage lointain, le pouvoir des prêtres est distant. Le bébé tourne son regard vers l'ouest, ses yeux ont la couleur de l'eau. Dans ses yeux de nouveau-né, Venancio lit la fin d'un monde, mais il ne peut jeter son fils dans les flots.

Il sent les muscles de sa poitrine et de ses épaules peintes se contracter sous la puissance qui ruisselle tout autour de lui, il hume l'air piquant au plus profond de ses poumons. Il sait qu'il possède la force des montagnes, de la mer irrésistible, et cependant il est vaincu par les yeux d'un nourrisson.

L'un des grands ours est venu au village derrière la mission, la nuit de la naissance de son fils, appelant ses proches à le rejoindre dans l'obscurité. L'ours est maintenant dans l'enfant, et le sang du prêtre, lui aussi, va échouer.

42.

En début d'après-midi, ils firent halte à un comptoir d'échanges posé en équilibre sur la rive d'un cours d'eau à sec. Autour du petit magasin aux murs d'adobe, le désert piqueté de sauge s'étendait telle une plaine bleue dans toutes les directions. Depuis une heure maintenant la femme était éveillée, assise bien droite à côté de Luther, enveloppée dans une couverture, et regardait fixement par la fenêtre. Ni l'un ni l'autre n'avaient prononcé un mot.

Hoey descendit le premier. Il passa de l'autre côté du camion, ouvrit la portière avec précaution et rattrapa la femme qui s'écroula à moitié sur lui. Quand elle fut debout sur la terre, serrant la couverture autour de ses épaules et appuyée contre la portière, il recula d'un pas.

L'air du désert était doux et froid. Une fine couche de neige poudrait encore le mur nord du magasin, face à l'ombre, et persistait sous les broussailles le long du torrent asséché. Sur la crête du toit en fer blanc du magasin attaqué par la rouille, deux corneilles aux plumes ébouriffées courbaient la tête pour voir, et l'une d'elles croassa un accueil bruyant. Des nuages gris et ventrus planaient bas au-dessus du paysage, et une brise apportait l'odeur de la neige à venir. Hoey frissonna, emplit ses poumons de cette délicieuse odeur.

— Je connais cet endroit, dit tout à coup la femme.

Hoey se tourna vers elle.

— J'habite là-bas, dit-elle d'une voix presque inaudible en indiquant le nord de ses lèvres et de son menton levé.

— Vous serez bientôt chez vous, lui répondit Hoey.

Quand ils pénétrèrent dans le magasin, ils virent Luther debout près d'un petit personnage rondouillard au crâne chauve et luisant. A la façon dont sa tête était penchée, Hoey comprit qu'il expliquait quelque chose à ce Blanc.

Hoey regarda autour de lui le stupéfiant mélange d'articles d'épicerie, d'armes à feu, de lampes torches, de selles, de poêles à pétrole, de bidons de carburant et d'un millier d'autres articles dont on pouvait ressentir le besoin ou l'envie. Les murs étaient décorés de splendides couvertures, et une grande vitrine sous la caisse renfermait des casiers et des coupes contenant bagues en argent et turquoise, colliers, bracelets. Une longue étagère de figurines d'aspect menaçant courait le long du mur derrière la caisse, audessus d'une planche qui supportait des cartouches de fusils et de carabines.

— Des sorciers ont essayé d'enlever cette jeune femme, expliquait Luther au propriétaire des lieux, et maintenant, mon neveu et moi nous la ramenons chez elle. Mon neveu et moi sommes chahtas. Nous venons de loin.

L'homme jeta un regard vers une porte située dans le fond du magasin puis regarda à nouveau Luther d'un air inquiet.

— Vous en faites pas, jeune homme, le rassura Luther. On est pas sur le sentier de la guerre, là. Il faut qu'on ramène cette jeune femme chez elle pour pouvoir aller en Californie.

— Vous êtes pas Navajos, répliqua le marchand.

Avant que Luther ait pu répondre, la porte d'entrée s'ouvrit et un homme grand et âgé entra. Il portait un manteau en peau de mouton boutonné jusqu'à la gorge et un large chapeau noir. Ses mains étaient plongées au fond des poches de son manteau.

— C'est Katherine Begay qu'est là, dit le nouveau venu

au négociant en s'avançant vers eux. Tu connais Katherine Begay, la petite-fille d'Elmira.

— Enfer et damnation, fit le Blanc en s'avançant et en tendant la main tout en souriant pour la première fois. Robert Jim. Ça fait des mois que je t'ai pas vu.

Ils se serrèrent la main puis le patron du magasin se tourna vers la femme, la détaillant comme il aurait pu examiner une nouvelle couverture à vendre.

— J'ai dû attendre que mon petit-fils me conduise jusqu'ici dans son vieux camion, répondit le vieil homme dans le dos du marchand. Il est allé voir une de ses amoureuses, plus loin sur la route, mais il va bientôt revenir. Mon coccyx me dit qu'on a fait plus de trois cents kilomètres.

Il se tourna vers Luther :

— Mon petit-fils a trop d'amoureuses. Il va l'épuiser, son vieux camion.

— Kate ? fit le propriétaire du magasin en penchant la tête vers le visage de la jeune femme. Par l'enfer, je t'ai connue quand t'étais toute petite, mais pour sûr que je t'aurais pas reconnue.

— C'est moi, monsieur Oakes, confirma-t-elle.

Elle s'appuya contre le petit meuble vitré, tenant la couverture bien fermée autour de son cou et se reculant légèrement.

Il la dévisagea :

— C'est vraiment toi, hein ?

Il s'adressa à Luther :

— Je la connais depuis qu'elle est toute petite. Sa famille habite à quelques kilomètres au nord d'ici. Mais je l'aurais jamais reconnue. Ça fait longtemps qu'elle est partie.

— Je sens quelque chose de bon, déclara Robert Jim en faisant semblant de humer l'air.

Oakes eut un sourire.

— Une tasse de café, Robert, ça te dirait ?

Il se tourna vers Luther :

— Excusez ma grossièreté. J'ai pas eu le temps de vous le demander, les gars. Ça vous dit ?

— Tu as du Hills Brothers ? demanda Robert.

— Du French Roast, répondit Oakes avec un sourire encore plus large.

— Une tasse de café serait très agréable, accepta Luther. Je suis sûr que cette jeune femme aimerait bien un peu de café chaud.

Pendant que le propriétaire, derrière le comptoir, remplissait les tasses à l'aide d'une grande cafetière en aluminium, Robert posa la main sur l'épaule de Katherine Begay.

— Tes grands-parents vont être très contents, dit-il, puis il sourit à Luther. Ça fait plaisir de vous revoir, Oncle. Nous avons parlé avec ceux que vous avez laissés au bord de la route, et ils ne reviendront pas.

Il lâcha l'épaule de la jeune femme et, s'accompagnant d'un geste de la main grande ouverte, dit :

— Petite-fille, sais-tu qui t'a sauvée ? Luther Cole est un homme-medicine réputé, connu dans le monde entier, et voici Hoey, son neveu, un grand chasseur. Ils ont entrepris un long voyage.

Il plongea la main dans son manteau et en sortit une bourse dont il tira deux billets de vingt dollars qu'il posa sur le comptoir en disant :

— Monsieur Oakes va te laisser prendre un bain et choisir une jolie robe. Quand mon neveu sera de retour, nous te raccompagnerons chez toi. Alors tu pourras raconter ton histoire, et souviens-toi que tu devras tout dire. Les gens doivent connaître l'histoire tout entière.

Luther tendit sa main que Robert Jim accepta. Un instant, ils donnèrent l'impression d'être le reflet l'un de l'autre dans un miroir.

— Le garçon se débrouille très bien là-bas, en Californie, dit Robert Jim. Il y a la grand-mère qui l'aide. Fut un temps où les gens pouvaient regarder alentour et voir où tout prenait naissance, mais maintenant ça s'étend plus loin, toujours plus loin, au-delà des montagnes sacrées. Dans toutes les directions.

Il abandonna la main de Luther, leva la sienne et décrivit un mouvement de rotation avec sa paume.

— Ceux de ma famille vont à New York et à Los Angeles et ils en ramènent des choses étranges. Plusieurs parmi les jeunes sont partis pour ces nouvelles guerres qu'ils font. Les chanteurs ont largement de quoi faire.

Luther hocha la tête.

— La route est dégagée maintenant.

Il se tourna vers Hoey :

— Cette vieille femme, elle va nous écorcher vifs.

43.

La piste asphaltée quittait l'université Porter et montait à l'assaut d'une petite hauteur à travers un épais bois de séquoias. Robert marchait, les yeux baissés, écoutant l'appel discret des cailles dans les buissons alentour. En début de soirée, quand les cours de la journée étaient achevés et que ceux du soir n'avaient pas commencé, le campus semblait silencieux et abandonné sauf par les animaux. La piste rejoignait un pont suspendu au-dessus d'une ravine, et il s'arrêta au milieu de l'ouvrage pour regarder deux biches brouter dans le lit de rivière asséché en contrebas. Dans la lumière diffuse de la ravine, les robes des cervidés étaient gris acier, leurs contours flous. La beauté de ces animaux était si grande qu'il eut l'impression qu'il allait pleurer. Tant de choses, pensa-t-il, dépendaient de deux biches, colorées de gris par la lumière vespérale, sur la rive d'un lit de rivière à sec.

Au bout d'un moment il se détourna et reprit sa traversée, les yeux baissés à nouveau. Il allait franchir l'extrémité du pont lorsqu'une main énorme jaillit de derrière un séquoia et le saisit par le bras.

— Bonsoir, Robert, dit Paul Kantner en se matérialisant sur l'asphalte.

— Lâche-moi.

Robert se dégagea d'un geste brusque et se tourna pour faire face à cet homme beaucoup plus grand que lui.

— Oh, excuse-moi, fit Kantner dont les traits semblèrent se fendre en un sourire angoissé. Je ne voulais pas te faire peur. Je voulais seulement attirer ton attention. Ça fait un bon moment que je veux te parler.

— De quoi ?

Même dans la faible lumière, le visage de Kantner semblait rougeoyer de chaleur.

— Eh bien, tu es l'assistant du docteur McCurtain.

Luttant pour contrôler sa voix, Robert s'étonna :

— Tu n'es pas dans ce groupe.

— Ben, non, mais je suis curieux. J'ai pensé qu'on pourrait discuter.

— J'ai des heures de présence pour ça.

— Mais je préfère les discussions moins formelles. Après tout, nous sommes à Santa Cruz, où nous nous targuons de favoriser les relations entre étudiants et enseignants.

— Je suis très pressé.

Robert regarda derrière Kantner vers les marches qui permettaient de quitter la ravine.

— Ce n'est pas l'impression que tu m'as donnée, répondit Kantner avec un geste en direction du pont. Tu me semblais flâner bien tranquillement tel le professeur distrait. Peut-être que tu ne veux pas me parler, après tout.

— Il faut que je rentre. De quoi voulais-tu discuter ?

Kantner prit position pour bloquer l'issue du pont, et le sourire douloureux réapparut telle une entaille dans son visage.

— Pressé d'aller retrouver la très jolie fille du professeur ? Elle est jolie, n'est-ce pas ? Surtout ici, le campus où les parents envoient leurs enfants plutôt moches.

Son sourire disparut, remplacé par une expression songeuse :

— En fait, c'est de ça que je voulais te parler. Je dois reconnaître que je nourris une certaine curiosité à l'égard de McCurtain et de sa famille.

— Je ne sais rien sur eux. Ça ne me regarde pas et toi non plus. Maintenant il faut que j'y aille.

Kantner leva la main, paume en avant.

— Je t'observe, Robert. C'est presque de la perversité. Je n'arrive pas vraiment à savoir lequel des deux te branche, si c'est le professeur ou sa fille. Est-ce que ça serait comme ça qu'il te paierait ? Tu as le droit de baiser sa fille ?

— Tu es malsain et répugnant. Maintenant, écarte-toi de mon chemin.

La main de Robert plongea dans la poche de sa parka et immédiatement Kantner l'empoigna par le bras tout en refermant ses doigts sur sa gorge.

— Qu'est-ce que tu caches là-dedans, un couteau... peut-être un pistolet ?

Kantner serra et Robert commença à suffoquer.

— C'est malin. J'ai été dans les Forces spéciales, Robert. On nous a tout appris sur les couteaux et les pistolets.

Il se pencha et pesa de tout son poids de telle sorte que les genoux de son adversaire plièrent sous lui et qu'il glissa vers le sol.

— La clef, c'est la surprise. Tu devrais garder ça en mémoire.

Kantner relâcha ses deux prises, regardant intensément Robert, genoux à terre.

— Laisse ta main dans ta poche. Je ne veux pas voir ce qu'il y a dedans, parce que si je le vois, il y a quelqu'un qui ne va pas s'en sortir indemne. Je déteste la violence. Ça ne sert à rien. Enfin quoi, on est à l'université de Californie à Santa Cruz ici, là où la parole est reine, alors ce ne serait pas ridicule que nous remplacions la discussion intellectuelle par le conflit physique ?

Le sourire éclaira fugitivement son visage :

— Je m'excuse de ma grossièreté ; une sorte d'atavisme, je suppose. C'est juste que j'en ai marre de ces professeurs qui jouent avec les mots. Nous payons pour venir nous asseoir ici et écouter un tas de pédés qui nous racontent que tout est dans le langage. C'est parce que ces connards ne connaissent rien à la réalité, pas vrai ? Ils n'ont jamais eu faim et n'ont jamais été obligés de tuer pour rester en vie. Ils vont dans un établissement privé de merde et après c'est Yale ou Harvard, et ensuite ils viennent ici pour nous apprendre à vivre. C'est à hurler. Des fois j'ai envie de leur enfoncer un couteau dans le ventre et de leur demander ce que ça veut dire. Mais le docteur McCurtain n'est pas comme ça, lui, n'est-ce pas ? Tu comprends pourquoi je voulais en savoir plus ?

Robert ne répondant pas, Kantner l'empoigna par les deux bras et le remit debout sans heurt. Puis il recula.

— Tu dois la laisser tranquille, Robert, dit-il en hochant la tête comme pour marquer son accord avec cet avis. Tu ne devrais pas t'approcher d'elle, tu ne crois pas ? Ce serait plus professionnel.

Kantner s'écarta et commença à s'éloigner, traversant le pont dans la direction d'où Robert était venu, atteignant l'extrémité opposée sans se retourner. Robert resta sur place, écoutant sans regarder, jusqu'à ce que les pas lourds se fussent évanouis. Puis il reprit lentement son chemin, frottant sa gorge d'une main, scrutant des yeux l'obscurité presque complète à travers deux fines fentes. Quand un étudiant surgit des ténèbres sur un VTT et passa en coup de vent à côté de lui, il ne sembla pas le remarquer. Il pensait aux biches, à la manière dont elles semblaient distiller la beauté du monde au sein d'une ombre presque informe.

44.

Onatima portait une très ample robe à manches longues en coton rouge dont l'ourlet ondulant touchait le sol et dissimulait ses lourdes bottes. Des pièces surpiquées en tissu blanc, en formes de losanges, de cercles et de rectangles effilés ornaient la poitrine, le dos, les poignets et les deux volants. Ses cheveux étaient coiffés en une natte enroulée sous le turban rouge, et à ses deux plumes de faucon elle en avait ajouté une troisième, la longue plume d'un grand-duc de Virginie. Sous plusieurs rangs de perles, le renflement de la bourse à medicine était visible sous l'encolure de la robe ajustée.

Assise sur le lit, Abby la regardait.

Onatima sourit.

— Je vais t'expliquer, pour ces dessins géométriques. Toute femme choctaw devrait les apprendre.

Elle leva la main pour montrer le travail de couture de sa robe :

— Ce motif en losange est celui du serpent à sonnette, *tiak* i^{n}*sinti*, le dos en losanges.

Abby regarda attentivement la décoration, surprise par l'accentuation nasale des mots choctaws.

— Le dos en losanges est très, très puissant, et ce soir il se peut que j'aie besoin de son pouvoir. Ceux-là (elle montra les rectangles allongés) représentent la route de la vie que nous parcourons tous. Il est important de rester sur la route. Et ces cercles symbolisent notre peuple, notre tribu, nous tous réunis. C'est de là que vient le vrai pouvoir, de nous tous, Indiens de sang-pur et de sang-mêlé, ceux qui vivent ensemble et ceux qui vivent loin des autres. Comme moi. Je porte cette robe ce soir pour me rappeler qui je suis, parce qu'il est facile de l'oublier, et quand nous l'oublions nous nous exposons inutilement à des dangers.

Elle plaça les doigts d'une main dans le creux de sa joue :

— Nous devons compter sur ce que nous avons. Cette robe a été faite pour moi quand j'avais ton âge par une femme qui même alors était plus vieille que je ne le suis maintenant. C'était pour un jour spécial. Je me sens jeune, comme s'il me restait dix vies à vivre, mais je ne le suis pas. Je crois que mes seins sont partis il y a bien longtemps avec quelqu'un de plus jeune. Je ne parviens plus à les trouver.

Elle baissa les yeux sur sa poitrine plate :

— Et je pense que je devais être plus grande à l'époque. Quand j'avais ton âge, j'avais déjà enterré un mari que je ne voulais pas, et j'avais déjà perdu un homme que je voulais très fort. Durant des années, après avoir enterré ce mari, j'ai vécu seule et j'ai écouté. Souvent, la nuit, j'allais dans les bois et j'écoutais, je m'asseyais et j'écoutais juste ce que les bois disaient parce que c'est important de savoir cela aussi. Des fois, des chasseurs de ratons laveurs me découvraient là avec leurs lampes sur le front et ils avaient la frayeur de leur vie. Tu aurais dû les voir. C'était une engeance méprisable et ignorante, dans leur majorité, qu'ils soient blancs, indiens ou noirs. Ils couraient en tous sens avec leurs idiots de chiens, leurs lampes à acétylène puantes et ils tiraient sur les pauvres ratons laveurs. Je voyais ces pauvres petits animaux en haut des arbres avec leurs pattes sur leurs yeux... ils savaient que c'était à cause d'eux que les hommes les repéraient, alors ils les cachaient. Des fois, il y avait une mère et un ou deux petits assis avec leurs pattes dans cette position. Ça me brisait le cœur, alors j'ai été très contente quand le bruit s'est mis à courir que j'étais une sorcière. Les hommes ont commencé à avoir trop peur pour continuer à venir dans ces parties du bois. Les hommes ont toujours peur des femmes qui ne se comportent pas comme ils s'imaginent qu'elles doivent le faire. Surtout s'ils savent que nous n'avons pas peur d'eux. Ces hommes croyaient que j'étais une sorcière, et ça c'était juste parce qu'ils étaient ignorants. Ils croyaient que j'étais dangereuse, pourtant, et là, ils avaient raison. Durant toutes ces années avant Luther, j'ai regardé, écouté, touché, senti et goûté le monde avec une très très grande attention. Je m'allongeais sur le ventre et je plongeais mon regard dans les petits trous et les fentes dans la terre, enfonçant mon visage entre les feuilles afin d'entendre ce qui bougeait et de sentir les vies qu'il y avait là. Je regardais sous la surface des eaux des bayous et je voyais les créatures qui nageaient dans l'ombre, j'entendais leurs chants et, quand je me relevais enfin, j'avais des choses emmêlées qui bougeaient dans mes cheveux. Je rentrais au bout d'un jour et d'une nuit couverte de terre, de boue et de feuilles, et les preuves de mes recherches terrifiaient tous les chasseurs que je rencontrais. Il me fallait parfois deux jours pour peigner mes cheveux complètement, mais cela valait le coup. Parce que j'avais abandonné tout le reste à l'époque, j'ai trouvé le pouvoir. C'est comme ça que j'ai aidé Luther pour ce qui concernait les os de ton oncle.

— Les os de mon oncle ?

Onatima fronça les sourcils.

— Ton oncle est mort à cause de cette guerre, mais il était déjà rentré avant. Ton père a fait quelque chose d'extraordinaire à ce moment-là. Il a trouvé les os de son frère et les a rapportés chez nous, tout là-bas au Mississippi. Il a fallu que Luther et moi y mettions tout ce que nous avions pour que cette histoire se termine bien. Mais ce n'est pas à moi qu'il appartient de te la raconter.

Abby ouvrit la bouche pour parler, mais la vieille femme leva la main pour lui intimer silence.

— J'aimerais en savoir plus sur cet endroit. Tôt ou tard, ton père va devoir affronter cette chose, mais il n'est pas encore prêt à le faire. Alors je veux en savoir plus.

Elles restèrent un moment assises en silence.

— Depuis que je suis là, Petite-fille, je ressens quelque chose d'inhabituel. Quelque chose qui ressemble à la solitude. Il y a très longtemps, tu vois, j'étais amoureuse d'un homme. De tout mon être. C'était un de ces joueurs qui exerçaient leur métier sur le cours du Mississippi, ce qu'on appelait un métis, comme moi. Je croyais qu'après toutes ces années j'avais complètement oublié cet homme, mais depuis quelque temps je rêve de lui, et c'est comme s'il était là, très près, comme si je pouvais le trouver si je cherchais suffisamment. Je sens presque sa présence là-bas au milieu de ces arbres.

Elle se tut un moment puis reprit :

— Je n'ai jamais vu un endroit aussi tourmenté par le passé. Et cela, bien sûr, est l'essence de notre problème. Nous prétendons que le passé est révolu, que dix, trente ou deux cents ans mettent une distance entre nous et ce que nous avons été. Mais au fond de notre cœur nous savons que le passé n'existe pas. J'ai toujours vu cet homme pour la première et la dernière fois, et j'ai toujours été là à te dire ça, à sentir ce que je sens. Ton père a toujours pleuré son frère et pourtant il ne l'a jamais perdu. Croire autre chose revient à nous tromper nous-mêmes et à ne jamais être entiers.

Quand Onatima cessa de parler, Abby prit les mains de la vieille femme entre les siennes et fut abasourdie de constater leur absence de poids.

— Je suis heureuse que tu sois là, lui dit-elle.

Onatima récupéra ses mains et donna une petite tape sur l'épaule de la jeune fille.

— La lune est là ce soir, et il fera clair. J'ai vu la carte du satellite météorologique à la télévision. Maintenant tu devrais fermer les portes à clef et attendre ton père. Ne t'inquiète pas, je ne vais être partie qu'un petit moment.

Elle se leva et sortit par la porte, sur le devant.

Au bout d'un moment, Abby éteignit la lampe du séjour et regarda par la nouvelle vitre de la grande fenêtre, contemplant la façon dont le clair de lune argentait l'herbe entre la maison et les séquoias. Elle frissonna et tenta vainement de distinguer la silhouette de la vieille femme traversant la prairie.

45.

Alex leva les yeux de son livre.

— Ecoute. « *Les Indiens de Californie peuvent se comparer à une variété de singes, car jamais ils n'expriment d'intérêt, hormis dans l'imitation des actions d'autrui... mais ce faisant, ils prennent grand soin de choisir le vice de préférence à la vertu. Tel est indubitablement le résultat de leurs dispositions naturelles corrompues. L'Indien jamais ne regarde quiconque en face, lorsqu'il est engagé en conversation, son regard est fuyant et faux.* »

— *Los padres españoles eran muy crueles*, commenta Cole en faisant bien attention à rouler les « r » et en repensant à la manière dont les vieux Franciscains fouettaient les dos jusqu'au sang. Je me demande combien, parmi ces salopards, ont pris des Indiennes pour maîtresses.

Alex secoua la tête, agitant ses longues boucles d'oreilles en perles.

— Ces vieux prêtres étaient durs comme des clous à béton. Ils n'étaient pas trop nombreux à avoir des maîtresses, je dirais, parce que les risques de syphilis étaient élevés. C'était au point que les Indiens des missions avaient un dicton : se marier, c'est mourir. A mon avis, la concupiscence des prêtres s'exerçait vis-à-vis des enfants de chœur.

— C'est ce que tu préfères imaginer.

Cole garda les yeux fixés sur le visage d'Alex qui leva la main.

— Là, tu te méprends, Cole. Mais il y a mieux dans celui-là.

Il posa son livre, en prit un autre.

— C'est un ouvrage sur les missions, publié dans les années quarante par un type nommé Berger. Ecoute un peu ça. « *De plus, les peuples indigènes se montraient souvent hostiles à l'égard des nouveaux arrivants et étaient d'un physique peu agréable à contempler. Les hommes comme les femmes étaient laids, petits, maladroits et disgracieux, avec un abdomen proéminent et des jambes étiques. Leurs longs et épais cheveux noirs collaient à leurs fronts bas ; leurs yeux ronds et ternes étaient aussi repoussants que leurs nez épatés dans leurs visages larges et informes.* »

Il abaissa le livre.

Cole secoua la tête.

— Pends-le par les *conycañones.*

— Voici ce qu'il dit à la première page. « *Toute l'histoire des entreprises humaines ne relate nulle aventure à l'ambition plus élevée et ne traite de nulle tâche plus perdue d'avance que les nobles efforts des pères franciscains de Californie pour élever la race indienne païenne au niveau de la civilisation de l'homme blanc.* » Des conneries pareilles, j'y crois pas. Publié en mille neuf cent quarante ? Tu savais qu'en 1855, les honnêtes citoyens de Shasta payaient cinq dollars pour chaque tête d'Indien que les gens ramenaient, homme, femme ou enfant, et qu'à Honey Lake la même année un scalp d'Indien valait vingt-cinq cents ?

Cole ne répondant pas, Alex poursuivit :

— Tu savais que jusqu'en 1867, il était légal d'avoir des esclaves indiens en Californie ?

— Tu prêches un converti, Alex. Tu devrais écrire un article pour le *San Francisco Chronicle*, mais bien sûr ils refuseraient de le publier. Les Californiens n'aiment pas qu'on leur parle de leur passé sordide. Personne n'est même censé avoir un passé, en Californie. C'est considéré comme de mauvais goût.

Cole fit pivoter son siège pour avoir une meilleure vue

par la fenêtre de façade. Abby marchait sur le quadrilatère, devant le café, et le grand étudiant, Kantner, marchait à ses côtés. Il se penchait pour lui parler à grand renfort de gestes de ses mains immenses.

Alex pivota, ses yeux suivant ceux de Cole.

— Qui c'est, le type qui est avec Abby ?

Cole se leva :

— C'est un de mes étudiants. Un drôle d'oiseau.

— Un sacrément grand oiseau. Elle le connaît bien ? Et toi, tu le connais bien ?

Cole regarda son ami :

— Abby est capable de se débrouiller toute seule.

Alex gardait le regard fixé sur le couple.

— Comment s'appelle-t-il ? Elle sort avec lui ?

Cole regarda sa fille s'éloigner en compagnie de Kantner. Il la perdit de vue quand ils passèrent devant le bureau du doyen.

— Elle est assez intelligente pour savoir à qui elle doit parler. Par ailleurs, c'est le milieu de la journée en plein centre du campus. Il s'appelle Paul Kantner.

Il se rassit sur son siège, les yeux toujours fixés dans la direction où ils avaient disparu.

— Tu sais, dit Alex, dans le temps, à l'époque des tribus, elle aurait déjà été mariée.

— Et moi je serais déjà un vieillard tremblotant aspirant mon bouillon de viande de cerf, et quant à toi, tu serais un clown sacré qui tripoterait sa bite en bois. Je trouve ça drôle, Alex, qu'un homme qui porte la jupe éprouve autant d'intérêt pour la vie sociale de ma fille.

Alex étala les doigts de ses deux mains et en inspecta les ongles.

— Abby est spéciale. J'ai besoin dc voir une manucure. A propos, est-ce qu'il t'est venu à l'idée qu'il doit y avoir des bruits qui courent sur nous ? Je veux dire, étant donné que les deux seuls profs indiens sont tout le temps ensemble et que l'un des deux porte la jupe ? Je vais peut-être être obligé de changer de style vestimentaire pour sauvegarder votre réputation d'hétérosexuel débridé, docteur McCurtain.

Cole scruta son ami.

— Bonne idée. Ma réputation est tout ce que j'ai. En attendant, pourquoi on ne ferait pas un saut chez moi pour boire une petite bière ? Comme il faut que je vienne récupérer Abby dans une heure et demie, je pourrai te ramener.

Ils se levèrent.

— Nous avons arrêté de boire, fit remarquer Alex. Tu te souviens ? On y va et on se boit un verre de limonade. J'ai une ou deux idées sur lesquelles je voulais connaître ton point de vue. Ça fait un certain temps que je pense à un projet de recherche sur Hollywood. Tu sais comme tout le monde est beau là-bas ? Il m'est venu à l'idée que L.A. n'est en fait qu'une immense expérience eugénique. Cela fait maintenant presque un siècle que tous les spécimens parfaits de l'Amérique blanche vont là-bas pour faire du cinéma, pas vrai ? Et naturellement, ils se sont reproduits. Comme ils sont intellectuellement creux, tout ce qu'ils font là-bas c'est copuler. Donc, depuis le temps, nous disposons d'une expérience génétique sur plusieurs générations, comme si le Grand Esprit avait créé Hollywood dans le seul but d'avoir un programme de reproduction expérimental sur les Blancs qui sont beaux. Et bien évidemment, toutes les autres valeurs (le genre de choses qui sont nécessaires pour survivre en Sibérie ou sur la réserve de Standing Rock) se sont atrophiées parce qu'à Hollywood la survie de tout un chacun dépend uniquement de l'apparence physique. Pendant la même période, on a fait venir et se reproduire des Italiens qui ressemblent à des Indiens, donc il y a aussi toute une sous-population de ce type à étudier. Qu'en penses-tu ?

— J'en pense que ce n'est pas politiquement correct. Tu ne parviendras jamais à trouver un financement.

— Je pensais bien que tu allais me répondre ça. De toute façon, cette idée, je n'y croyais pas beaucoup. Mais la deuxième est meilleure. Dis-moi ce que t'en penses, de celle-là. Ils possèdent les dépouilles de douze mille Indiens au musée Hearst de Berkeley, d'accord ? Les ossements de nos parents. Eh bien, j'ai rédigé une proposition à la Fondation nationale pour les Sciences pour qu'une équipe d'anthropologues indiens puissent faire des fouilles dans le cimetière d'Old North Church à Boston. C'est là que sont enterrés tous les pionniers puritains. Les Winthrop y sont. Mon argument de base, c'est qu'il est impératif que nous, les Indiens, nous connaissions mieux la culture puritaine. Les Puritains ont eu sur nous un impact non négligeable.

Cole commença à sourire.

— Harvard aurait dû se contenter de recruter des gens du genre Oliver LaFarge. Ils ont commis une grave erreur en acceptant un vrai Navajo. J'ai essayé de leur faire comprendre.

— Sérieusement, qu'est-ce que tu en penses ? insista Alex en présentant les paumes de ses mains. Dans ma proposition, j'ai spécifié que nous étudierions tout, depuis les schémas d'hygiène et de maladies des colons jusqu'à leurs coutumes funéraires, leur alimentation, leur nutrition et leur statut social. Nous effectuerons des relevés de mesures crâniennes pour essayer de déterminer le degré d'intelligence que possédaient les puritains, comparés à nous, et nous analyserons les dents et des fragments d'os pour obtenir des informations diététiques. Les puritains constituent un peuple primitif mais néanmoins fascinant.

— Je croyais que les Navajos étaient terrifiés par les morts, objecta Cole. Que vous ne vouliez même pas que les ossements de vos ancêtres vous soient restitués.

Alex leva les deux mains, paumes ouvertes.

— C'est exact, mais moi, je suis différent. J'ai été corrompu par l'empirisme scientifique, l'héritage de la logique positiviste. Il est possible que certains habitants de Boston n'apprécient pas trop que nous exhumions leurs ancêtres, et c'est compréhensible, mais, hé, c'est ça, la science, Cole. On ne peut pas laisser leurs superstitions primitives entraver les progrès de la science. Et voici la partie que je préfère. Certaines de ces tombes sont probablement pleines d'objets de fabrication artisanale, des boutons venant d'habits puritains, des corsets en os de baleine, des godemichés, des objets que nous pourrons vendre aux collectionneurs. Et des squelettes, bien sûr. Nous ferons don de la plupart des os aux communautés indiennes. Beaucoup de musées tribaux aimeraient bien disposer de squelettes de puritains dans leurs vitrines, à des fins éducatives. Tu veux t'associer à ce projet ? Peut-être rester un certain temps à Boston à sauvegarder des traditions orales pendant que nous y sommes ? Il paraît que la tradition orale est très vivace à Boston.

Quand Cole se contenta de secouer la tête, Alex posa la main sur son épaule.

— Réfléchis-y, Cole. A propos, Oncle Emmet a appelé de Barstow hier. Il vient et il veut que la cérémonie ait lieu demain soir. J'ai invité Robert.

46.

— Je suis surpris que tu n'aies pas entendu parler du royaume des elfes.

— Ben, ça ne fait pas très longtemps que je suis là.

Après trente minutes de conversation, Abby était toujours stupéfaite de la douceur de la voix de Paul Kantner. Il était immense, l'être le plus impressionnant qu'elle eût jamais rencontré, et pourtant sa voix était presque fragile. C'était la première chose qu'elle avait remarquée quand il s'était assis à côté d'elle et avait commencé à parler. Elle l'avait vu au cours sur les poètes modernistes de langue anglaise de la première moitié du vingtième siècle et avait ressenti un sentiment proche de la répulsion à la seule vue de sa taille. Maintenant, la culpabilité que lui inspirait cette première réaction l'obligeait à continuer à marcher à ses côtés. C'est, pensa-t-elle, comme s'il contrôlait sa voix grâce à une incroyable volonté. Elle se demanda quels étaient les accents de sa véritable voix.

— Le royaume des elfes existe depuis que le campus a été créé, il y a plus de vingt-cinq ans de ça. C'est un endroit très étrange.

Ils quittèrent l'université Porter et traversèrent la ravine. Elle trouvait bizarre de marcher avec lui, mais en même temps, c'était agréable d'écouter quelqu'un qui ne fasse pas partie de sa propre famille ou qui ne soit pas Alex. Robert Malin avait tenté de devenir son ami, mais il l'agaçait, il lui donnait constamment l'impression de parler selon un code qu'elle ne pouvait décrypter. Les étudiants du campus, de sexe féminin comme masculin, lui apparaissaient comme des enfants avides d'attention.

— J'y monte parfois, continuait Kantner. J'essaie de comprendre ce que ces étudiants ont dans la tête.

— Comment ça ?

Elle regarda une fille à VTT qui les croisait à toute vitesse sur le chemin sinueux. La moitié de ses cheveux était rasée, l'autre tombait jusqu'à son épaule en un rideau violet. Le chemin gravillonné vira sur la droite, vers un autre bâtiment de la faculté, et Kantner poursuivit tout droit, abandonnant la piste officielle et escaladant ce qui ressemblait à une tranchée anti-incendies. A côté de lui, elle se sentait petite et vive comme l'un des écureuils gris que l'on voyait partout sur le campus. Et jeune. Paul Kantner, estima-t-elle, devait avoir au moins trente ans. Elle se demanda ce qu'il avait fait avant, et pourquoi il cherchait à obtenir un diplôme de littérature. Il n'était pas à sa place. Au milieu des jeunes étudiants aux crânes rasés, aux corps percés de toutes parts, aux dreadlocks et aux onéreux jeans déchirés, il avait l'air d'un surveillant désapprobateur. En classe, il gardait un silence sévère, semblant suspendu à chacun des mots que prononçait son père.

— C'est juste au-dessus, pas très loin. Je suis curieux de connaître leurs motivations. Ce qui les fait venir ici depuis tout ce temps, tous ceux qui se sont succédé, année après année, pour faire ça. Quel genre de mères ils ont eu. Tu vas voir ce que je veux dire. En un sens, c'est comme quelque chose sur quoi ton père pourrait faire cours. Comme s'ils essayaient de réinventer Dieu.

Peut-être vient-il en cours pour étudier les étudiants, pensa-t-elle. Alors, pourquoi pas la psychologie plutôt que la littérature ?

Ils quittèrent le chemin coupe-feu et pénétrèrent dans une épaisse et haute futaie de séquoias en empruntant une piste bien tracée. Elle commença à se diviser en pistes plus petites et Kantner resta sur celle du milieu. Quand elle se fit plus étroite, Abby passa derrière, observant autour d'elle la pente dégagée, semblable à celle d'un parc, au pied des arbres. Sous leurs ramures, la lumière du jour était diffuse et présente par nappes.

— Nous sommes dans le pays des elfes.

Kantner avait fait halte et s'était retourné vers elle, la dominant de sa position plus élevée sur la pente et désignant les environs de ses deux mains grandes ouvertes.

Elle regarda plus attentivement alentour. Au milieu des ombres, elle distingua des haies de petits arbustes tissées en cercles entre les bouquets de séquoias.

— Les séquoias poussent à partir de réseaux de racines, et à l'endroit où l'un des vieux arbres meurt et commence à pourrir, ou a été abattu, les jeunes arbres ont tendance à pousser en cercle à partir de ses racines. C'est comme des enfants qui se tiennent la main autour d'une mère morte et disparue à jamais, la mère parfaite qui donne la vie puis qui s'en va. Comme Dieu. Ils restent là à contempler le centre resté vide.

Elle leva les yeux du cercle d'arbustes le plus proche et regarda Kantner, sentant un frisson s'insinuer entre ses épaules contractées.

— C'est intéressant, dit-elle. Mais je...

— On appelle ces cercles des anneaux de fées. Les étudiants gobent vraiment allégrement ce genre de débilités poétiques. Viens, je vais te montrer ce qu'ils font.

Il lui saisit le bras au-dessus du coude et s'avança vers l'un de ces cercles.

— Excuse-moi.

Elle libéra son bras d'un geste brusque et il la regarda avec curiosité avant de poursuivre.

Elle le suivit, fascinée malgré elle, tentant de voir cette enceinte plus distinctement. Plus haut, sur la pente, un autre couple grimpait main dans la main et, de quelque part sur sa droite, lui parvenait un chant bas et rassurant. Elle commença à se dépêcher pour compenser les longues enjambées de Kantner, attirée vers ce lieu. Sous leurs pieds, l'humus de la forêt de séquoias rendait leurs pas complètement silencieux.

Kantner la devança jusqu'au cercle le plus proche et se courba presque en deux pour se glisser par une ouverture basse dans le mur d'arbustes. Le suivant à l'intérieur, elle vit que quelqu'un avait entremêlé une épaisse barrière de branches mortes pour fermer le cercle composé de quatre séquoias, chaque arbre faisant plus de trente mètres de haut. Au milieu de ce cercle de quatre mètres se trouvait un tas de pierres surmonté de bougies fondues, de perles, de plumes, de bâtons d'encens brûlés et de fragments de papier souillés et désagrégés par la pluie. Ici et là des bouts de papier étaient également enfoncés dans l'écorce fibreuse des troncs, certains récents, d'autres décomposés.

— Il y en a une demi-douzaine, dit Kantner. Ce sont leurs églises, leur nouveau lieu de culte. (Sa voix était devenue moins douce.) Ils montent ici, ils prennent des drogues, allument des bougies et tiennent de petites cérémonies de leur invention. Je les ai regardés. Ils pensent qu'ils vénèrent les arbres, la nature ou je ne sais quoi. Ce sont surtout les femmes qui viennent ici. Elles ne se rasent ni les jambes ni les aisselles et elles montent ici entre elles, sans hommes, et elles enlèvent leurs vêtements. Elles ont des rites qu'elles se sont inventés et qu'elles pratiquent ici, en ce lieu qui évoque la mort de la mère.

Il se tut et la regarda comme s'il évaluait son degré de compréhension. Comme elle ne réagissait pas, il poursuivit :

— Je pense que ce campus est unique, que c'est comme un centre magnétique qui attire les enfants que leurs parents ont abandonnés. Je ne veux pas dire physiquement ou littéralement, mais surtout symboliquement. Les parents qui n'acceptent pas la responsabilité de l'âme de leurs enfants, qui leur offrent des voitures et leur donnent sans rien leur demander l'argent avec lequel ils achèteront de la drogue. C'est comme un campus pour les Garçons

Perdus (et les Filles), et ils attendent tous que Peter Pan vienne les sauver des pirates. Ils montent ici avec leurs drogues à la recherche de Clochette parce que leur maman les a abandonnés il y a très longtemps. C'est comme ce dont parle ton père pour les poètes qui pensaient que Dieu était mort, comme le texte de Matthew Arnold qu'il aime citer tout le temps dans son cours.

Il la dominait de toute sa taille, concentré sur lui-même comme s'il était en transe.

Abby recula vers l'entrée en forme de tunnel.

— C'est fascinant, Paul. Je suis très contente que tu m'aies montré cet endroit mais il faut que je rentre. Mon père doit me reconduire.

— Je peux te ramener.

Il fit pivoter son énorme tête pour la fixer dans les yeux.

— Non, mon père m'attend.

— Tu comprends ce qu'ils font, n'est-ce pas ? Ils ont été envoyés à l'université par leurs riches parents. On leur a tout donné. Mais spirituellement, ils n'ont rien.

Sa voix s'était à nouveau adoucie, et il semblait presque se parler à lui-même.

— Je viens ici la nuit et je les entends, et j'en éprouve toujours un horrible sentiment de tristesse. Ils sont perdus. Ils ont besoin d'être guidés. Leur mère leur parle, mais les mères n'écoutent jamais leurs enfants. Les enfants viennent ici pour échapper à cette façon de parler, parler, parler sans jamais écouter. Mais ils se trompent. Ils viennent ici aussi pour le sexe.

Tout en disant cela, il avait lentement changé de place si bien qu'il se trouvait entre elle et la sortie. Il la regarda droit dans les yeux.

— Laisse-moi te montrer quelque chose avant qu'on parte.

Il retira un papier plié de l'écorce de l'un des arbres.

— Ecoute.

Il déplia le papier et commença à lire d'une voix redevenue douce :

Ta beauté, entrevue brièvement,
Comme l'ombre d'une créature sauvage
Frôlant le camp au crépuscule,
Sous le sombre couvert des arbres.
Désirant t'approcher,
Mais craignant la clarté du feu.

Il leva vers elle un regard d'attente :

— C'est un poème d'amour.

Elle jeta un coup d'œil vers la trouée dans le mur d'arbustes.

— C'est joli. Qui l'a écrit, à ton avis, un homme ou une femme ?

— C'est moi qui l'ai écrit. Il te plaît vraiment ?

Un moment elle demeura sans voix.

— C'est toi qui l'as écrit ? C'est beau.

— Tu le comprends ? Désirant t'approcher, mais craignant la clarté du feu ? L'ombre d'une créature sauvage tournant autour du camp. Tu ne la vois pas ? Pas la créature elle-même, mais l'ombre, au crépuscule, sous le sombre couvert des arbres. Le locuteur est à l'intérieur, près du feu, il est le gardien du feu, et la créature qui tourne autour est à la fois désirante et désirée. Ce pourrait être n'importe quoi, à la limite du feu. L'instant du désir est l'instant du danger. Sortir de l'obscurité c'est s'offrir à la possession définie par le feu. C'est le danger absolu. La possession de l'autre. Et appeler l'ombre dans son cercle c'est, simultanément, s'offrir à l'infinie potentialité de l'inconnu. Le désir et la mort sont l'ombre et la lumière, mais lequel définit l'autre ?

Il se tut, comme dans l'attente d'une réponse. Comme elle ne disait rien, il reprit :

— C'est un poème d'amour que j'ai écrit pour quelqu'un de très spécial.

Elle fit un demi-pas involontaire en arrière.

— Elle a aimé le poème, celle pour qui tu l'as écrit ?

Il la regarda avec une intensité accrue.

— Je ne le lui avais pas montré. Tu comprends, c'est un amour non payé de retour. Elle a beaucoup de sensibilité, pas comme toutes les autres, là. Ça pourrait l'effrayer. Si les choses ne sont pas menées très, très prudemment, je me suis aperçu qu'elles prennent peur.

Il reporta son regard sur l'autel en désordre et sembla arracher un second papier à l'écorce sans même y faire attention.

— Elles ne devraient jamais prendre peur. Ça ne sert à rien et c'est maladroit.

— Mon père va s'inquiéter, dit-elle en se penchant et en passant devant lui pour franchir l'entrée en sens inverse.

A l'extérieur, elle se redressa et regarda en contrebas la piste par laquelle ils étaient venus. Instantanément, sans bruit, il fut juste derrière elle.

— Quand on est seul ici, il y a des voix. On croit qu'elles viennent de gens comme nous, mais quand on part à leur recherche, à quatre pattes sur la terre meuble pour être aussi silencieux que le fond de l'océan, on n'en trouve jamais l'origine.

Elle entreprit de descendre la piste devant lui, regardant entre les arbres de part et d'autre pour apercevoir le couple qu'ils avaient vu en montant.

— Attends.

Il referma la main sur son épaule et l'immobilisa.

— Ne fais pas ça ! cria-t-elle en se dégageant brusquement avec un regard de colère. Je n'aime pas qu'on m'agrippe comme ça.

Il sembla paniqué.

— Oh. Je suis vraiment désolé. Il m'arrive d'oublier la force que j'ai dans les mains.

Il lui présenta un autre papier plié.

— En voilà un autre que j'ai trouvé là-haut. J'étais en train de le lire. Ecoute.

Il s'approcha tout près du texte pour parvenir à le lire dans la lumière diffuse :

Une personne qui consent à son propre meurtre protège les millions d'autres êtres humains vivant dans la zone cataclysmique/tremblement de terre/lame de fond géante. Pour cette raison, le chef-héros désigné a la responsabilité de faire en sorte que suffisamment de personnes se suicident et/ou consentent à être assassinées chaque jour. Qu'il soit donc annoncé aux nations de la terre et aux peuples qui l'habitent que l'agonie dans les lieux où règne la pierre a commencé. Redoutez la mort par l'eau. Quinze jours dans la mort. La tragédie qui nous frappe n'aurait jamais dû nous atteindre et notre offrande sera celle des premiers fruits de la terre.

Elle se détourna et commença à marcher plus vite, et tout en la suivant il la mit en garde :

— Il faut que tu sois prudente, Abby. Ce sont les mots d'un fou... ou d'une folle.

47.

— On joue à « vous ne pouvez pas vous échapper ».

Robert était assis sur la pelouse humide à côté de la piscine, et les deux petites filles de quatre ans se précipitèrent sur lui venant de deux directions différentes, l'une se jetant sur son dos pendant que l'autre tentait de l'esquiver. De sa main gauche il harponna celle qui était devant lui, tandis qu'il levait la droite dans son dos pour soulever délicatement la seconde et la faire culbuter en douceur pardessus son épaule.

Enveloppant de ses deux bras les jumelles qui gloussaient et frétillaient comme des vers de terre, il entonna :

— Je te tiens, je te lâche plus, je te lâche plus parce que je te tiens, et je te tiens, te tiens, te tiens, te tiens, te tiens, te tiens, te tiens.

Les gamines aux pulls en velours côtelé rose hurlèrent et tentèrent de se dégager, leurs visages identiques contorsionnés de plaisir.

— Oh, je te lâche plus parce que je te tiens, je te tiens et je te lâche plus.

— Pas guilis, cria l'une des petites filles avant de s'écrouler, prise d'un rire irrépressible.

— Oh, non, elle s'est échappée, s'écria-t-il et l'une des petites jaillit de ses bras qui avaient relâché leur étreinte.

S'élançant pour la rattraper, il laissa la seconde bondir vers la liberté. Aussitôt, les jumelles tournèrent autour de lui avant de lui foncer dessus et il les prit au piège de ses longs bras.

— Ne dites jamais jamais jamais jamais jamais jamais que vous allez jamais jamais jamais jamais essayer de vous échapper, récita-t-il en faisant se contorsionner et pouffer les petites filles encore plus fort.

— Elles ne te font pas tourner en bourrique ? demanda Brett sur la chaise longue d'où elle les regardait.

Il relâcha sa prise, laissant les gamines s'échapper et faisant dans leur fuite semblant de plonger vers leurs talons.

— Oh, non ! se lamenta-t-il. Tu m'as distrait et elles se sont échappées.

— L'herbe ne te mouille pas les fesses ?

Il haussa les épaules.

— Ça en vaut la peine.

— Tu adores vraiment les enfants, hein ?

— Ils sont ce qu'il y a de plus précieux dans l'univers, répondit-il. Inestimables. Je veux les dévorer.

Il se jeta en avant et souleva de terre l'une des petites filles. Voyant sa sœur se débattre entre ses bras, l'autre se jeta autour de son cou par-derrière et il la fit à nouveau basculer délicatement par-dessus son épaule puis les tint toutes les deux sur ses genoux, les chatouillant et psalmodiant :

— Vous ne m'échapperez pas, vous ne m'échapperez pas, oh, vous ne m'échapperez pas cette fois.

Une des jumelles cessa de se trémousser et leva les yeux pour le regarder :

— Pas guilis. Encore les ombres-chats.

Brett se pencha pour mieux l'entendre.

— Oui, les ombres-chats, réclama l'autre pendant qu'elles arrêtaient toutes les deux de s'agiter et s'installaient sur ses genoux.

Il baissa la tête vers elles et adopta une expression sérieuse.

— Oh, quand vous allez le soir vous coucher et que vos

rideaux vous fermez, soyez certaines que nul n'entend dans la ville les ombres-chats rôder.

Il montra ses dents, exagérant les sifflantes.

— Vous ne les verrez jamais, oh, jamais vous ne les verrez dans les ombres de la nuit, car ils se glisseront furtivement par les ruelles où nulle ampoule ne luit. Mais si leur choix se porte sur votre maison peut-être les rencontrerez-vous enfin, car ils viendront quand s'épaissit la brume aux heures du petit matin. Ils s'insinueront par une fenêtre, simples ombres dans l'air, et ils viendront là où vous dormez, pour leur office y faire. Peut-être vous éveillerez-vous avant qu'il ne soit trop tard, ils se lécheront la moustache dans un sourire, mais jamais rien ne laisseront au hasard.

Les jumelles s'agitèrent et l'une d'elles tendit les bras pour le prendre par le cou.

— Ça fait peur. C'est quoi au hasard ? Dis-nous un autre poème chat.

— Brett peut vous en dire un, répondit-il.

Il se remit debout, soulevant les filles dans le mouvement puis se penchant pour les reposer sur leurs pieds.

— Il faut que j'aille à mon école maintenant.

Brett se leva de son siège.

— De toute façon, c'est l'heure de déjeuner.

Elle lui adressa un demi-sourire :

— Elles t'adorent. Tout le monde dans la famille t'adore, même si Papa te trouve effectivement cinglé et si Maman est vraiment déçue que tu sois homosexuel.

Il tapota la tête des filles.

— Tu as quelque chose de très rare et de très beau, Brett, une famille. Quelque chose que les dieux chérissent plus que tout.

Il s'éloigna vers sa cabane, faisant halte un instant sur le pont pour regarder brièvement derrière lui.

48.

Ils trouvèrent Custer sous le chêne auquel il était attaché.

— Du poison, dit Cole en désignant l'écume autour de la gueule du chien.

— Seigneur, fit Alex. Pourquoi on a fait ça ?

Cole s'accroupit et appliqua une petite tape sur le flanc du chien.

— Qui sait pourquoi les gens font ce genre de choses ? Ce n'était pas parce qu'il aboyait. Personne n'habite suffisamment près pour entendre

— Peut-être que, l'une des fois où il était lâché, il a tué le chat de quelqu'un ou je ne sais quoi.

Cole haussa les épaules.

— C'est le gosse de quelqu'un qu'il aurait pu dévorer. A mon avis il en était tout à fait capable.

— Il n'y a pas d'autres empreintes que les nôtres, annonça Alex qui se déplaçait en demi-cercles lents, le regard fixé au sol.

— On lui a probablement jeté un morceau de viande, en prenant de soin de rester sur l'herbe. Personne n'aurait été assez stupide pour s'approcher de lui.

Il se releva et poussa un long soupir :

— Tu sais, je ne crois pas qu'il ait jamais cessé de me détester.

— Tu n'as pas à t'en vouloir pour ça, Cole. Custer détestait le monde entier. A l'exception d'Abby et d'Onatima.

Et il avait ses raisons de détester le monde. Il avait été programmé par les gens pour être exactement ce qu'il était, conçu pour être dépendant d'un traitement médical, entraîné à devenir un chiot du crack. Il n'était qu'une projection du psychisme européen.

— Et tu l'as amené chez moi ?

Alex s'accroupit et tapota le flanc du chien.

— Tu sais comment sont les Indiens. Nous sommes prêts à tout adopter, y compris les mauvaises habitudes. Mais je suppose que Custer était incorrigible, exactement comme son homonyme.

— Tu te souviens peut-être que tu ne l'as pas exactement adopté. Et je ne sais pas. Il semblait presque s'adoucir. Par moments je n'avais pas le sentiment qu'il voulait vraiment m'ouvrir la gorge, mais c'était probablement à cause des médicaments.

— Le pauvre. Un chien de cette taille nourrirait un sacré paquet de Sioux Lakotas.

— Ce n'est pas le moment de plaisanter, Alex.

— Je sais, dit-il en se relevant. Ça me secoue, moi aussi, mais Cole, l'humour c'est ce qui permet aux Indiens de surmonter les moments difficiles. On t'a raconté celle des familles lakotas et navajos qui s'échangent leurs fils pour l'été ? Quand le petit Navajo rentre chez lui, sa famille lui demande comment ça s'est passé, et il répond, « Grrrrrrave ». Quand le petit Lakota rentre chez lui et que sa famille lui demande, il dit, « Mâââââl ».

Cole fit la grimace.

— Je ne veux pas qu'Abby le voie. Nous ferions mieux de l'enterrer.

Alex posa la main sur son épaule.

— Tu dois aller la chercher dans une heure, c'est ça ?

Cole fit oui de la tête et Alex reprit :

— Peut-être que tu devrais téléphoner aux flics et aller la chercher ensuite. Je vais rester ici pour l'enterrer. Je me sens un peu responsable.

— Ça ne servirait à rien d'appeler les flics. Tout ce qu'ils feront ça sera prendre quelques notes et dire qu'ils ne peuvent rien faire. Et ce n'est pas de ta faute. Si je l'avais laissé dans la maison pendant la journée au lieu de l'enchaîner...

— Ce n'est pas de ta faute non plus. Peut-être que Custer n'a eu que ce qu'il méritait. Peut-être que c'était son destin de connaître une fin tragique, élevé comme il l'a été. Qui sait ? Pourquoi tu ne descends pas à l'université ? Le temps que toi et Abby vous reveniez, Custer aura une jolie tombe.

Une fois Cole parti, Alex alla à la remise, sur l'arrière de la maison, et en revint avec des gants en cuir et une pelle. Il entreprit de creuser sous le chêne, et retourna aussitôt à la cabane pour prendre une pioche et une lourde barre de fer. Il enfonça la pioche dans la terre pendant plusieurs minutes puis utilisa la barre de fer pour déloger de grosses pierres. Quand un tas de cailloux noirs et marron s'éleva derrière lui, il rencontra une couche de sédiments durs et dut recourir une nouvelle fois à la pioche. Au bout de quelques minutes il enleva sa chemise et s'en servit pour s'essuyer le visage qui dégoulinait de sueur.

Pendant vingt minutes il abattit la pioche et, avec la pelle, sortit les déblais du trou. La terre dure comme de la roche céda la place à une couche de petits cailloux sablonneux, et il poussa un soupir de satisfaction en creusant cette matière humide et en la rejetant sur le côté à l'aide de la pelle. Après une vingtaine de centimètres il rencontra une couche de roches et reprit la pioche et la barre de fer.

Au bout de quarante minutes, il se recula pour examiner le trou. Il se souvint de son père, enterrant un de leurs chiens de berger qui avait été mordu par un serpent. Il avait replié les pattes sous le corps de l'animal de façon à ce qu'il donne l'impression de dormir. Leur campement à moutons était également dans un lieu dur et rocheux.

Il alla jusqu'à l'endroit où gisait Custer. Avec difficulté, il passa les deux bras autour de l'ample thorax de la bête et commença à reculer vers la tombe. Il laissa choir le corps à la limite du trou, s'accroupit pour replier les longues pattes et s'aperçut alors qu'elles étaient aussi raides et inflexibles que l'acier. La raideur cadavérique s'était emparée de Custer.

— Bon Dieu de merde.

Il poussa ce juron à voix basse et s'essuya le front.

Laborieusement, il mit le chien sur ses pattes, appuyant l'animal mort contre sa cuisse. Le prenant à nouveau à bras-le-corps, il le souleva et le déposa debout dans le trou. Le bord de la tombe arrivait à la hauteur de son ventre.

— Ça aura été la dernière position que tu auras tenue, Custer, grommela-t-il en le hissant hors du trou et en l'allongeant sur le sable et les petits cailloux exhumés.

Vingt minutes plus tard, lorsque la pioche sonna sur le granite, il fit à nouveau descendre le chien dans le trou. La tête, les épaules, le dos et la queue dépassaient largement de la surface.

Il le tira hors du trou, le laissa choir sur le sol, s'empara de la lourde barre d'acier. Elle rebondit contre la dalle de granite au fond de la tombe et il la lâcha, enfonça ses mains sous ses aisselles, les traits congestionnés par la douleur.

Il se recula, contempla le trou : l'élargir suffisamment pour y déposer Custer sur le côté prendrait trop de temps. Abby allait être là d'ici quinze ou vingt minutes. Il était trop tard pour tenter de creuser ailleurs.

Il retourna à la cabane, en revint avec une tronçonneuse.

Quand Cole et Abby, déjà en pleurs, arrivèrent vingt minutes plus tard par la porte de derrière, Alex plaçait une grande pierre blanche à la tête de la tombe soigneusement bombée. Il se releva et entoura les épaules de la jeune fille de son bras.

— Puisse-t-il reposer en paix, dit-il.

49.

Le lendemain de l'enterrement de Custer, Cole regagnait son camion à pas lents en pensant au chien. Dans le roman dont ils avaient parlé en cours, ce matin-là, le narrateur indien reconnaissait avoir tiré sur un chien pour la simple raison qu'il était ivre et que l'animal bougeait. La mort de Custer, néanmoins, s'inscrivait dans quelque chose de bien plus vaste, dans tout ce qui se passait. Les chiens n'aiment pas les sorciers, ni les fantômes. Mais les fantômes n'empoisonnent pas les chiens. Les sorciers sont capables d'empoisonner les chiens, mais c'étaient des fantômes auxquels il était confronté, pas des sorciers. Non, pas des fantômes, seulement un fantôme. Pas des sorciers, mais des psychopathes.

Il sentit une présence à ses côtés et leva les yeux vers Paul Kantner qui le regardait en souriant.

— Salut, Paul.

Cole était soulagé de savoir que ses heures de présence administrative étaient terminées pour la journée et qu'il rentrait chez lui.

— Bonjour, professeur McCurtain.

Kantner inclinait légèrement la tête en parlant comme si Cole était minuscule alors qu'il n'avait qu'une tête de moins.

— Je me demandais si vous voudriez bien m'accorder une minute.

Dans son esprit, Cole se représenta le ton de formalité presque comique de cet échange. Souriant presque de sa propre raideur, clown sang-mêlé tenant le rôle d'un professeur d'université, il dit :

— Bien sûr, Paul, mais je crains d'être obligé de rentrer chez moi, là, tout de suite.

Aussitôt, son esprit se mit en quête effrénée d'urgences appropriées, de responsabilités qui exigeaient qu'il leur consacre son temps :

— J'attends un coup de téléphone crucial de mon éditeur new-yorkais, ajouta-t-il.

Intérieurement, ce mensonge lui arracha une grimace avec son côté « manche à balai dans le cul enfoncé par ses propres soins ».

— Rien d'important, continua Kantner. Je me demandais seulement une chose concernant votre fille Abby.

Cole fit halte et regarda l'étudiant qui poursuivit :

— Nous avons fait une très agréable promenade ensemble récemment et je souhaite la revoir. Mais quand j'appelle, elle a toujours je ne sais quelle excuse pour ne pas me voir. Ou même pour ne pas me parler au téléphone.

Cole attendit, remarquant la façon dont les pupilles de Kantner semblaient s'être dilatées maintenant que la lumière de l'après-midi avait baissé. Quand aucune autre parole ne fit suite à cette déclaration, il demanda :

— Qu'est-ce que vous voulez ?

Kantner passa la main dans ses cheveux roux, tourna son regard vers les bâtiments puis le reporta sur Cole.

— Eh bien, je me disais que vous pourriez lui parler. Peut-être lui dire que je suis quelqu'un de bien.

Cole emplit ses poumons de l'air marin apporté jusqu'au campus par les courants thermiques de l'après-midi. Après un instant, il dit :

— Paul, il faut que vous compreniez qu'Abby est adulte. Elle a sa vie à elle. Je ne peux pas lui parler en votre nom.

Kantner sembla se raidir.

— Mais vous êtes son père. Vous n'arrêtez pas de parler

de responsabilité dans vos cours, tous ces trucs sur « le don, l'empathie, la maîtrise ». Si vous lui disiez que je suis quelqu'un de bien, elle...

— Paul, vous ne pouvez pas acheter ma fille contre vingt chevaux. Si Abby ne veut pas vous voir, ou même vous parler, elle a ses raisons à elle. Je refuse d'en discuter, que ce soit avec elle ou avec vous.

Il se tut, attendant la réponse de Kantner, mais l'étudiant se contenta de le regarder en silence, les muscles des mâchoires contractés.

Au bout de quelques secondes, Cole fit volte-face et poursuivit seul sa route vers le parking. Quand il démarra et rejoignit la route pour quitter le campus, il regarda dans son rétroviseur et vit Paul Kantner, debout au même endroit, qui ne l'avait pas quitté des yeux.

— Il faut que j'aille assister à un service religieux, dit-il à voix haute dans le rétroviseur.

Il fallait vraiment qu'il rentre chez lui, et il se demanda pourquoi la vérité ne lui était pas venue à l'esprit, plutôt qu'une invention ridicule. En fait, cela faisait au moins deux ans qu'il n'attendait plus d'appel d'un éditeur ou d'un directeur de collection. Même son agent avait abandonné. Elle ne l'avait pas appelé depuis plusieurs mois et avait probablement décidé de le rayer de la liste de ses clients potentiellement rentables. Pour la première fois depuis une éternité, il réfléchit à tout le travail d'écriture qu'il n'avait pas fait, surpris de s'apercevoir qu'il n'avait même pas pensé à écrire depuis son déménagement, que jusqu'à cet instant il n'avait pas ressenti la moindre culpabilité à cet égard.

50.

Oncle Emmet s'avéra être Grand-Oncle Emmet, un vieux monsieur grand et vigoureux, avec un nez taillé en lame de couteau, un chapeau noir à large bord et des cheveux blancs ramenés en une courte queue de cheval et enfermés dans un tissu rouge derrière sa tête. Il était assis sur le sol du séjour assombri, devant un quartier de lune. Au centre de cette lune de sable reposait un petit bulbe de cactus nervuré, vert foncé, surmonté d'une petite touffe. Dans une main, il tenait un hochet-calebasse, dans l'autre un éventail de plumes marron mouchetées, magnifiquement décoré de perles et de piquants de porc-épic, et un bâton court portant les symboles de la foudre.

Un petit feu brûlait dans le barbecue de Cole et tous les sept, y compris l'un des membres de la famille navajo d'Oncle Emmet venu de San José, un jeune homme maigre comme un fil avec une moustache tombante, étaient réunis en cercle autour du foyer et de l'autel du peyotl. Déjà, ils avaient fumé et s'étaient frotté le corps avec de la sauge. Maintenant, le vieil homme saupoudrait le feu de genévrier et dirigeait la fumée sur eux à l'aide de l'éventail.

— Mon neveu Michael peut vous dire que ça fait maintenant vingt-cinq ans que je suis cantonnier, disait Emmet. Et c'est tout juste si je commence à y connaître quelque chose. Mais j'ai pas besoin de rien y connaître parce que le chef du peyotl qu'est ici il nous montre toujours le chemin. Tout ce qu'on a à faire c'est s'aider les uns les autres et puis s'aimer les uns les autres et puis Jésus. Il faut qu'on reste sur la route du peyotl et qu'on prenne pas les raccourcis, et il peut nous montrer comment qu'on est petit et faible, mais il faut pas qu'on s'en écarte.

Il secoua une fois la calebasse et entonna un long chant mélodieux en navajo. En chantant, il posa la calebasse et passa un sac de flanelle à son neveu assis sur sa gauche. Celui-ci en sortit un bouton de peyotl, donna le sac à Alex qui le fit suivre à Abby. Tandis que le sac faisait le tour, ils commencèrent tous à mâcher sans attendre en contemplant le feu.

— Sur la route du peyotl, nous devons aimer toute chose, reprit le vieil homme, et nous devons toujours penser à tous ceux que nous aimons et prier pour eux. Les pensées mauvaises et les pensées égoïstes n'ont pas leur place ici. Comme Jésus, nous devons pardonner à tout le monde. C'est très important. Aussi, des fois faut qu'on se pardonne à nous-mêmes, et c'est ce qu'y a de plus dur peut-être. On devrait avoir un tambour mais j'ai oublié le mien chez moi.

Le sac arriva à Onatima qui était assise à côté de Cole. Il se souvenait avoir lu que c'étaient les fibres poilues de chaque bouton qui rendaient les gens malades. Quand Onatima lui tendit le sac, il en prit un avant de le passer à Robert qui était assis sur sa gauche. Aussi discrètement que possible, Cole tenta avec ses doigts de trouver les fibres pour les arracher, mais quand il s'aperçut que tous les autres, y compris Abby, juste en face de lui dans le cercle, avalaient déjà leurs boutons de peyotl, il abandonna et l'enfourna dans sa bouche, mâchant et avalant rapidement le cactus amer.

— Sur la route du peyotl l'homme et la femme qui sont mariés ils doivent être fidèles l'un à l'autre. On peut pas boire d'alcool ou prendre de la drogue. Il faut qu'on pense tout le temps aux enfants et aux anciens, et faut qu'on ait des emplois stables. Y faut qu'on réfléchisse bien à la bonne manière de rester sur la route. Ça fait rien la religion qu'on a ou la tribu qu'on fait partie. C'est tout pareil, qu'on soit Navajo ou Lakota, catholique ou témoin de Jéhovah. Y a tellement de choses bien à dire sur le peyotl. Le peyotl nous montre comment le monde il est réellement. Le peyotl nous apporte la connaissance que Dieu est avec nous, et alors on voit que tout est relié ensemble. Si on a peur, le peyotl nous dit que tout va bien.

Il psalmodia trois fois encore le même chant en succession rapide et transmit la calebasse à Alex, qui chanta en navajo, prononçant chaque mot en articulant bien de telle sorte que Cole eut le sentiment qu'il devrait pouvoir comprendre. Le hochet passa successivement de l'un à l'autre.

Le sac de coton fit quatre fois le tour et, à chaque fois, tout en écoutant les autres chanter, Cole mâcha et avala le bouton de cactus au goût infect. Puis Onatima lui tendit la calebasse. Il fixa le feu, son estomac flambant et bondissant à l'image des flammes âpres. Il se souvint de la cérémonie du bain de vapeur et essaya de lutter contre un sentiment de panique. Il interrogea éperdument son esprit en quête d'une prière appropriée, mais les seuls mots qui lui vinrent furent ceux d'un chant luiseño.

— Depuis longtemps je regardais au loin, murmura-t-il d'une voix si basse qu'il était certain que nul ne pouvait l'entendre, dépêchant mon esprit vers le nord, le sud, l'est et l'ouest, mais je ne trouvais rien, aucune porte de sortie.

Il passa le hochet à Robert qui fit un geste lent pour s'en saisir tout en gardant le regard tourné vers la grande fenêtre du séjour. Ses yeux étaient écarquillés, ses pupilles flamboyantes, et l'expression peinte sur son visage était un mélange de terreur et de ravissement. Quand Cole lâcha la calebasse, il se demanda si le peyotl avait modifié ses traits de la même façon, et il regarda pour voir si Alex, lui aussi, avait été transformé par le chef peyotl.

Robert agita légèrement le hochet et sembla fredonner en rythme pendant un moment, sans jamais quitter la fenêtre des yeux, puis, sans regarder, il remit l'instrument au vieil homme qui se trouvait sur sa gauche.

A nouveau Emmet saupoudra le foyer de genévrier et entonna un long chant apaisant qui sembla durer indéfiniment pendant que Cole humait l'odeur du genévrier et regardait le feu devenir plus vif et plus vivace. Puis, au milieu d'une phrase, le vieil homme s'arrêta, le hochet-calebasse à demi levé dans les airs, les yeux fixés dans la direction de la porte.

— *Nilchi bee íiniziinii*, murmura-t-il en inclinant la tête sur le côté comme pour écouter.

Très lentement, Alex et le neveu navajo tournèrent la tête de façon à pouvoir, eux aussi, distinguer la porte. Cole vit le visage du neveu refléter une soudaine et abjecte terreur.

— Fantôme, annonça le vieil homme en faisant des yeux le tour du cercle.

Tout à coup, Cole fut pris d'un haut-le-cœur. Se levant en titubant, il se rua vers la porte.

— Non ! cria Robert.

Mais il avait déjà ouvert brusquement le battant et il était sorti en trébuchant, courant pour s'éloigner de la maison.

Aussitôt il se courba en deux et répandit sur la terre ce qui lui sembla être sa vie. Quand les spasmes s'apaisèrent, il sentit un vide profond au centre de son corps, et il eut l'étrange sensation de flotter, comme si ses pieds ne s'imprimaient pas sur le sol. Il leva les yeux. Le ciel était un arc d'étoiles glaciales qui plongeaient sur lui avec le bruit clair que fait l'acier sur l'acier, et il entendit des vagues se briser de l'autre côté de la crête, déferlant à l'assaut de la vieille chaîne côtière, pulvérisant la roche et s'efforçant de libérer les racines profondes. Un vent qu'il ne sentait pas agitait la cime des séquoias les plus hauts, couvrant l'air d'un bruit d'ailes. Il y eut un mouvement soudain, vers le sommet de la montagne, et il se redressa pour regarder. Devant la grosse lune pleine, l'ombre d'un ours se dressa jusqu'à ce qu'elle se découpe entièrement sur la lumière.

Derrière l'ours, un agencement d'étoiles inconnu tournoyait follement à travers le ciel. Cole se retourna, ressentant le besoin impérieux d'être dans la maison avec les autres. Un cerf jaillit dans la clairière, ses bois lançant des flammes. Il disparut et il y eut un grand fracas dans le sous-bois. Cole sentit le souffle de la mort comme le tambour du peyotl tout autour de lui et il se mit à courir.

Il entendit le froissement brutal des branches, l'impact sur la terre meuble, la respiration sèche précipitée. Il courut, trébucha, ses pieds se prenant dans les racines qui affleuraient et le bois mort tombé au sol, les bras levés pour se protéger des branches qui lui fouettaient le visage. Il lui sembla tout de suite qu'il courait depuis des heures sous l'effet de la terreur que lui inspirait le tumulte dans son dos. Son poursuivant gardait le même rythme furieux et Cole sentait le désir dans cette ruée impétueuse, mais la distance entre eux restait inchangée. Il ralentit, le souffle arraché à l'air froid, et il sentit ce qui le traquait déchirer la nuit à longues foulées bondissantes et cruelles, mais l'écart ne se comblait jamais.

Son cœur se serra, il sentit le goût de la peur semblable à celui du sang, à chaque aspiration d'air. Sous ses pieds, la terre commença à trembler, une secousse qui gagna en intensité en même temps qu'une houle balayait les arbres. La terre craqua et le projeta contre un tronc de séquoia d'au moins trois mètres de diamètre.

Quand il se fut relevé, la terre ne tremblait plus. Alentour, les arbres étaient gigantesques, de neuf à dix mètres de diamètre, et ils dressaient leurs troncs vers le ciel nocturne. Il commença à marcher, sentant la terre frémir une fois de plus et sachant avec certitude que quelque chose se trouvait juste devant lui, au-delà du bouquet d'arbres suivant, derrière le prochain buisson. L'ours le poursuivait à travers le temps, mais pas à travers l'espace. Il devint conscient de toute chose dans la forêt éclairée par la lune livide, de chaque infinitésimal mouvement, de chaque bruissement.

Quand la forêt s'écarta, il sut où il était et comprit immédiatement son erreur. Un feu brûlait avec un éclat phosphorescent au centre de la clairière, et le croissant de lune du peyotl était accroché dans les arbres à sa lisière opposée. Une demi-douzaine de huttes de roseaux tressés au sommet arrondi étaient réparties autour du feu. Une jeune femme, se détachant sur la lumière, était accroupie devant le foyer, se servant d'une louche pour transférer quelque chose d'un panier vers une coupe en bois. A côté d'elle, un enfant était allongé dans son berceau. Hommes et femmes, le corps sombre et luisant, à demi nus, étaient figés dans différentes postures entre les huttes, leur visage inexpressif tourné vers lui. Sur le sol, des enfants immobiles aux contours indistincts s'affrontaient à la lutte, et des objets pendaient à des séchoirs à l'entrée du village. Il ressentit un appel profond, une nostalgie qui le portait vers la jeune femme et le feu.

Le joueur était assis, jambes croisées, à la limite du village. Une cape de plumes de corbeau lui couvrait les épaules, un collier en coquilles d'abalones pendait sur son torse peint. Il leva les yeux à l'approche de Cole et sourit, lui présentant ses deux mains, paumes ouvertes. Dans la gauche, Cole vit l'os peint.

Les flammes du feu commencèrent à lécher la nuit et les gens se mirent à bouger progressivement, tournant leurs visages vers lui. Un bébé pleura dans l'une des huttes. Les villageois se regroupèrent en une foule sombre derrière le joueur qui agita son poing, plaça les mains sous un petit tapis tressé et chanta. Lorsqu'il ressortit les mains de sous le tapis, il reprit chants et mouvements d'ondulation, le vol libre des poings fermés que Cole reconnut. Les villageois regardaient et Cole se sentit projeté dans un désespoir plus profond qu'il n'en avait jamais connu.

Abattu, il s'avança vers le joueur et s'assit par terre. L'autre le fixa et Cole plongea à son tour son regard dans les yeux marron d'Attis, son frère, une demi-vie d'homme auparavant. Attis chanta, agita les poings et tressa des motifs dans le vide, sa tête marquant la cadence du chant du pari. Cole tendit le bras pour toucher sa main gauche.

Le mouvement s'interrompit. Attis ouvrit les deux poings, paumes vers le ciel, sourire aux lèvres. L'os peint reposait sur sa main droite.

Cole sentit du mouvement tout autour et il se leva et se tourna pour s'enfuir. La nuit s'ouvrit devant lui. La rivière Yazoo était une ligne sombre baignée de l'odeur de la décomposition, et ils étaient là, deux enfants sang-mêlé, se tenant par la main devant la cabane croulante où ils étaient nés. Elle semblait abandonnée, inclinée selon un angle impossible dans les herbes hautes, et Cole savait que quelque part à l'intérieur se trouvait leur mère. La porte s'ouvrit et Attis libéra sa main pour s'avancer. *Non !* cria Cole tandis que son frère montait les marches brisées et passait le seuil. Sa bouche s'agita pour former le nom de son frère, sachant que s'il parvenait à crier « Attis ! » celui-ci ne l'abandonnerait pas. Mais il ne pouvait pas arracher ces syllabes à sa gorge sèche. Dans son dos il entendit la respiration haletante de la poursuite et il s'élança vers la porte de la cabane.

Puis il était seul, et il courait. Attis se tenait dans une clairière baignée par la lune, le visage caché, orienté vers la terre éblouissante. Une fois de plus Cole entendit dans son dos les branches cassées et les bruits de course trébuchante, les souffles arrachés à l'air. Attis leva les yeux et son visage était devenu celui d'Oncle Luther, resplendissant d'amour, puis Cole se vit seul et il se tenait à l'endroit où avait été son frère. Il sentit un changement de proportion, de distance. Les respirations haletantes et le martèlement des pas se firent plus forts, et il vit le joueur qui courait, non pas dans sa direction mais vers le côté, il le dépassait. A moitié noir, à moitié blanc argent, partagé en deux des pieds à la tête, courait le joueur nu vers quelque chose qu'il semblait voir à travers les arbres. Cole s'efforça d'apercevoir la même chose, mais il ne distingua que le pistolet dans la main du joueur.

Le moment est venu. La silhouette d'Oncle Luther sortit en marchant, un petit sac oscillant au bout de sa main tendue devant lui.

Cole fit un geste pour se saisir de la bourse, mais il se trouva au milieu d'une rivière. Un linceul de brouillard recouvrait l'eau, des cris d'oiseaux pesaient sur l'air immobile. L'eau était épaisse et noire, et il dut lutter même vers l'aval sans parvenir à progresser. Les os de son frère reposaient, brillants, argentés, entre les branches d'un arbre qui se dressait trop haut au-dessus de la rivière, et il ne pouvait que regarder sans rien faire tandis qu'il était emporté par un lent tourbillon.

Il se retrouva marchant vers les fenêtres gagnées de ténèbres de sa maison. Quelque chose de lourd pesait sur sa poitrine et il leva la main pour découvrir la petite bourse medicine pendue autour de son cou. A l'ouest, un grand cercle de lune blanche se glissait derrière la crête, et à l'est une pâle frange de lumière était apparue. L'air était imprégné d'humidité. Du gros chêne derrière la maison partit le cri de la chouette.

Trouvant la porte fermée à clef, il alla aux panneaux coulissants sur l'arrière, mais eux aussi étaient verrouillés. Il fit le tour, testant portes et fenêtre, mais il n'y avait aucun accès.

Il était de retour dans la forêt et le martèlement des pas accompagné des souffles éperdus se ruèrent sur lui. *C'est la mort,* pensa-t-il, et il entendit ces mots comme si quelqu'un d'autre les avait prononcés. Quand il se retourna pour faire face, à nouveau il vit son frère, cette fois debout dans la profondeur des bois, lui faisant signe de le rejoindre, son visage encadré par de longues mèches de cheveux noirs. Une fois de plus il tenta de donner forme au nom de son frère, de faire jaillir de son ventre le cri qui les réunirait, mais sa gorge était sèche et brisée, incapable d'émettre le moindre son.

Il s'avança vers Attis, mais une silhouette surgie des ténèbres s'interposa. L'ours pâle sortit de l'ombre en traînant ses pattes sur le sol et en soulevant sa lourde tête. Il se dressa sur ses pattes de derrière et se transforma en homme, ses bras tendus s'achevant par les pattes massives d'un ours.

Des cheveux noirs raides descendaient le long du visage large, tombaient sur les épaules et le torse. Cole entendit le halètement douloureux, vit la poitrine peinte se soulever. Les mains, avec leurs immenses griffes, s'avancèrent pour le jeter à terre et il sentit son corps céder avant d'en éprouver le poids. Il goûta le sel de son propre sang au moment où l'homme-ours le dominait de toute sa hauteur, et il commença à comprendre la logique parfaite de sa mort, l'absurdité qu'il y avait à en retarder la réalisation.

— Tout va bien, maintenant, Petit-fils.

La voix était celle d'Oncle Luther, mais quand il chercha le visage du vieil homme dans le noir, ce fut Attis qui tendit la main vers lui, prostré sur le sol. La main de son frère se referma sur la sienne, et il se sentit arraché à la terre avec une force comme jamais il n'en avait connu.

51.

Il s'éveilla avec des visages au-dessus de lui qui le scrutaient.

— Papa !

Abby se pencha, lui embrassa le front et il aspira le chaud parfum de ses cheveux.

— Qu'est-ce qu'il y a ? demanda-t-il.

— T'as dormi la pleine journée.

Cole chercha le visage qui correspondait à ces mots.

— Oncle Luther ? interrogea-t-il.

— Oui, Petit-fils. On s'est dit que t'allais peut-être hiberner cet hiver.

— Papa ?

Hoey hocha la tête.

— Ça fait plaisir de te voir, fiston.

— Grand-père et Oncle Luther sont arrivés hier soir, je devrais peut-être dire ce matin.

— Qu'est-ce qui s'est passé ? demanda Cole.

Il leva la main pour suivre une zébrure sur sa joue. Ses doigts trouvèrent une autre ligne juste sous la première, puis il s'aperçut que son visage tout entier le brûlait et que son corps était douloureux.

— Tu as quitté la cérémonie pour sortir un petit moment et tu n'es jamais revenu.

Alex se tenait au pied du lit. Il portait une robe bleue et de longues boucles d'oreilles. Ses yeux, ombrés de bleu par un épais maquillage, semblaient flotter librement entre les boucles d'oreilles étincelantes.

— Nous sommes partis à ta recherche, mais tu avais disparu. Ton père et ton grand-père sont arrivés vers le lever du jour, et c'est ton grand-père qui t'a trouvé.

— Qu'est-ce qui m'est arrivé ?

Sa main s'était égarée sur sa poitrine où il découvrit une série de bandages.

— On peut dire que t'as été griffé, répondit Luther. Onatima a mis une medicine spéciale sur ces griffures et elle t'a tout emmailloté.

— Je t'ai lavé et j'ai mis de la Neosporine sur tes coupures, précisa la vieille femme.

— Comment j'ai été griffé comme ça ?

Luther se pencha un peu au-dessus du lit et son visage ressemblait à un masque qui froncerait les sourcils.

— Si j'étais pas sûr du contraire, Petit-fils, je dirais que tu t'es battu avec un ours.

— Où sont les autres ?

— Oncle Emmet et Michael devaient retourner chez eux, répondit Alex. Robert a été le premier à partir à ta recherche et il n'est jamais revenu.

— Est-ce que quelqu'un a appelé chez lui ? demanda Cole.

— Il n'a pas le téléphone, dit Alex. Mais après t'avoir trouvé, Abby et moi on est allés chez lui en voiture. Il dormait. On a regardé par la fenêtre.

52.

L'après-midi, Cole resta assis dans un fauteuil sur la terrasse, une couverture tirée jusqu'au menton ; il regarda deux écureuils se pourchasser à travers le terrain de jeux que constituait pour eux le grand chêne. Il avait une main sous la couverture, posée sur la bourse autour de son cou, sentant avec ses doigts les contours aiguisés des deux pointes de flèche et la surface arrondie de la minuscule poupée de pierre. Tout au long de la matinée il avait sans succès tenté de mettre de l'ordre dans la vision qu'il avait eue, en revenant toujours à la bourse et à la sensation d'être soulevé de terre par la main de son frère. Au moment où l'un des écureuils s'élançait pour un saut dans les airs, il sentit son cœur bondir avec lui et la porte moustiquaire claqua.

— J'ai fait du café, annonça Abby en posant une tasse sur la petite table à côté de lui. Comment vont tes blessures ?

Il sortit le bras de sous la couverture et prit la tasse.

— Merci, c'est sympa.

Il but une gorgée puis essaya de repérer à nouveau les écureuils parmi les branches de chêne tordues.

— Je me sens assez bien, dit-il, tout surpris de la vérité de ces paroles. Un peu comme si j'avais voulu donner un bain à un lynx.

Elle toucha son bras enveloppé dans la couverture.

— Les écorchures ne sont pas profondes. Tu as dû courir droit dans des ronces.

Elle se tut, emplit ses poumons d'air :

— Papa, est-ce que tu as envisagé de rentrer à la maison ?

Il aperçut l'un des écureuils vers la cime de l'arbre, assis sur une branche qui semblait trop petite pour son poids.

— A la maison ?

— Maman ne la vendra pas si tu veux la garder. De toute façon, elle ne pourrait pas.

— Je croyais que tu voulais faire tes études ici ?

— Plus maintenant. Je veux rentrer.

Il hocha la tête, repensant à la vision du peyotl. Où était leur maison ?

Elle parcourut des yeux les environs, son regard allant de la tombe de Custer au gros chêne puis aux arbres, au-delà de l'étendue herbeuse.

— J'ai peur, ici.

Il posa la tasse sur la table et ramena la couverture davantage autour de lui, sa main retournant à nouveau à la bourse en peau de cervidé. Dans le chêne, l'écureuil semblait faire tourner quelque chose entre ses pattes de manière répétée.

— J'ai demandé un congé sans solde, donc je pourrais rentrer si je voulais.

Soudain, l'idée de ce retour lui parut excitante :

— Il faudra que je finisse l'année universitaire ici.

— Ça serait tellement génial, dit-elle en reposant sa main sur l'épaule de son père.

— Mais tu ne dois pas t'attendre à ce que ta mère et moi...

— Je sais, l'interrompit-elle. Mais elle me manque. Il faudra que tu lui rachètes la moitié de la maison.

Il souleva les sourcils.

— Absolument. Avec quoi ?

— Tu peux négocier un nouveau prêt. J'ai déjà vérifié. Tu as remboursé assez sur le prêt d'origine.

Quand il se tourna pour regarder sa fille, elle était radieuse.

— D'accord, fit-il, surpris que tout soit aussi simple. On retournera là-bas en juin. Je vais l'annoncer à l'université aujourd'hui. Maintenant, parle-moi de Paul Kantner. Alex et moi, on vous a vus tous les deux ensemble l'autre jour.

— Alex et toi ?

Elle fit la grimace.

— Paul voulait me montrer l'endroit que les étudiants appellent le pays des elfes. C'est vraiment très étrange, mais c'est fascinant en même temps. Mais Paul est trop bizarre pour que je puisse t'expliquer avec des mots. Je ne l'aime pas. Il me fait froid dans le dos. Est-ce qu'Alex a dit quelque chose ?

— Ça n'avait pas l'air de lui faire très plaisir. Tu veux que j'aille parler avec Paul Kantner ?

Elle roula des yeux et fit une grimace.

— Seigneur, non. Ça n'avait pas l'air de faire plaisir à Alex ?

Sa grimace se changea en sourire :

— Ne t'en fais pas pour Paul Kantner. Je lui ai dit de ne plus m'appeler, alors il a arrêté. Quand on rentrera à la maison, je te montrerai comment fabriquer des moucherons et des plécoptères. On pourra pêcher dans la Gila comme tu as toujours dit qu'on le ferait un jour.

— Les moucherons c'est les mouches les plus faciles qu'il y ait au monde, Abby. Des moucherons, j'en fabriquais quand t'étais tout bébé. Il va falloir que tu ailles à l'université du Nouveau-Mexique, tu sais.

— Mon père est un menteur. Tu as pêché avec des vers jusqu'à l'âge de trente ans. C'est une grande université. Je trouve qu'Alex est très gentil, et très beau.

Il but du café.

— Ne va pas te faire des idées. Tu as peut-être remarqué qu'Alex porte souvent une robe. Qu'est-ce que tu penses de Robert ?

Elle secoua la tête.

— C'est juste parce qu'il aime choquer les gens. Robert est gentil, mais il me fait un peu peur. Je n'ai jamais vu personne d'aussi passionné. C'est comme s'il avait un champ d'énergie autour de lui. Et il est toujours à moitié ailleurs quand il te parle.

Cole resta silencieux un moment avant de dire :

— Robert est un drôle de mélange. Il est intelligent comme ce n'est pas possible, mais en même temps c'est un romantique un peu simplet. C'est l'un de ces Blancs qui sentent confusément tout le mal que leurs ancêtres ont fait à la terre et qui éprouvent le besoin d'expier d'une manière ou d'une autre. Ce qu'il voudrait vraiment c'est être un Indien blanc, le Nato Bumpo de Santa Cruz. Je suppose que cela ferait de moi son Chingachgook et d'Alex son Uncas. Le seul à manquer est Magua. (Il leva les sourcils). Et toi tu dois être Cora, la vierge merveilleusement belle au sang métissé.

— Papa, tu me donnes la chair de poule. Tu lis trop.

— C'est mon métier. Les étudiants pensent que Robert est ce qu'ils ont jamais connu de mieux, avec son côté maigre et affamé. Ils sont complètement dingues de lui, les garçons probablement autant que les filles, mais je ne pense pas qu'il s'en rende seulement compte. Mais Robert a bon cœur. Peut-être, comme tu l'as dit, ressent-il les choses trop profondément. Il est amoureux de la terre mère.

— Est-ce qu'il vient ce soir ?

— Je l'ai invité la semaine dernière, on verra bien s'il s'en souvient. Il n'a jamais goûté le gâteau d'anniversaire choctaw traditionnel. Je lui ai dit d'être là vers huit heures, que c'est l'heure à laquelle Alex et toi vous arriverez pour la cérémonie du gâteau hominy au chocolat. Je lui ai dit que nous serions en costume traditionnel.

— Tu as loué un smoking ? demanda-t-elle en se levant. Tu ne trouves pas ça incroyable d'avoir toute ta famille présente pour ton anniversaire ?

— Incroyable, répéta-t-il en se disant qu'en fait ça l'était trop pour y croire.

Il se passait quelque chose.

— Comme de la sorcellerie, ajouta-t-il.

— Tu es enfin devenu un vieux sage, Papa.

— Je suis devenu un papa idiot, répondit-il en pensant à l'ours. Un papa débile. J'aurais dû partir d'ici il y a des mois de ça.

— Avant que je descende jusqu'au campus, on pourrait fabriquer quelques mouches. Je vais me préparer.

Elle lui tapota le bras, rentra dans la maison et, presque aussitôt, comme s'ils prenaient leur tour, Onatima et Luther survinrent et approchèrent des sièges de chaque côté de lui.

— Abby prépare un gâteau, annonça Luther. Au chocolat.

Le vieil homme portait un short de marche kaki, une chemise hawaïenne à fleurs rouges avec un gilet en duvet noir par-dessus et des sandales avec des chaussettes noires qui lui montaient à mi-mollet. Le short, trop grand de plusieurs tailles, était serré autour de sa taille par une ceinture tressée souple. Ses manches de chemise lui descendaient jusqu'aux coudes. Ses bras et ses jambes squelettiques avaient l'air frêles et cassants.

— Hoey nous a dit que tu aimes le gâteau au chocolat avec glaçage au chocolat, mais je pense que c'est le genre de gâteau qu'il aime lui.

— Tu as raison. Tu as fière allure dans mes vêtements, Oncle Luther. J'avais oublié que je les avais. Mais tu devrais mettre quelque chose de plus chaud.

— La journée n'est pas froide, Petit-fils, dit Onatima.

Quand il se tourna vers le côté d'où venait sa voix, il sentit un élan de chaleur.

— C'est toi qui m'as apporté la bourse à medicine, dit-il à Luther.

— Je l'ai trouvée dans le petit placard que tu utilisais quand t'étais gamin. Je me suis dit que tu en aurais besoin.

Cole retira la bourse d'autour de son cou et la garda sur la paume de sa main, la contemplant longtemps. Son frère la lui avait fabriquée avant de partir pour le Vietnam. Il chercha avec ses doigts sous le cuir, se représentant en esprit les deux pointes de flèches, l'obsidienne noire traversée d'un éclair blanc et l'autre qui ressemblait à du silex marron. La poupée de cinq centimètres de long était en pierre blanche, ses contours polis par l'usure. Ces trois objets avaient été trouvés dans la terre en un seul et même endroit, dans la chaîne côtière, et étaient restés sur l'étagère d'Attis pendant plusieurs années. Il n'avait pas considéré cette petite bourse comme medicine avant qu'Oncle Luther n'ait utilisé ce terme vingt ans auparavant. Jusque-là, il s'était dit que ce n'était qu'un sac que son frère avait fait pour y ranger des objets indiens.

— Je croyais l'avoir perdu, dit-il enfin, en décidant de ne pas demander comment elle s'était retrouvée autour de son cou.

— Rien n'est perdu, Petit-fils, dit Onatima en lui touchant l'épaule.

Il repassa la lanière de cuir derrière sa tête et écarta la couverture pour rentrer la bourse sous sa chemise.

— Merci, dit-il.

— Robert Jim t'a aussi donné du pollen, dit Luther en sortant le tout petit sac de cuir de la poche de son gilet en duvet et en le lui posant dans la main. Tu ferais bien d'ajouter ça à ce que t'as dans ta bourse, là-dessous. Tout ça c'est pas terminé, mais on pense que t'es peut-être prêt à le rencontrer, ce fameux joueur.

— Qui est Robert Jim ? Je crois qu'il va falloir que vous m'expliquiez tout.

Il se souvint de l'image de l'homme peint dans sa vision... qu'est-ce que ce personnage tenait dans sa main, un pistolet ? L'image lui semblait anormale, plus ou moins déformée.

— Tu t'es bien préparé, Petit-fils. Cela fait des mois que tu repousses les appétits des hommes. Tu as jeûné et tu es entré dans la loge à sudation, et tu as prié et reçu le don d'une vision.

Cole secoua la tête.

— Oncle Luther, je crois que nous avons peut-être un petit problème de sémantique, là. La vérité c'est que je n'ai pas été avec une femme pendant tous ces mois non pas parce que j'étais pur, mais parce que j'avais peur.

Il jeta un regard vers Onatima et poursuivit :

— Je me suis livré à ce que tu appelles un jeûne uniquement parce que avant qu'Abby n'arrive j'étais trop malade pour manger. Alex m'a traîné de force dans la loge à sudation et à une autre cérémonie durant laquelle j'ai mangé une drogue hallucinogène qui a failli me tuer. Appeler tout cela purification me semble, j'en ai peur, un moyen de détourner la réalité pour qu'elle corresponde à ses souhaits.

— Tu peux appeler ça comme tu veux, ça n'a aucune importance. Onatima, elle, affirme toujours que les voies du Seigneur sont impénétrables.

Il adressa un clin d'œil à la vieille femme mais elle avait le regard rivé sur Cole.

Tout à coup, elle prit la parole.

— Luther a raison, Petit-fils, mais il y a encore une chose cruciale que tu dois comprendre. Quoi que tu puisses faire d'autre, il faut que tu saches que tu ne peux pas être plus fort que ce rêve. Il fait partie de quelque chose de trop vaste. C'est partout maintenant. Nous devons tous vivre avec cette chose.

— Mais ce ne sont pas les rêves qui tuent les gens, répliqua Cole en prêtant l'oreille au bavardage de l'un des écureuils. C'est quelqu'un qui laisse des empreintes de pas, peut-être ce même psychopathe qui a terrifié Abby.

— Le joueur est indissociable de ce lieu, maintenant, dit-elle. Il ne sait rien d'autre.

— Tu veux parler des rêves.

Luther fit oui de la tête.

— Les gens doivent vivre avec ce qu'ils ont fait ici, exactement comme partout.

Il se leva de son siège, se dépliant lentement jusqu'à ce qu'il se tienne droit, dressé devant le ciel.

— Petit-fils, dit-il, c'est le pouvoir que veut le joueur. Et il croit que tu lui as amené. Il croit que t'es un guerrier comme lui.

Il regarda Cole avec une expression rare, sérieuse :

— Le seul truc, c'est qu'il faut plus que tu prononces son nom. Il veut que tu le prononces. Maintenant on ferait bien de se préparer pour ta soirée d'anniversaire. Hoey est parti regarder l'océan. Dès qu'il sera revenu, il va nous emmener en ville, moi et cette vieille femme.

Onatima appliqua plusieurs petites tapes sur le bras de Cole puis elle se leva et suivit Luther à l'intérieur de la maison.

53.

Abby se tenait à côté de la chaise de son père, penchée sur l'étau, et lui montrait comment faire à l'aide d'un passe-fil semblable à une aiguille. L'odeur chaude du gâteau qui vient de cuire emplissait la cuisine.

— Il faut que tu t'arranges pour que l'extrémité des poils de queue de veau arrivent exactement à la même longueur, Papa. C'est fondamental. Maintenant, fais des tours croisés en huit pour séparer les ailes.

Cole s'immobilisa, le passe-fil en équilibre au-dessus de la mouche, et regarda sa fille d'un air impassible.

Elle lui répondit par un sourire.

— Tu es mignon quand tu es exaspéré. La Royal Humpy est la meilleure mouche sèche de l'Ouest. Elle faisait des ravages sur la Black cet automne.

— Tu y es allée toute seule ? C'est dangereux avec tous les serpents à sonnette.

— Tu l'as fait plein de fois. C'était super. L'eau était parfaite, et les wapitis poussaient leurs coups de clairon partout. J'ai aussi vu la harde de mouflons.

Elle montra la mouche :

— Enroule-le bien derrière les ailes. Quand est-ce que Grand-père, Onatima et Oncle Luther vont revenir de la ville ?

Il acheva d'attacher l'aile et ajouta deux hackles marron.

— Je ne sais pas. Ils sont partis m'acheter une nouvelle

Jeep pour mon anniversaire. Alex et toi vous avez l'air de très bien vous entendre.

Il plissa les yeux quand il commença à entourer les minuscules plumes de hackle près de l'œillet de l'hameçon, incapable de chasser de sa tête les paroles des deux vieillards. Venancio Asisara était là, dehors. Venancio s'était tenu devant sa fenêtre. Avait-il prononcé le nom du joueur, dans son rêve ? Etait-ce sa propre voix qu'il avait entendue aux heures sombres du petit matin ?

— Une Jeep miniature peut-être. J'aime bien Alex. Arrange-toi pour avoir une quantité égale de hackle de part et d'autre de l'aile, et fais attention à l'œillet. Des fois tu débordais par-dessus pour tes moustiques et moi je n'arrivais plus à passer la ligne. Tu devrais peut-être te procurer un de ces petits cônes qu'on met sur l'œillet avant le nœud terminal.

Il la regarda.

— J'attachais des mouches artificielles avant que tu ne sois ne serait-ce qu'une lueur dans l'œil de ta mère.

Elle sourit à nouveau.

— Ce n'est pas vrai. Tu es un novice, un adepte de la pêche à l'appât récemment converti. Et j'aime beaucoup Alex.

Il fit le nœud terminal avec le finisseur puis appliqua une goutte de vernis sur la tête.

— Moi aussi, je l'aime bien. Mais il est beaucoup plus vieux que toi, et sa vie est très compliquée.

Elle ouvrit l'étau et prit la mouche entre le pouce et l'index, la tenant à la lumière.

— Elle est parfaite. Tu vois bien que tu es capable de réaliser autre chose que des moustiques. Il n'a que trente-deux ans.

Elle mit la mouche artificielle dans la boîte :

— On va essayer une Adams Irrésistible. Alex va bientôt passer me chercher. C'est aussi lui qui me ramènera.

Il soupira.

— Ça suffira comme ça pour la fabrication des mouches. Je crois que je vais aller marcher un peu.

54.

Laissant Abby dans la maison, il marcha dans l'herbe et fit halte à l'orée de la forêt pour regarder alentour en se demandant si c'était là qu'Oncle Luther l'avait retrouvé. Il poursuivit son chemin sous le couvert des arbres, repensant à la question d'Emil Redbull. C'était vrai qu'il ne connaissait pas les bois qui entouraient sa maison, qu'il ne s'était pas aventuré au-delà du gros chêne qui marquait pour lui une sorte de frontière. Il n'avait encore jamais vécu dans un lieu en ignorant le terrain où se déroulait son existence. Mais il avait évité les forêts des monts de Santa Cruz, se cantonnant dans les clairières où le soleil et les étoiles, même voilés de brouillard, constituaient des repères constants.

Au milieu des arbres, il entreprit de suivre un chemin, tracé par les cerfs, qui escaladait une petite colline, appréciant le silence de sa marche dans les feuilles humides. En parvenant au sommet de l'élévation de terrain et en entamant sa descente dans un canyon, il se dit que c'était peut-être ce même chemin qui avait conduit Robert Malin jusqu'à chez lui.

La piste, qui taillait à travers le versant en pente raide, le déposa dans le fond peu éclairé du canyon. Il perçut bientôt les bruits d'un torrent, puis fut au bord du cours d'eau et comprit que ce devait être la rivière qu'il connaissait par ouï-dire et qu'il avait recommandée à sa fille, celle où, sans lui, elle avait pêché les petites truites arc-en-ciel. Le torrent plongeait brutalement, de trou d'eau en trou d'eau, la surface de chacun, d'un noir impénétrable, troublée seulement par les rides grises des araignées d'eau, et il demeura sur la piste qui longeait la rive, suivant le canyon dans sa déclivité rapide. A intervalles réguliers, des pigeons invisibles jaillissaient de la cime des séquoias, le bruit de leurs ailes sonnant comme un glas.

Au bout de quarante-cinq minutes, le canyon s'évasa, sa pente s'aplanit complètement et Cole entendit le bruit d'une voiture. Quelques minutes plus tard, il se trouvait à un confluent où le torrent qu'il avait suivi se jetait perpendiculairement dans un autre. Au milieu du plus grand des deux, une petite maison en bois de séquoia brut était posée au sommet d'une souche gigantesque, et il sut tout de suite que c'était la cabane dont Robert lui avait parlé, celle qu'il avait bâtie.

Au-delà, il distingua l'arrière et le toit d'une très grande maison, avec une colonne de fumée qui montait de la cheminée. Mais la cabane, elle, était sombre et semblait inhabitée, ses fenêtres étaient des carrés gris.

Il entreprit de traverser la rivière à pied, les sens brutalement réveillés quand l'eau glaciale s'engouffra dans ses chaussures de sport, mais il insista jusqu'à ce qu'il ait atteint le bord opposé. Il escalada la rive en s'aidant des pieds et des mains, monta sur le pont suspendu, jeta un regard vers la vaste demeure avant de traverser.

Parvenu à la porte il frappa et attendit. Comme il n'obtenait pas de réponse, il se pencha pour regarder par la fenêtre proche de la porte. Son cœur s'arrêta de battre. Trois corps étaient enchevêtrés sur le plancher de la cabane, ceux d'une jeune fille et de deux petits enfants, leurs vêtements trempés de sang, une mare de sang s'élargissant autour d'eux. Il se retint un moment à la poignée de porte en bois puis l'abaissa. Lorsque le panneau s'ouvrit, il inspira à fond et entra.

Il n'y avait pas de corps. A l'endroit où s'étaient trouvés

les enfants, le sol était propre et dégagé. Tout, dans la pièce, était en ordre, les livres alignés avec précision sur les étagères, le papier d'ordinateur entassé, jusqu'à la petite couchette qui était faite sans un pli. C'était la cellule d'un moine érudit.

Il s'assit sur la planche qui servait de rebord de lit, appuya sa tête dans ses mains. Les corps lui étaient apparus avec autant de réalisme que n'importe quel élément du monde visible, leurs visages figés dans des expressions de terreur, le sang liquide et brillant. Deux petites filles et une adolescente, jetées les unes sur les autres comme si on s'était débarrassé d'elles à la hâte.

Quand son vertige fut passé, il quitta la cabane, traversa la rivière et remonta dans le canyon en suivant la piste en sens inverse. La fin d'après-midi avait commencé à prendre corps dans le « v » de plus en plus étroit du canyon, et le bruit du courant était plus fort et plus net qu'auparavant. L'image des enfants restait présente devant ses yeux avec une clarté horrible et déchirante tandis qu'il se penchait pour gravir la pente.

Il sentit quelque chose de mouillé sur son visage et leva la main pour toucher. De nouvelles gouttes frappèrent son front, le dos de sa main. Ses yeux abandonnèrent la piste pour découvrir des traits de pluie tout autour de lui, qui s'abattaient sur le canyon en lignes incurvées étrangement épaisses et sombres. Sur le dos de ses mains la pluie était dense, et quand il voulut s'essuyer la figure, ses doigts revinrent couverts d'un liquide visqueux. Il le huma alors et leva les bras pour se protéger le visage.

Il s'accroupit sur le chemin, le visage caché, entendit la pluie qui était sang balayer le canyon en vagues mouillées qui battaient au rythme de son propre pouls. Ce liquide était chaud, il pesait sur son dos et ses épaules, l'imprégnait de l'odeur qui avait émané du cerf d'Alex : le parfum de la mort récente.

Il demeura recroquevillé sur lui-même sans bouger, l'image des enfants ne le quittant pas un instant jusqu'à ce qu'il n'entende, ne respire ni ne sente plus rien. Alors, dans le vide s'éleva le son d'un instrument à cordes, à peine effleuré et offert au vent. La superbe note qui vibrait approcha à travers les arbres, enflant jusqu'à emplir sa tête, et quand il pressa les mains sur ses lèvres, il sut que ce qu'il entendait, c'était lui.

Il leva la tête de ses mains et vit l'atmosphère pencher vers la pénombre du soir, les arbres étaient droits ou incurvés, lignes grises et noires, la terre recouverte d'une couche spongieuse de feuilles, de branches et de petites plantes. L'étroit canyon sentait l'humidité et la pourriture, avec le délicat arôme de la mort qui suintait couche après couche. A l'exception de ses revers de pantalon, ses vêtements étaient secs, et il n'y avait aucun signe nulle part de cette pluie terrifiante.

Il se leva avec peine, retrouva son équilibre au prix d'un effort considérable et reprit son escalade. Le court après-midi avait cédé devant le soir, la lumière présente à la cime des arbres se muant en obscurité presque complète autour de ses pieds. Il commença à accélérer le pas jusqu'à ce qu'il ait franchi le sommet de la petite montée dans une course mal assurée. A la lisière des arbres il s'immobilisa et regarda sa maison. Une volute de fumée montait de la cheminée dans le ciel gris, et une lumière chaude brillait à travers les portes vitrées sur l'arrière. Il s'approcha de la lourde branche du chêne qui ployait vers le sol, prit appui sur son arrondi robuste, y reposant la tête et les bras.

— J'ai perdu l'esprit, dit-il à voix haute.

55.

Alex Yazzie se tenait nu devant la glace en pied, tourné de telle sorte que la lumière dessinait des motifs d'ombre le long de sa cage thoracique cuivrée et sur son entrejambe. Il se pencha et remonta la culotte noire, y glissant ses parties intimes. Puis il prit un porte-jarretelles noir sur le lit et le tint dans sa main d'un air perplexe.

— Abby, est-ce que tu pourrais me conseiller ? demanda-t-il à haute voix.

Elle entra dans la pièce, s'arrêtant brusquement, les yeux rivés sur le slip noir.

— C'est pour le porte-jarretelles. Je n'en ai encore jamais mis.

Elle resta sur place un moment encore puis s'approcha en gardant les yeux fixés sur son visage.

— Tu veux que je te montre ?

— S'il te plaît.

Il lui tendit le sous-vêtement qu'elle prit.

— Je n'en ai jamais mis non plus, mais j'ai vu des filles à l'école qui en portaient.

Elle le tint devant sa taille :

— Ce côté-là se met devant.

Tandis qu'elle ajustait le sous-vêtement, elle lui effleura la cuisse de ses doigts et tous deux se raidirent. Elle garda les yeux sur le porte-jarretelles.

— Les bas s'accrochent ici, dit-elle en montrant du doigt.

— Hum. Tu crois que tu pourrais me montrer comment ça fonctionne ?

Il tendit lentement les bas sur chacune de ses jambes, et quand elle glissa la soie dans les jarretelles, ses doigts tracèrent des motifs sur la peau d'Alex. Quand elle eut fini, elle laissa sa main remonter le long de la cuisse du garçon jusqu'à son entrejambe et son ventre plat, tout en détournant le regard.

Il baissa le bras pour s'emparer du poignet d'Abby et l'attirer vers lui jusqu'à ce qu'elle lève les yeux et qu'ils se regardent. Il se pencha vers elle un instant puis recula d'un pas.

Elle regarda ailleurs.

— Je suis désolée.

Il serra sa main entre les siennes.

— Je ne réponds pas de moi, Abby. Tu es belle, désirable et merveilleuse.

— Je me sens complètement idiote, dit-elle.

— Non. Tu es très, très exceptionnelle. Mais tu comprends, n'est-ce pas ?

Il baissa les yeux vers l'endroit où la preuve de son désir était clairement visible et leva les sourcils.

— Je suis faible à tous les niveaux.

Il se pencha pour l'embrasser et elle se serra contre lui. Quand il s'écarta, il l'observa pendant un long moment puis la regarda qui commençait à se dévêtir. Lorsqu'elle fut nue, elle se mit à genoux pour détacher le porte-jarretelles puis fit glisser les bas et la culotte à terre. Il lui prit les deux mains et la souleva, pivotant dans le même mouvement de telle sorte qu'ils tombèrent en arrière sur le lit. Il se mit à embrasser son corps, faisant descendre ses lèvres de ses cheveux sur son visage puis sur ses seins, son ventre et ses cuisses, jusqu'à ce qu'il lui embrasse la plante des pieds et commence à remonter, suivant avec sa langue la ligne de son mollet, de sa cuisse et de son ventre. Il posa ses lèvres sur ses yeux, pointa sa langue aux creux de ses joues, descendit à nouveau à ses seins, puis elle se mit à l'embrasser, touchant chaque partie de son corps.

— Un corps de femme est une création superbe, dit-il. La plus belle au monde.

Lorsqu'il furent allongés côte à côte sur le lit, Alex se souleva sur un coude et la contempla. Il caressa le contour de ses lèvres avec son doigt.

— C'est extrêmement étrange.

Elle se tourna pour se blottir contre son épaule, et sa main monta à son visage avant de se poser sur sa cuisse.

— On tombe amoureux des gens qu'il ne faut pas, tu n'es pas d'accord, Abby ?

Elle lui toucha le coin de la joue.

— Je ne pense pas.

Une fois rhabillés, il pivota sur la pointe du pied et posa ses deux mains à plat sur son ventre, admirant la jupe de laine noire et le chemisier rouge qu'il avait enfilés. Pendant qu'Abby était assise au bord du lit et le regardait, il s'approcha du miroir pour scruter ses traits. Finalement, il passa une courte veste de laine, ramassa sur le lit un paquet enveloppé dans du papier rouge et posa la main sur l'épaule d'Abby.

— En route pour la soirée d'anniversaire de ton père.

Lorsqu'il tourna la clef de contact de la Volvo, le moteur resta silencieux. Il agita les clefs et soupira.

— Tu as laissé les lumières allumées, fit-elle en montrant le bouton.

— Elle est complètement à plat.

— Il y a peut-être un de tes voisins qui a un câble de démarrage.

Il secoua la tête.

— Peut-être, mais je ne suis pas franchement habillé

pour ce genre de service, gage de bon voisinage. Et aucun de mes voisins ne m'apprécie beaucoup depuis l'incident du cerf. La rumeur s'est répandue je ne sais comment que je suis un clown-guerrier sacré potentiellement dangereux.

— Il y a un arrêt de bus de l'autre côté de la rue, non ?

— Exact. Allons-y avant de rater le dernier.

Tandis qu'ils se dirigeaient vers la rue, Alex dit :

— La seule autre fois où j'ai laissé mes lumières allumées, j'étais dans un endroit complètement perdu au fin fond de nulle part, sur la réserve à des kilomètres de Kayenta. On était allé assister à une cérémonie pour nommer un enfant. Mon jeune frère Tony et moi on était les derniers à repartir et à ce moment-là on s'est aperçus qu'on ne pouvait pas démarrer parce que notre batterie était déchargée. Le gars dans la maison de qui on était ne pouvait pas nous dépanner avec son câble parce que la batterie de son camion était morte elle aussi.

En marchant, il lui prit la main et la garda dans la sienne.

— Alors on est restés deux jours de plus, à se reposer à l'ombre, à écouter des histoires et à manger du pain frit et du ragoût de mouton en attendant qu'un membre de notre famille vienne nous aider à démarrer avec un câble. Je me suis bien amusé à taquiner mon frère et la fille de la maison qui avait quatorze ans. Ils passaient leur temps à disparaître derrière une mesa et à revenir avec du sable sur leurs vêtements. C'est le dernier été que j'ai passé chez moi. Maintenant je ne peux même plus envisager une période de temps où deux jours perdus ne faisaient aucune différence, où je passais des semaines de suite sans regarder un calendrier. C'était sublime, là-bas.

Ils traversèrent la rue pour attendre devant l'abri du bus. Dans l'appartement le plus proche, un rideau s'écarta un instant et il vit une silhouette à la fenêtre éclairée, puis le rideau retomba. Attendant dans le froid, il se souvint de la façon dont son frère mettait sa main devant sa bouche pour cacher ses dents cassées quand il riait, le bruit que faisait sa mère en se déplaçant dans le hogan de son pas traînant avant les premières lueurs du jour, et l'odeur de la fumée de genévrier et du café par les matinées d'été à l'extérieur. Pour la première fois depuis des années, il se souvint du bruit que faisaient les troupeaux de moutons affairés, l'odeur de ces animaux mêlée à celle de la poussière et de la sauge, et un soudain accès de nostalgie le transperça.

— Je crois que je vais retourner chez moi cet été, dit-il à haute voix. Je vais y passer tout l'été, au campement à moutons avec Tony. Ça me manque d'être Navajo.

Ils entendirent une voiture qui descendait la colline en provenance du campus, et il s'avança sur la chaussée en levant le pouce.

56.

Le conducteur tenait son revolver braqué sur Alex avant que ni elle ni lui n'eût pris conscience de son geste.

— Si vous faites tous les deux ce que je veux, je ne vous ferai pas de mal, dit-il.

Abby, assise sur la banquette arrière, reconnut la voix. La tête et les épaules robustes vues de derrière lui avaient semblé vaguement familières, mais la voix effaçait toute incertitude.

— Vous êtes Paul Kantner, s'exclama-t-elle.

Tout en maintenant l'arme pointée sur Alex qui était, lui, à l'avant, Kantner se tourna à demi vers elle.

— Je n'ai pas réalisé que c'était toi avant que vous ne soyez montés. Quelle étrange coïncidence. Tu étais là, désirant t'approcher mais craignant la clarté du feu. Tu te souviens ? Mais maintenant, tu t'es avancée dans le cercle.

Il prit la direction opposée à la ville sur la route de crête. Derrière eux, une autre voiture quitta le campus et les suivit.

— Vous sentez le sexe, toutes les deux. Vous le saviez, ça ? Nous allons juste rouler un peu comme ça un moment.

Il consulta son rétroviseur.

— Comme l'ombre d'une créature sauvage. Je te surveille, tu sais, depuis que tu viens en cours. Ton père comprend tellement de choses. Il sait comment les femmes parlent, parlent, parlent pour ne rien dire du tout. Les connes. Je ne crois pas qu'elles chanteront pour moi. J'ai appris tellement de choses grâce à ses cours.

Il bifurqua brutalement sur un chemin de terre et la voiture derrière eux continua à grimper la pente. Au bout de cent mètres de forêt, la voie prenait fin sur un monticule de terre poussé là par un bulldozer, et il fit halte en laissant le moteur tourner. Un moment il resta immobile, le pistolet braqué sur Alex, sans rien dire. Les branches lisses des gros arbousiers serpentaient au-dessus d'eux, formant une voûte, et les hauts troncs droits des séquoias, mélangés aux arbousiers et aux chênes, constituaient un mur sur trois côtés.

Kantner s'adressa à Abby dans le rétroviseur.

— J'ai essayé de te parler, au pays des elfes. Je t'y ai conduite pour pouvoir te lire mon poème. Je savais que tu ne le trouverais jamais, autrement. Je veux dire, quelle chance y avait-il que tu montes là-bas et que tu tires juste ce papier-là au hasard ? C'est dément. Alors il fallait que je te montre. Mais j'ai tout de suite vu que je te mettais mal à l'aise. Tout ce que tu voulais, c'était t'éloigner de moi. Est-ce que tu te rends compte combien ça a été dur, pour moi, de te lire ce poème ? Du courage qu'il m'a fallu ?

— Si tu nous laisses partir maintenant, dit-elle, nous retournerons à pied jusqu'à la route et nous ne dirons pas un mot de tout ça.

Kantner ramena brusquement son regard sur elle.

— Je déteste t'entendre t'abaisser à prononcer un mensonge pareil. Nous savons tous les deux que tu te sentirais moralement obligée d'avertir les autorités. Je suis trop dangereux pour qu'on me laisse partir comme ça. Maintenant, sortez toutes les deux de ce côté.

Il coupa le moteur, laissant les phares éclairer les profondeurs de la forêt en dessinant un demi-cercle de lumière devant la voiture. Puis il ouvrit la portière et recula, l'arme pointée sur Alex.

— Si tu essaies de t'enfuir, je la tue, dit-il à Abby. Et je te trouverais, de toute façon. Il y en a qui ont essayé de s'enfuir, et je les ai trouvées facilement. Elles couraient, butaient sur quelque chose et devenaient hystériques dans ces forêts denses, et cela ne faisait que leur rendre les choses encore plus pénibles. On voit ça dans les films, les gens qui s'enfuient, qui regardent derrière eux et tombent, et on croit que c'est parce que c'est Hollywood, que personne ne ferait ça dans la réalité. Mais c'est ce qui se passe. C'est presque comique.

Ils sortirent de la voiture en même temps, et Kantner eut un geste circulaire avec son arme.

— Retourne-toi, Abby. Elle va t'attacher les mains derrière le dos.

De la main gauche, il sortit de la poche de sa veste plusieurs bouts de corde solide, et les poussa vers Alex.

— Fais bien attention de ne pas lui faire mal. Je vais te dire ce que personne d'autre ne sait. J'ai enterré leurs têtes dans le jardin derrière chez moi, en face de ma chambre. Toutes les nuits, je leur parle. Je leur dis des mots gentils, comme ceux qu'on dirait à une petite amie ou même à une épouse. La mort n'a jamais rien eu à voir avec ça, il faut que tu le comprennes ; la mort est une transition à laquelle je n'ai pas prêté attention. J'essayais de nouer une relation, c'est tout. Juste une relation. C'est vraiment trop demander, merde ?

Il agita le canon du pistolet en direction d'Alex.

— Qu'est-ce que tu fous ?

Alex avait enlevé ses chaussures et, pieds nus dans ses bas, il relevait lentement sa mini-jupe de telle sorte que l'ourlet arrivait maintenant juste en dessous de son entrejambe.

— Tu t'imagines que c'est ça que je veux ? Tu crois que tu vas m'offrir ta chatte et que ça suffira ?

Alex regarda Abby.

— Tu ne vas pas me faire de mal, dis ? plaida Abby. Je n'essayais pas de m'éloigner de toi, au pays des elfes. Seulement mon père m'attendait. Je l'ai adoré, ton poème. En réalité (ajouta-t-elle en écartant les mains, paumes ouvertes, et en baissant les yeux), j'espérais vraiment que tu allais m'en écrire d'autres.

Kantner reporta toute son attention sur elle, le pistolet se déplaçant de telle sorte qu'il était braqué au jugé sur son abdomen.

— Seigneur, c'est pathétique. Tu me prends vraiment pour un débile mental, hein ? Tu fais ce qu'elles ont toutes fait quand il était trop tard. Une piètre performance d'acteur. Maintenant tu es d'accord pour me parler, mais ce ne sont que des mensonges merdiques pour essayer de sauver ta peau. Même ma mère a essayé ce genre de conneries, mais c'était trop tard pour elle aussi. Ils la retrouveront dans la baignoire, presque en entier, en tout cas.

Il eut un rictus, sa bouche devenant immense et sombre tandis qu'Alex changeait de position.

Kantner ramena le pistolet d'un geste rapide vers le Navajo au moment où celui-ci pivotait, frappant la main qui tenait l'arme avec le côté du pied de telle sorte qu'elle vola au sol derrière Abby.

Kantner avait le regard tourné dans la direction où était parti le pistolet quand le pied d'Alex fusa pour la deuxième fois, atteignant leur agresseur au genou. Kantner poussa un cri et s'écroula, reculant à quatre pattes dans le même mouvement.

Soudain, Abby fut entre eux, pointant le pistolet sur Kantner.

— Plus un geste, dit-elle. Ne bouge pas, merde.

Il sembla se détendre aussitôt. Il s'assit par terre, les bras posés sur les genoux sans offrir de résistance, et il leva son regard vers elle.

— Tout est enfin terminé, dit-il d'une voix remplie d'étonnement.

— Attache-le, Alex. S'il bouge, je lui tire dessus.

— Alex ? Docteur Yazzie ?

Kantner les regardait tous les deux avec un air d'incompréhension lorsque son corps se raidit soudain et plongea sur le côté, les bras battant l'air un instant avant qu'il ne s'écroule au sol. Le « pok » discret d'un revolver sembla étranger au spectacle de ce corps gigantesque soudain désarticulé.

Dans l'obscurité, une voix dit :

— Il allait vous tuer.

Robert Malin apparut aux côtés d'Alex, le regard baissé sur le corps de Kantner : un petit point noir était visible à l'une des tempes. Un filet de sang courait du trou le long de sa mâchoire et de son cou, disparaissant dans le col de sa chemise en flanelle. Robert tenait un petit pistolet braqué vers le sol.

Abby s'agenouilla à côté de Kantner.

— Il est mort, dit-elle. Pourquoi est-ce que tu...

— Il allait vous tuer, répéta Robert en regardant Abby. Comme il a tué les autres. J'ai entendu ce qu'il vous a dit.

— Non. Il n'allait pas nous tuer, dit Alex. Tu n'as pas vu que c'était Abby qui avait le pistolet ?

Robert les regarda l'un après l'autre.

— Je l'ai vu vous prendre en stop. Je vous ai suivis, et quand il a quitté la route, j'ai su ce qu'il faisait. Je me suis garé hors de vue, et j'ai coupé à travers bois.

Il contempla Alex avec une expression étrange.

— J'étais obligé. Je savais ce qu'il s'apprêtait à faire.

57.

— Dieu merci, c'est fini.

Le vice-président, le visage livide et peu rassuré, s'était exprimé directement face à la caméra.

Rassemblés autour de la télévision, la famille au complet regardait l'appareil de prise de vue essayer de faire le point sur une jeune journaliste d'origine asiatique.

— Paul Kantner était-il le meurtrier en série de Santa Cruz, le boucher ? interrogea-t-elle d'une voix aux accents lugubres. Le règne de la terreur qu'a connu Santa Cruz est-il terminé, grâce au courage de deux Amérindiens et à la réaction d'un étudiant vigilant ?

L'écran montra une photo d'Alex, grand et imposant dans sa chemise blanche, son veston, son jean et ses bottes. La boucle ornée de turquoise de sa ceinture brillait, et il portait les cheveux tirés en arrière. Le regard fixé sur un point, au loin, il présentait un profil que le monde connaissait bien : le guerrier indien venu sauver le monde blanc de son reflet infernal. La journaliste, d'une voix qui tendait vers l'horreur avec des accents que Cole interpréta comme du désir, expliqua qu'Alex Yazzie, d'origine indienne et expert en arts martiaux, avait pris sur lui-même de tendre un piège au tueur, s'habillant en femme et faisant de l'auto-stop avec la fille d'un autre membre de la faculté, indien lui aussi. La caméra montra Abby, d'une beauté si énigmatique que Cole, sous l'effet de la surprise, eut un mouvement pour se rapprocher. Puis le shérif du comté apparut sur l'écran pour annoncer d'une voix austère et nullement convaincante que ce genre d'initiative prise par un simple citoyen était une très mauvaise idée. Il poursuivit en félicitant le docteur Yazzie et Abby McCurtain pour leur courage, stipulant néanmoins que sans l'apparition inopinée de Robert Malin, les choses auraient pu tourner au tragique.

Robert apparut à la télévision, beau et mystérieusement inquiétant, expliquant de sa voix égale les événements qui l'avaient conduit sur les lieux. Puis la journaliste reprit la parole pour relater que l'on avait exhumé les têtes derrière la maison de Kantner.

Cole se tourna vers Alex, assis par terre, le dos appuyé au canapé.

— Qu'est-ce qui a bien pu vous faire penser à un déguisement aussi brillant, docteur Yazzie ?

A l'extrémité opposée du canapé, Oncle Luther émit un grognement.

Alex, qui portait les mêmes vêtements que sur l'écran, leva les paumes et haussa les épaules :

— Les cours par correspondance Jim Chee, pour la formation des enquêteurs tribaux.

Sur le canapé derrière lui, les jambes repliées sous elle, Abby posa une main sur son épaule.

— Je ne peux pas m'empêcher de m'interroger, dit-elle. Robert n'avait pas besoin de le tuer.

— Il ne savait pas, répondit Alex. Je devais masquer son angle de vision de telle sorte qu'il n'a pas vu que c'était toi qui tenais le pistolet.

— Mais Paul était assis par terre, comme ça, sans bouger.

— Il n'y avait pas beaucoup de lumière. Tout ce que Robert savait c'était que Paul Kantner voulait nous tuer.

— Mais...

— Il y a quelque chose dehors, avertit tout à coup Luther.

— Il y a le monde entier, dehors, répliqua Hoey à l'autre bout du canapé.

— Il est dehors, dit Onatima qui était assise à côté de Hoey.

De son pas traînant, l'ours sortit des arbres, reniflant l'air de son museau haut dressé. Il fit halte et s'assit sur son immense arrière-train puis se leva lentement jusqu'à ce qu'il soit debout sur deux pattes. Sa tête massive et aplatie pivota pour inspecter l'étendue d'herbe et la maison allumée. Une vague d'air monta de la mer et déferla sur la montagne. Les étoiles étaient froides et lointaines. Tout en bas, l'eau semblait touchée par le feu. Le vent s'acharnait sur les séquoias qui grinçaient les uns contre les autres. Un long moment, l'ours resta là, et le monde était irrévocablement inconnu et vide.

Onatima avait la tête levée, comme si elle écoutait.

— Il est parti, maintenant.

Elle s'appuya au dossier de sa chaise, paraissant soudain frêle et fragile.

— C'était quoi ? demanda Cole.

— On en trouvera demain, des traces, répondit Luther qui s'installa plus confortablement sur le canapé. Tout s'est passé si vite avec les Indiens d'ici, c'est pas comme nous qu'il a fallu trois cents ans. C'est très triste. Ces gens ils vivaient comme ils avaient toujours vécu et la minute d'après y avait plus rien. Ils ont vu leurs enfants mourir. Ils ont vu tout leur univers mourir. Et ils se sont souvenus. Quand je vais au lit dans cette maison, j'entends tout ça, là dehors. Maintenant ils ont réveillé ce joueur, et il veut retrouver son univers.

— C'est vrai que vous avez tous rêvé de lui ? demanda Abby. Même là-bas, au Mississippi ?

Onatima hocha la tête.

— Les rêves nous arrivent de différentes manières, Abby. Certains, ceux qui ont le pouvoir, peuvent envoyer des rêves.

Elle se tut, semblant bien réfléchir aux mots qu'elle employait.

— Les esprits aussi peuvent envoyer des rêves. Mais celui-ci ne ressemble à rien de ce que Luther et moi avons connu à ce jour.

Le visage d'Abby s'était animé.

— Peut-être que ça explique Paul Kantner. Peut-être que ce sont les rêves qui l'ont rendu fou.

Cole secoua la tête.

— Je ne crois pas. Pour Kantner, ça avait l'air d'être une sorte de truc psycho-sexuel avec les femmes. Il m'a dit que sa mère parlait tout le temps mais refusait de lui dire quoi que ce soit. Aux infos ils ont dit qu'il lui avait prélevé le larynx après l'avoir tuée.

— Mon Dieu, Papa.

— Je suis désolé, Abby.

Cole se tourna vers Hoey :

— Oncle Luther et toi vous ne nous avez jamais dit pourquoi il vous a fallu aussi longtemps pour venir ici.

Son père regardait la télévision où un homme parlait de la pluie.

— On pourrait dire qu'Oncle Luther nous a fait dévier de notre route.

— Hoey avait pas de cric dans son camion.

— C'est Jobe qui me l'a volé. Il a dû l'échanger contre une bière.

Il se gratta le cou et regarda Luther avant de dire :

— D'abord, on a eu une crevaison et pas de cric. Puis il a fallu sauver une femme de ce que Luther a appelé des sorciers, et qu'on l'emmène au fin fond de la réserve navajo. Elle fait soixante-cinq mille kilomètres carrés de surface et il a fallu qu'on la traverse entièrement, cette saloperie. Mais encore avant il a fallu qu'on reconduise chez lui un vieil homme nommé Robert Jim. Il faisait de l'auto-stop et c'est lui qui nous a dit de chercher les sorciers. Alors il a fallu qu'on passe une nuit à Gallup.

— Ces Navajos, ils ont des tas de sorciers, dit Luther, et une puissante medicine. Il a fallu qu'on ramène plusieurs de ces sorciers aussi. Ces Indiens, ils ont des maisons rondes, des tas de chevaux qu'ont que la peau sur les os, et plus de moutons qu'on pourrait en guider avec un bâton. Ils ont des chiens partout là-bas.

Onatima fit entendre un bruit méprisant.

— Ce vieil homme a tellement l'habitude de raconter des bêtises que ça ne sert à rien de l'écouter.

Elle se tourna vers Hoey :

— Après tout ce trajet, tu es visiblement devenu pareil. Je suppose qu'il t'a pourri jusqu'au trognon.

58.

— Alors il veut retrouver son monde mais son monde a disparu ?

Cole prit la cafetière sur le réchaud et se reversa du café dans la grande tasse marron.

Luther, qui plongeait un bout de pain grillé dans le jaune d'œuf dans son assiette, leva les yeux, comme s'il tentait de se remémorer la conversation de la veille au soir.

— C'est bon d'être réveillé pour le lever du soleil, hein ?

— Ta natte trempe dans ton café, Oncle Luther.

Le vieil homme jeta un coup d'œil sur sa tasse où trempait l'extrémité d'une natte.

— C'est un vieux truc indien, ça, Petit-fils, et je suis un vieil Indien. Nous autres, les Choctaws, on faisait toujours ça pour le sentier de la guerre, tu comprends, quand on aurait peut-être plus de café pendant longtemps. On partait en suçant nos nattes. C'est aussi pour ça qu'on a tous les cheveux noirs. Avant on était tous des Indiens à tête blonde, mais le bon café, ça remonte jusqu'à la racine.

Il posa son toast et retira les cheveux de la tasse, les essuyant soigneusement avec une serviette de table.

— C'est merveilleux d'entendre les histoires traditionnelles de mes ancêtres, assura Cole. C'est sans doute pour ça que la plupart des Choctaws portent aujourd'hui les cheveux courts.

— T'es pas content, maintenant, que je t'aie arraché à

ton plancher, Petit-fils ? Comment tu ferais autrement pour être d'humeur aussi joyeuse de si bon matin ? Ce qui me rappelle. Comment ça se fait que t'aies plus écrit d'autres livres ? T'écrivais de bonnes histoires, avant.

Ils étaient assis de part et d'autre de la petite table. Par la fenêtre, au-dessus de l'évier de la cuisine, Cole voyait l'aube gagner progressivement la montagne, la lumière pâle et tardive s'insinuant à travers une fine bruine. Dans le séjour, son duvet était roulé en boule sur le plancher et son père reposait sous un édredon, à même le canapé, où il ronflait de manière régulière.

— Pas terrible comme lever de soleil, dit Cole, mais il ne faut pas grand-chose pour m'arracher au plancher. Je ne sais pas. Peut-être que je prends un peu de repos.

Luther marqua son approbation d'un hochement de tête.

— Ils ont trop d'histoires sur nous. Il faut que nous, on écrive des livres sur eux maintenant. Pour être quitte.

Il souffla sur son café et en but à titre expérimental puis reprit :

— Le monde de ce joueur a disparu, ça c'est sûr, comme pour nous tous. Mais je connais plein de gens que ça les a pas empêchés de vouloir que ça redevienne exactement comme avant. Certains qui savent même pas comment c'était ils veulent quand même que ça soit comme avant. C'est naturel pour un fantôme, mais pas pour ceux qui sont encore vivants.

Luther sauça le reste du jaune d'œuf et replia le toast pour l'enfoncer dans sa bouche, mâchant avec un mouvement de rotation.

— Quand j'étais gamin, les instits nous frappaient à coups de ceinture si on parlait indien à l'école. Ils pensaient que ça nous ferait oublier, et des fois ça a dû marcher.

Cole avala du café et fit la grimace.

— Ton café, Oncle Luther, il ferait tomber la soie du dos d'un cochon. (Il prit le carton de lait demi-écrémé).

Alex m'a donné une interview d'un Indien qui s'appelait Lorenzo Asisara, le fils de l'un de ceux qui ont tué le prêtre. Elle date de 1877. Ses parents étaient Venancio et Manuela Asisara.

Il goûta à nouveau le café.

— C'est le nom que j'avais en tête en me réveillant, Venancio Asisara. Je crois que c'est lui, le joueur peint. La personne qui dirigeait l'interview parlait de lui en le disant *indio*, indien, mais disait que Lorenzo Asisara était *color quebrado*. C'est un terme que les Espagnols utilisaient pour parler des sang-mêlé. Il signifie, « couleur adoucie ».

Cole tendit le bras et ajouta en levant les sourcils :

— Il avait aussi remarqué que Lorenzo avait les yeux verts.

— Des yeux caractéristiques.

Luther plongea le regard dans les yeux verts de Cole qui vit le toast mâchonné entre les dents manquantes du vieil homme quand celui-ci avertit :

— Tu as prononcé son nom.

Par la fenêtre de la cuisine, Cole vit une ligne de nuages bas ou de brouillard, le long du relief, qui rendait le jour gris.

— Comment tu crois que le fils s'est retrouvé avec les yeux verts ?

59.

Avant que le soir ne survienne, la bruine était partie vers l'intérieur des terres, laissant derrière elle une humidité dense. Les deux vieillards, portant des lunettes cerclées de fer identiques, étaient assis sur le canapé où Luther scrutait attentivement une boîte en plastique transparent renfermant des mouches artificielles pour la pêche à la truite et où Onatima lisait un numéro du magazine *Time*.

— Et celle-là, c'est censé être quoi ? demanda Luther en soulevant une vague et minuscule touffe de poils et de hackles à l'aspect irréaliste.

Cole s'approcha et se pencha pour regarder la mouche numéro seize.

— C'est un Parachute Grizzly Wulff, déclara-t-il.

— A quel genre d'insecte ça veut ressembler ? demanda Hoey en se levant de sa chaise pour venir voir.

Cole haussa les épaules.

— Je ne sais pas. J'ai juste suivi les indications du livre.

— Et ça c'est quoi ?

Luther présenta une mouche dont la queue était rayée de noir et d'or, le corps noir et poilu, avec un hackle marron et blanc.

— Je ne sais pas, répondit Cole. Il faudrait que je regarde.

— C'est toi qui les a toutes faites ? interrogea Hoey en plongeant son doigt à droite et à gauche dans la boîte où des hackles de couleur bleue, rouge, or, ou blanche recouvraient de minuscules hameçons.

— Ouais. Abby me harcelait parce que je montais tout le temps les mêmes, alors je me suis diversifié. Nous avons prévu de faire un tour dans la réserve naturelle de Golden Trout l'été prochain, avant de redéménager.

— Moi, j'aime bien le foie de poulet, déclara Hoey. Tu le conserves deux ou trois jours et tu verrais un peu les poissons-chats comme ils se jettent dessus. Avant d'abandonner la pêche, Columbus Bailey en a pris un tacheté de vingt kilos, une fois, avec un canard entier. C'était son frère America qui avait écrasé le canard en voiture.

— Où est Abby ? s'enquit Onatima en levant les yeux du magazine et en ôtant ses lunettes.

— Elle rentre avec Alex, répondit Cole.

Il regarda la pendule murale.

— Ils devraient être arrivés depuis une demi-heure.

Les deux vieillards se regardèrent et Luther enleva ses lunettes qu'il posa sur la table basse.

Le téléphone sonna à la cuisine et Cole décrocha. Il écouta pendant plusieurs minutes, murmurant de loin en loin, puis il raccrocha et revint vers les autres.

— C'était la police de Santa Cruz.

Luther posa la boîte de mouches sur la table, et Onatima abaissa son magazine. Hoey, qui regardait par la grande fenêtre en façade, se tourna.

— Ils ont comparé la balle qui a tué Paul Kantner avec des balles qui ont servi pour plusieurs des autres meurtres.

Onatima se leva.

— C'est Robert qui a tué ces gens.

— Ils ont fouillé sa cabane et trouvé des carnets remplis de notes nous concernant, surtout Abby.

— Robert est l'autre joueur peint, déclara Luther avec étonnement. Comment ça se fait qu'on l'ait pas su, vieille femme ?

Il se tourna pour observer Onatima.

— Robert a beaucoup de pouvoir, dit-elle, et cette idée la prenait visiblement par surprise.

Cole se dirigea vers la porte puis s'arrêta.

— Je vais partir à la recherche d'Alex et d'Abby. Oncle Luther, il vaut mieux que tu restes ici avec Onatima. Il y a un fusil de chasse dans ma penderie.

— On prend mon camion, dit Hoey en suivant Cole dehors.

60.

Le séjour était plein de couleurs chaudes, depuis l'acajou riche de la table jusqu'à la moquette crème et le carrelage mexicain marron qui menait à la cuisine. La famille était à table, et il les observait. Sa présence représentait tout ce qu'ils avaient redouté durant leur vie entière. Il savait qu'il symbolisait ce qu'ils s'étaient rassemblés pour nier, mais il était là, néanmoins, à la fenêtre. Quelques millimètres de matière transparente l'empêchaient d'être à l'intérieur avec eux. Il pouvait briser la vitre d'un seul coup et entrer, et ils ne pouvaient absolument rien faire pour s'y opposer. Il était là depuis toujours et ils l'avaient désiré, l'invitant à bâtir sa petite maison comme si, environné du mouvement de l'eau, il deviendrait inoffensif. C'était comme s'il y avait une fenêtre ouvrant sur leur vie à chaque moment de chaque jour, et il était là depuis toujours, à regarder à l'intérieur, peint, nu, prêt à faire voler en éclats leur univers, séparé d'eux par un souffle, un espace infime. Il éprouvait l'envie de bouger, de toucher le verre, de leur adresser le sourire de leur mort afin qu'ils soient obligés de le voir car cette reconnaissance serait une invitation. Mais il ne le fit pas parce qu'il allait revenir cette nuit et qu'il projetterait ses rêves sur eux. Il se tourna plutôt, traversa l'eau noire et trouva la piste dans l'obscurité, d'une démarche que l'habitude rendait assurée.

Le chant du joueur couvrit la forêt tout entière, discret et ondulant, comme s'il était l'unique mouvement dans les hautes branches, et il se mit à courir à petites foulées, investi du pouvoir du chant.

61.

Il eut le sentiment que la nuit s'ouvrait devant lui. Quand la voiture apparut, cahotant dans les profondes ornières, il s'avança au milieu de la route et demeura immobile. Les phares étaient éblouissants, un tunnel de feu, et il tenait les bras tendus en avant, poings fermés, conscient de sa propre image.

— Qu'est-ce que c'est que ça ?

En prononçant ces mots, Alex écrasa la pédale de frein.

La Volvo partit en dérapage et se mit en travers, plongeant dans les ornières puis en ressortant, et la tête d'Abby partit sur le côté, cogna contre la vitre. Alex, projeté vers le pare-brise, se retint au volant, maintenu sur son siège par la ceinture de sécurité.

Quand tout mouvement eut cessé, Abby porta la main à sa joue. Elle l'en retira couverte de sang, mais elle ne ressentait aucune douleur. Près d'elle, Alex se tenait les côtes et il murmura :

— Bon Dieu !

Abby regarda s'avancer vers eux la silhouette peinte qu'elle avait vue derrière la fenêtre. La voiture était immobilisée tant bien que mal en travers de la route, et les phares, inclinés à quarante-cinq degrés, nimbaient ce cauchemar en mouvement d'une lumière périphérique. Elle distingua vaguement les lignes qui divisaient le blanc du noir. La nuit était froide et cependant la silhouette était nue.

Alex enclencha la première et fit ronfler le moteur, mais les roues tournèrent en vain, l'arrière du véhicule en équilibre dans le vide au-dessus du talus.

— Verrouille ta portière, lui dit-il enfin.

Il ouvrit la sienne et sortit, rabaissant le taquet derrière lui.

Elle le regarda contourner l'avant de la voiture, une main crispée sur ses côtes. L'homme peint marchait de manière égale, n'accélérant ni ne ralentissant sa cadence, jusqu'à ce qu'il fût à moins de deux mètres d'Alex.

Pour la seconde fois, elle regarda celui-ci prendre sa posture de combat, bras et genoux pliés, pieds écartés, mains levées. Elle vit l'apparition reculer d'un pas, puis elle entendit un petit bruit sec. Elle hurla et entendit deux nouveaux coups de feu tandis qu'Alex tombait.

Elle criait encore quand elle ouvrit la portière à toute volée et se précipita vers l'endroit où il s'était effondré. Le devant de sa chemise et les bords de son gilet en peau de mouton étaient déjà imbibés de sang. Elle s'agenouilla et lui souleva la tête, cherchant le pouls, et un flot de sang se répandit sur ses mains et ses seins.

— Je ne voulais vraiment pas ça. J'aimais bien le professeur Yazzie.

Elle leva les yeux. Le visage était divisé en noir et blanc, les orbites profondes sous une couche épaisse, les cheveux tirés complètement en arrière.

— Vous avez tiré sur Alex ?

Elle tenait sa tête entre ses bras, abaissa son visage vers lui.

— Oh, mon Dieu, dit-elle à plusieurs reprises.

— Fais ce que je te dis ou je serai obligé de te tuer aussi.

Elle entendit un son étrange, comme un tourbillon d'eau et comprit que c'était sa propre respiration, puis la voix du cauchemar devint familière. Elle leva la tête. Le pistolet semblait ridiculement petit, semblable à un jouet, un vingt-deux argenté.

— Robert ? dit-elle. Robert ? C'est toi ?

Il fit un geste avec l'arme.

— Les sacrifices les plus efficaces sont liés à ce qui a le plus de valeur pour nous. Peut-être qu'un, ce sera suffisant cette fois-ci. Peut-être toi et moi pouvons-nous nous échapper maintenant. Jonas s'est enfui sur la mer où Dieu pouvait regarder et le voir. Il n'y a aucun endroit où se cacher à moins d'aller sous la surface, et même là il te trouvera. Il ne pouvait pas se cacher, alors les gens du bateau l'ont sacrifié et ça les a sauvés mais il n'avait que la mer, et nous, nous avons la forêt. Elle est noire, comme le ventre de la baleine, et je connais des endroits.

Elle se pencha à nouveau, approchant la tête d'Alex de la sienne.

— Il vit encore, dit-elle.

— Vite. Nous devons nous dépêcher.

Il lui fit signe avec le pistolet :

— Lève-toi maintenant, autrement je vais être obligé de te tuer, et tous les autres. Ton père, les deux vieux, tous.

— Non, dit-elle. Il est vivant. Nous devons l'aider.

Il l'agrippa par le haut du bras et elle sentit l'arme s'enfoncer dans ses côtes.

— J'espère que tu me crois quand je dis que je suis désolé, mais il ne nous reste presque plus de temps.

Sa voix prit un accent suppliant :

— Alex est mort. Le moment est venu.

De sa main il la mit debout et la tira en arrière si bien que la tête d'Alex tomba sur la route. Avec une force stupéfiante, il la fit pivoter sur elle-même, la poussant vers le côté de la route.

— Viens avec moi, autrement je vais être obligé de vous tuer tous, dit-il d'un ton neutre comme s'il lui donnait un devoir à faire en classe. Ton père et ton grand-père, Luther et Onatima aussi. Exactement comme lui.

Abby appuya sa main contre sa joue meurtrie qui avait commencé à l'élancer et regarda par-dessus son épaule pour voir le corps d'Alex illuminé à la limite du faisceau des phares. Elle s'entendit sangloter comme si le son venait de loin.

Son pied se prit dans quelque chose et elle culbuta dans le fourré, tentant de se raccrocher aux troncs qui ressemblaient à des broussailles. Instantanément, la main la saisit par le dos de sa chemise, la redressa et la poussa en avant. Les sanglots s'arrêtèrent quand elle tenta d'établir le lien entre la force du bras qui l'obligeait à obéir et Robert Malin.

— Là.

Il la poussa encore une fois et elle se retrouva de l'autre côté du fourré, à l'intérieur d'une clairière entre les troncs d'arbres. L'odeur du sang d'Alex l'assaillait. Elle en sentait le poids sur sa chemise et son pantalon trempés. La main la guida à travers la clairière sombre, la poussa dans les ténèbres au-delà.

62.

La première chose qu'ils virent furent les phares perdus dans les arbres. Puis la forme aux contours soulignés par les faibles lumières du vieux camion. Le temps que Cole arrête le véhicule et coupe le contact, Hoey était descendu et se penchait sur le corps.

— C'est Alex, dit-il par-dessus son épaule. On lui a tiré dessus.

Il alla tout de suite à la voiture.

Cole s'agenouilla à côté de son ami, soutenant sa tête d'une main, cherchant le pouls de l'autre. Il leva les yeux vers les arbres à côté de la route, sentant les ténèbres déferler sur lui comme l'océan.

— C'est comme Attis, à nouveau, dit-il.

Hoey se retourna.

— Ne fais pas ça. Ça n'arrangera rien.

— Il est vivant, cria Cole. Il respire.

— Abby n'est pas dans la voiture, annonça Hoey qui se trouvait à côté de la Volvo, et ici il y a des traces qui partent dans les broussailles.

Il revint vers l'endroit où Cole était à genoux.

— Aide-moi à le porter dans le camion.

Quand Cole prononça ces mots, Hoey se pencha et prit les pieds d'Alex. A eux deux ils hissèrent son corps à l'arrière du pick-up. Hoey étendit la couverture de laine du siège sur le corps et en dessous, enlevant son manteau pour le plier sous la tête. Puis il plongea la main derrière le siège et en sortit son gros fusil pour la chasse au cerf.

— Je vais l'emmener à l'hôpital. Tiens, c'est un fusil à quatre coups.

Cole le prit et se tourna vers les broussailles.

— Attends une minute.

Hoey tendit la main dans le camion puis braqua la lumière d'une grosse lampe torche sur les fourrés à côté de la Volvo.

— Regarde.

Cole toucha une feuille brillante, et lorsqu'il la retira, sa main était poisseuse. Il la présenta à la lumière de la torche puis regarda la tranchée à travers les broussailles.

— Abby, dit-il. Il a Abby.

— Ils ont pris la piste des cerfs.

Cole arracha la lampe à son père.

— Occupe-toi d'Alex, dit-il avant de prendre la course.

— Ne te sers pas de la lampe si tu peux t'en passer, hurla Hoey derrière lui.

63.

Pendant une demi-heure, elle tituba dans la forêt devant lui, sentant sa main sur son épaule ou sur son bras quand elle ralentissait ou trébuchait. L'odeur du sang d'Alex l'étranglait, l'obligeant à ouvrir la bouche en grand pour pouvoir respirer. A un endroit, Robert l'obligea à s'arrêter en lui agrippant brutalement l'épaule et il lui indiqua une direction avec le pistolet. A travers les arbres et les broussailles, elle aperçut une chaude et lointaine lumière.

— C'est ta maison, dit-il. Elle a l'air paisible et sûre, n'est-ce pas ? C'est ça qu'ils font tous. Ils se construisent des maisons, des villages, des villes, et ils s'imaginent que ce sont des murs qui vont les protéger de leur culpabilité, de leur passé, qu'ils ne seront pas obligés de s'acquitter de leurs dettes. Ils s'imaginent qu'ils peuvent faire toutes ces choses épouvantables puis rentrer rejoindre leur famille dans leur maison et fermer la porte à clef et que tout ira bien. Ou alors ils croient que puisqu'ils n'ont pas fait ces choses-là personnellement, ça suffit pour qu'ils soient innocents. Ils ne comprennent pas que quelqu'un doit assumer cette responsabilité, quelqu'un doit finalement dire non et agir. Ça ne peut absolument pas continuer comme ça indéfiniment. Tu as une famille tellement merveilleuse. Ils t'aiment beaucoup, énormément. Mais tout le monde est responsable, Abby.

Il la poussa en avant.

— Pourquoi ? demanda-t-elle en haletant et en écartant les branches de son visage. Alex t'aimait bien. Il n'avait fait de mal à personne.

Dans son dos, il répondit :

— Non, c'est toi qu'il aimait bien, pas moi. Il t'aimait. Je le voyais quand il te regardait. Mais ça n'a pas d'importance de toute façon parce que je n'avais pas le choix. Personne n'a jamais aucun choix.

Sa main appuyait à nouveau au creux de ses reins.

— Je faisais des rêves et ça me mettait tellement en colère. C'était comme s'il y avait une voix qui me disait ce que je devais faire, mais ce n'était pas vraiment une voix parce qu'il n'y avait pas de mots. Tu ne peux sans doute pas comprendre ça, mais je savais que tout cela était vrai. La Bible est remplie de voix qui parlent aux gens... des petites voix douces, ou des voix surgies des ouragans. C'était comme si je savais toutes ces choses que je devais faire, alors je me peignais et je les faisais. Je ne peux pas l'expliquer. C'est comme un rêve quand je suis réveillé. Mais à la fin il n'y a que notre responsabilité et des choses que nous devons faire.

— Tu n'es pas obligé, dit-elle par-dessus son épaule entre deux respirations laborieuses. Je vais simplement retourner aider Alex. Je t'en prie, Robert. Je ne leur dirai pas qui tu es. Je te le promets.

— Je te crois, répondit-il, la bouche près de son oreille. Je sais que tu serais incapable de mentir. Mais le docteur Yazzie est mort, et plus rien de tout ça n'a plus d'importance.

Ils atteignirent une clairière circulaire avec au milieu une énorme souche de séquoia noircie par le feu.

— Assieds-toi là, dit-il en montrant de son pistolet la base du tronc. N'essaie pas de t'enfuir. Je suis très bon tireur.

Elle s'assit, sentant les larmes qui ruisselaient sur son visage, le sel qui brûlait sa joue blessée, et elle se demanda pourquoi elle ne s'entendait plus pleurer. Sa poitrine et ses épaules étaient secouées de spasmes, et cela aussi, se dit-elle, indiquait les sanglots. Mais il n'y avait pas le bruit.

Robert s'agitait dans les feuilles humides. Il déplaça une couche de branches de séquoias fraîchement coupées pour révéler un tas de rameaux et de brindilles sèches. Abby frissonna et le regarda extraire une boîte de café de sous le tas de bois. Il en sortit un carré de journal plié et un briquet en plastique. Tout en lui décochant des regards à intervalles de quelques secondes, il porta une double poignée de brindilles à un foyer circulaire délimité par des pierres, à plusieurs pas de la souche. Il eut tôt fait d'allumer un petit feu et de commencer à disposer de plus gros bouts de bois dans les flammes, les appuyant en pyramide les uns contre les autres jusqu'à ce que les flammes bondissent à trente centimètres au-dessus du sol, faisant danser les ombres sur la souche et éclaboussant de lumière la petite clairière. Il ajouta de plus gros morceaux au point qu'elle put sentir la chaleur flamboyante et voir très distinctement sur sa peau les lignes de séparation entre le noir et le blanc. Lorsqu'il s'accroupit près du feu tout en posant fréquemment un regard derrière lui sur Abby, elle vit que la peinture s'étendait jusqu'à son pénis et à son scrotum, moitié noirs et moitié blancs.

Il se releva et s'écarta du feu, le pistolet pendant le long de son corps.

— Aux confins des ténèbres, dit-il. Il y a la lumière. Mais personne ne verra un feu aussi loin dans la forêt. Personne à part moi ne vient jamais ici.

Elle voyait les flammes bondir dans ses yeux.

— Qu'est-ce que tu vas faire ? demanda-t-elle en se sentant submergée par un épuisement sans espoir.

Il alla sur l'arrière de la souche, revenant avec deux grandes boîtes à café qu'il posa près du feu.

— Nous vivons dans l'Anneau de Feu, tu sais. Le gigantesque demi-cercle qui part de la Nouvelle-Zélande au sud-ouest pour arriver au cap Horn au sud-est, et qui remonte au nord par le Japon et l'Alaska. Est-ce que tu te rends compte que quatre-vingts pour cent des tremblements de terre qui secouent le monde se produisent sur cet anneau ? Elle essaie sans arrêt de nous prévenir, mais nous ne voulons pas entendre. Il faut quand même que nous communiquions. Non ? Et nous avons toujours su comment, en fait. Tous les peuples, partout, l'ont toujours su ; c'est de ça que parlent les cours de ton père. Cette épouvantable audace dont il parle, l'atroce sacrifice et l'agonie.

Il inclina la tête sur le côté comme dans l'attente d'une réponse, les yeux semblables à des grottes.

— Ce qu'il y a de plus inestimable, de plus précieux, de plus parfait. L'agonie en ces lieux où règne la pierre.

Abby était recroquevillée pour lutter contre l'humidité de la souche, les bras entourant ses genoux. Les spasmes avaient cessé et elle ressentait un froid intense.

— Pourquoi, demanda-t-elle. Pourquoi as-tu... ?

Quand il parla, sa voix fut la même que celle qu'elle l'avait entendu utiliser dans la classe de son père.

— Edgar Cayce a dit qu'il y a des conditions dans l'activité de l'individu, en termes de raisonnement et de perspectives, qui gardent souvent plus d'une ville et plus d'un pays intacts à travers l'application des lois spirituelles dans leur association avec l'individu. Tu ne comprends pas ce qu'il veut dire ? N'oublie pas que du point de vue de l'Étoile du Nord, la terre se déplace autour du soleil selon un mouvement contraire au sens des aiguilles d'une montre. Est-ce que tu comprends *mon* raisonnement et *ma* perspective à moi ? Si je n'avais pas effectué à treize reprises le sacrifice, nous aurions tous été engloutis dans les gouffres de la mer en fusion, comme la Lémurie, le continent perdu. C'est notre responsabilité. Tu es en partie indienne ; cela tu devrais le savoir, au moins dans une partie de ton âme. Ton père comprendra ce que j'ai fait. Ce que je fais. Il y a une famille très spéciale. Plus proche pour moi que la mienne. Des enfants si beaux que tu ne peux l'imaginer. C'est difficile de sacrifier ce qui a le plus de valeur pour nous, tu ne trouves pas, ce que nous aimons ? C'est comme ça qu'elle nous met à l'épreuve, et elle ressent la douleur, elle aussi, elle s'insinue jusqu'au plus profond d'elle. Nous essayons de tricher en opérant des substitutions, mais cela ne marche pas. Les voix viennent dans les rêves.

Il toucha le côté de l'une des boîtes.

— Ça devrait être assez chaud, dit-il. Lève-toi et déshabille-toi.

Elle essaya de parler, de dire « Non », mais aucun son ne sortit. Elle secoua la tête et referma plus fort encore ses bras autour de ses genoux.

— Je n'ai jamais su que faire de ma liberté, dit-il. Jusqu'à l'apparition des rêves. Maintenant j'ai tué treize fois, quatorze, et davantage ça n'y changera rien. Mais ce n'est pas ce que je veux pour toi. Ce n'est pas nécessaire, c'est tout. Je craignais qu'ils pensent que c'était moi qui commettais ces autres actes pervers, les viols et les amputations... toujours sur des jeunes femmes. C'était révoltant, répugnant, incroyablement malsain. Je ne ferais jamais une chose pareille. Je n'ai jamais voulu faire de mal à personne.

Le pistolet dans la main gauche, il la saisit par le bras avec sa main droite et la mit debout d'un geste sec. A nouveau elle fut choquée de constater la force qui semblait excéder ses possibilités.

— Enlève tes vêtements ou je vais être obligé de te tuer maintenant.

Il leva le pistolet.

Silencieusement, la respiration si ténue et froide qu'elle semblait lui trancher la poitrine, elle commença à déboutonner sa chemise. Il la regarda faire avec une expression détachée jusqu'à ce que ses vêtements soient empilés à côté de la souche.

— Maintenant, dit-il. Les Amérindiens savent que l'univers oscille de manière précaire entre le bien et le mal, la lumière et les ténèbres, le noir et le blanc. Il nous appartient de préserver cet équilibre. La Terre Mère nous donne la vie et nous demande de lui donner quelque chose en échange. Un homme qui consent à son propre meurtre peut protéger des millions d'autres êtres humains qui vivent dans la zone cataclysmique des tremblements de terre et des lames de fond.

Il se baissa et plongea la main dans l'une des boîtes en fer. Quand il se releva, elle vit quelque chose de sombre sur ses doigts.

Il commença par son front, étalant soigneusement la peinture noire sur un côté à partir d'une ligne médiane précise, descendit vers la tempe, évitant délicatement la coupure de sa joue, couvrant son cou avant de poursuivre sur toute la longueur de son bras jusqu'au bout des doigts.

— C'est plus difficile avec une main, dit-il en frottant régulièrement la peinture sur le bras puis en passant à l'épaule. Je voudrais que tu comprennes, pour que je puisse te faire confiance. Il faut beaucoup de peinture.

Il en remplit à nouveau sa main, l'appliqua en traînées sur sa gorge, un de ses seins et jusqu'à son ventre. Puis il reprit la technique qui consistait à répartir et étaler la peinture partout avec la paume de la main, utilisant un seul doigt pour couvrir le mamelon et en faire le tour, et quatre doigts serrés sous l'arrondi du sein. Méthodiquement il continua à recouvrir la moitié de son corps en progressant vers le bas, étalant la matière épaisse sur son ventre et sa toison pubienne, prenant grand soin de bien suivre le bord des grandes lèvres avant de passer à sa jambe.

— Tourne-toi, dit-il.

Lorsqu'elle s'exécuta, il fit de même avec son dos.

Quand il eut recouvert l'autre moitié du corps d'une épaisse peinture blanche, il se recula pour l'inspecter, laissant ses yeux la parcourir lentement des cheveux jusqu'aux pieds. Elle sentait la pointe de ses seins dure et dressée à cause du froid, et elle serra fort les paupières pour réfréner les larmes. Elle l'entendit s'approcher, sentit l'extrémité de son pénis en érection toucher sa jambe.

— Allonge-toi, dit-il.

Ses pensées se ruèrent en quête d'un moyen de prendre la fuite, et elle repensa au chant indien que son père aimait tant. *J'avais cherché au loin, dépêchant mon esprit vers le nord, le sud, l'est et l'ouest, mais n'avais rien trouvé, aucun passage pour fuir.*

— Ne me tue pas, dit-elle.

Alors elle s'assit, puis elle s'allongea sur le dos.

Il s'agenouilla à ses pieds et elle sentit le canon du pistolet toucher la peau peinte de son ventre.

— Tu ne dois en parler à personne. Si tu leur dis, ils pourraient interpréter ça de manière erronée et croire que je t'ai violée, que j'étais une espèce de pervers sexuel comme lui.

Il s'allongea sur elle, une main de chaque côté de sa tête, le pistolet oublié.

— Ils ne comprendraient rien de ce que j'ai fait, reprit-il entre deux respirations. Le sexe n'a rien à voir avec ça.

Elle étouffait, allongea les bras pour enfoncer ses ongles dans la terre épaisse. Elle se raidit. Alors ses doigts qui étaient à la recherche d'une prise rencontrèrent un objet dur en métal. A tâtons sa main trouva la crosse de l'arme.

Si proche, la détonation du pistolet vingt-deux fut assourdissante. Comme si sa vision était magnifiée, elle vit la tête de Robert partir dans un mouvement brusque sous l'impact de la première balle, et elle tira à nouveau sur la détente.

Au deuxième coup de feu, ses bras ployèrent et il s'écroula. Du sang coula sur elle, chaud et salé, et elle poussa de ses deux mains, faisant rouler le corps sur le sol à côté d'elle.

La chaleur du feu brûlait l'une de ses jambes, et le froid humide du sol de la forêt irradiait le reste de son corps. Elle se remit péniblement sur son séant, s'écartant du feu, et regarda Robert. La peinture était mélangée sur son estomac, son entrejambe et ses cuisses, le noir et le blanc transformés en un gris vague et marbré. Le sang ruisselait des blessures qu'il avait au côté et à l'arrière du crâne, s'épaississait dans les cheveux peints et s'étalait en une flaque sombre sur les feuilles.

Cole aperçut la lumière à travers un fouillis de branches quelques secondes avant que les deux coups de feu ne claquent dans la nuit. Il se précipita vers le bruit, fit irruption dans la clairière. Un feu projetait des ombres fines comme des lames sur une immense souche et, à côté du feu, une silhouette assise, peinte comme le joueur de ses rêves, se matérialisa en l'image de sa fille. Il resta figé sur place, ouvrant la bouche pour crier son nom mais n'entendant que le silence. Par terre, à côté d'elle, gisait une autre silhouette peinte, un corps prostré contre le sol dans une position anormale.

La tête tournée dans la direction opposée à son père, Abby prit appui d'une main sur la souche pour se relever. Le pistolet argenté pendait au bout de son autre bras, lançant des reflets rouge et orange à la lueur changeante des flammes. Cole vit la peinture mélangée sur les seins et le ventre de sa fille, la couche de feuilles et d'épines de séquoias sur ses côtés et ses jambes. Au moment où il faisait un pas en avant, le fusil pointé vers le sol le long de son corps, il vit, du côté opposé de la clairière, entrer l'autre dans le cercle de lumière.

La peinture était la même, mais les lignes nettes et distinctes. Une cape de plumes noires brillantes couvrait les épaules.

Cole regarda le joueur s'avancer vers Abby qui leva le pistolet et commença à reculer.

Le joueur s'arrêta, s'accroupit à côté du corps et du feu. Les yeux dans le vide, il tendit les deux mains vers la jeune fille, poings fermés, et entreprit de dessiner lentement des mouvements circulaires. Il commença à chanter, et le mouvement de ses mains augmenta pour suivre le rythme du chant qui s'accélérait.

Abby s'agenouilla, posa le pistolet sur le sol, et regarda la danse que faisaient les mains de l'homme peint.

Elles s'immobilisèrent et Cole vit que pour la première fois le joueur regardait sa fille droit dans les yeux.

Elle désigna l'un des poings sombres et lentement, millimètre par millimètre, la main s'ouvrit. Dans la lumière vacillante du feu, Cole vit l'os peint.

— Abby ! cria-t-il. Non !

Avec l'irruption de ce bruit le poing du joueur se referma. Il se leva et pivota vers l'endroit où se tenait Cole, à quatre mètres de distance.

— Venancio Asisara.

Cole prononça ce nom d'une voix claire, comme il l'avait entendu dans son rêve.

Un sourire parcourut le visage du joueur.

— *Eran muy crueles*, dit-il.

Longtemps il regarda Cole puis il fit demi-tour et partit lentement vers les arbres.

A la lisière de la forêt il ne fut plus qu'une ombre, puis cette ombre oscilla, sembla trébucher. L'ours s'arrêta et regarda derrière lui, une fois, avant de disparaître.

64.

Le long des montagnes à l'ouest, le coucher de soleil rouge du Nouveau-Mexique était piqueté d'une ligne de forêts irrégulière. Appuyé sur la balustrade de la terrasse, Cole regarda quatre engoulevents décrire des évolutions capricieuses dans le lit à sec de la rivière. Un orage d'après-midi, mêlant neige fondue de printemps et pluie gelée avait brièvement secoué le haut pays et s'était évacué vers l'est, glaçant l'atmosphère et laissant une électricité froide dans son sillage. De l'autre côté de la maison, le premier coyote commença à chanter sur les pentes de la chaîne des monts Ortiz, un cri hésitant qui plana plusieurs secondes dans l'air avant de s'estomper. Cole tourna son regard vers les lignes torturées d'un genévrier, de l'autre côté du lit de la rivière, discernant même à deux cents mètres de distance les motifs gris argent du tronc. Des amas de neige fondue s'accrochaient à l'extrémité des branches de pins pignons et de genévriers, et mouillaient le bois de la terrasse en la teignant de sombre. Il éprouva l'ardent désir de prendre sa voiture pour aller jusqu'au sommet du mont Sandia où la tempête éphémère avait sûrement laissé entre trois et cinq centimètres de neige, et de s'asseoir, jambes pendant au-dessus des quinze cents mètres de dénivelé pour regarder la pluie qui devait encore être au-dessus du pays indien, à l'ouest.

— Vous pourriez tout simplement rester ici, dit-il. Nous

avons assez de place pour tout le monde. Nous en serions très heureux.

— Il faut que nous rentrions, Petit-fils, nous sommes partis bien trop longtemps. Ma caravane va être recouverte par la végétation. Dès que Luther, ton père et Alex seront de retour, nous repartirons. Tu as de quoi remplir ta maison avec Abby et Alex.

Onatima était allongée sur sa chaise longue, emmitouflée dans une couverture étoilée vert et bleu, qu'elle maintenait serrée autour de son menton. A la lumière transitoire du soir, la vieille dame semblait sur le point de s'évaporer, et une fois de plus il eut l'illusion que son visage était diaphane. A côté d'elle, Abby était assise dans une chaise longue identique, enveloppée elle aussi dans une couverture.

— S'il te plaît, Grand-mère ? demanda-t-elle.

Onatima sourit.

— Nous avons nos propres mondes, Petite-fille. Nous avons porté les os de nos proches pendant mille jours, juste pour trouver un lieu. Quand tant d'autres étaient déplacés, nous sommes restés sur place. Alors comment pourrions-nous partir maintenant ? Qui leur parlerait là-bas, la nuit, si je ne revenais jamais ? Et comment trouverais-je le chemin, si loin de chez moi ? Qui leur parlerait de leur petite-fille dans ces étranges montagnes frappées par la foudre ?

Elle secoua à nouveau la tête.

— Luther et moi, nous avons nos tâches à remplir là-bas, et le père de ton père y a trouvé son monde. Il fait comme s'il ne comprenait pas, mais quand le moment viendra, il nous surpassera tous. Luther le sait depuis toujours. Hoey est *hoyo,* celui qui chasse, celui qui cherche, qui poursuit sa quête et qui trouve.

Elle sembla frissonner et serra davantage la couverture Pendleton autour d'elle, de telle sorte que sa tête apparaissait détachée de son corps :

— En conséquence, au bout du compte, nous devons rentrer chez nous.

— Nous allons être perdus sans vous.

— Vous vous en tirerez très bien, Abby. Vous pourrez tous venir nous voir.

Onatima reporta son attention sur Cole :

— Et toi, Petit-fils ? Comment ça va aller ?

Il se retourna et regarda d'abord le ciel puis la vieille femme.

— Je ne peux pas m'empêcher de penser à lui.

— Oui, dit-elle. Tu as été courageux de prononcer son nom à voix haute comme ça.

Il garda un instant le silence puis secoua la tête.

— Non. C'est ce qu'il désirait depuis toujours.

Abby se leva et alla se placer à côté de son père.

— Ils sont partis depuis une semaine, alors ils devraient bientôt arriver. C'est un vrai miracle qu'Alex soit en vie.

— Il sera bientôt remis, dit Onatima. Robert Jim leur a dit que la cérémonie pour Alex durerait neuf jours. Je crois que Hoey y est allé par curiosité, mais Luther voulait juste voir des gens qui ne connaissaient pas encore tous ses mensonges. Ces Navajos l'ont probablement jeté dehors à l'heure qu'il est.

Elle s'arrêta de parler et montra l'ouest.

Sous les montagnes, une forte bourrasque de vent avait arraché une couche de brume au sommet des arbres, l'étendant sur la vallée. Devant les ultimes lueurs du soleil couchant, cette vapeur ressemblait à un nuage de pollen jaune-orange qui se répandit jusqu'à recouvrir tout ce qu'ils pouvaient voir.

C'est un monde si semblable au sien, de rivières noires et de ciels immuables. Son ombre s'étend sur la ville et la baie, ondulant au rythme des vagues paresseuses. *Eran muy crueles.*

« Terres d'Amérique »

Collection dirigée par Francis Geffard

SHERMAN ALEXIE
Indian Blues, roman.
Indian Killer, roman.

RUDOLFO ANAYA
Sous le soleil de Zia, roman.
Bénissez-moi, Ultima, roman.

GAIL ANDERSON-DARGATZ
Remède à la mort par la foudre, roman.

GRETEL EHRLICH
La Consolation des grands espaces

DAGOBERTO GILB
Le dernier domicile connu de Mickey Acuña, roman.

RICHARD HUGO
La Mort et la Belle Vie, roman.

THOMAS KING
Medicine River, roman.

WILLIAM KITTREDGE
La Porte du ciel

GRAIG LESLEY
Saison de chasse, roman.
La Constellation du Pêcheur, roman.

DAN O'BRIEN
Brendan Prairie, roman.

LOUIS OWENS
Même la vue la plus perçante, roman.
Le Chant du loup, roman.

DOUG PEACOCK
Mes années grizzlis

SUSAN POWER
Danseur d'herbe, roman.

LESLIE MARMON SILKO
Cérémonie, roman.

DAVID TREUER
Little, roman.

BRADY UDALL
Lâchons les chiens, nouvelles.

JAMES WELCH
L'Hiver dans le sang, roman.
La Mort de Jim Loney, roman.
Comme des ombres sur la terre, roman.
L'Avocat indien, roman.

La composition de cet ouvrage
a été réalisée par Nord Compo,
l'impression a été effectuée
sur presse Cameron dans les ateliers
de ***Bussière Camedan Imprimeries***
à Saint-Amand-Montrond (Cher).

Achevé d'imprimer en septembre 1998.
N° d'édition : 17515. N° d'impression : 984301/4.
Dépôt légal : octobre 1998.